圖文普及本

紅樓夢

中華書局

圖文普及本

紅樓夢

□
出版
中華書局（香港）有限公司
香港北角英皇道 499 號北角工業大廈一樓 B
電話：(852) 2137 2338　傳真：(852) 2713 8202
電子郵件：info@chunghwabook.com.hk
網址：http://www.chunghwabook.com.hk

□
發行
香港聯合書刊物流有限公司
香港新界荃灣德士古道 220-248 號
荃灣工業中心 16 樓
電話：(852) 2150 2100　傳真：(852) 2407 3062
電子郵件：info@suplogistics.com.hk

□
印刷
深圳中華商務安全印務股份有限公司
深圳市龍崗區平湖鎮萬福工業區

□
版次
2002 年 10 月初版
2023 年 5 月第 14 次印刷
© 2002 2023 中華書局（香港）有限公司

□
ISBN：978-962-231-442-9

目　錄

石頭傳奇

第一章

　　《紅樓夢》又稱《石頭記》，說起來有一段神話傳說。當年共工與顓頊爭奪天下，把天撞了個大窟窿。女媧為了補天，在大荒山無稽崖煉出了三萬六千五百零一塊頑石，每塊頑石有十二丈高，二十四丈見方。她用了三萬六千五百塊，單單剩下一塊，丟棄在青埂峯下。誰知道這塊石頭經過多年修煉之後，有了靈性，能大能小。它想到自己無才補天，常常自艾自怨。

　　一天，正當它暗自歎息的時候，一個和尚和一個道士遠遠走來。這兩人長相不凡，神采奕奕，來到青埂峯下，隨便往地上一坐，就談開了。他們看見這塊鮮亮晶瑩的石頭，又縮成扇墜大小，覺得挺可愛。那和尚把它托在掌心，笑着對石頭說：“看你形體，倒也是個通靈性的東西了。只是沒有一點實實在在的好處，應該再刻上幾個字，讓人見了你就知道是件奇異的寶貝，然後帶你到昌明隆盛的國度，詩書傳世、官爵顯赫的望族，乃至風流繁華、溫柔富貴的地方去走一趟。”石頭聽了非常高興，急忙問他：“不知能刻些什麼字，帶到什麼地方去？"那和尚笑了笑說："你暫且不要問，日後自然明白。"說完，將石頭裝進袖裏，同那個道人飄然而去，竟沒人知道他們將石頭投到了哪裏。

又不知道過了多少年代，有個空空道人訪道求仙，雲遊四方，從這大荒山無稽崖青埂峯下路過，突然看見劈面一塊大石頭，上面刻着字，字跡清清楚楚。空空道人從頭粗略看了一遍。原來是沒有才能補天，幻變人形入世，後來被茫茫大士、渺渺真人帶到人世，最後又引渡到另一個世界的一塊頑石。石頭上面還記着墜落和投胎的地方，以及家庭瑣事、兒女閒情、詩詞謎語，十分詳細，只是失落了朝代年月。

空空道人看了以後，知道這塊石頭有點來歷，就對石頭說："石兄，你這故事據你說挺有趣，刻在那兒，想作為奇事傳給世人。但照我看來，第一沒有什麼年代可以查考，第二也沒有什麼大賢人大忠臣治理朝政和民風的政績，只不過是幾個有些異樣的女子，有的多情，有的痴情，有的略有才華，有的積些善行。我就是抄了去，也算不上一部奇書啊！"

道人的激將法果然奏效，石頭回答說："師傅你也太認真了。我想，歷來野史的朝代，也無非是假借‘漢’、‘唐’的名目而已；還不如我這石頭，不用這些俗套，只按自己的事體情理，反而倒也新鮮別致。我這半世親見親聞的幾個女子，雖然不敢說一定強過前代書裏所有的人物，但你看她們的事跡和原委，倒也可以消除憂愁，排解煩悶。這中間的離合悲歡、興衰際遇，都是按蹤跡追循，不敢稍加穿鑿附會，失去真實。師傅，你以為怎樣？"

空空道人聽他這麼一說，思忖了好一會兒，將《石頭記》從頭再看了一遍，發現主旨不過是談情，而且只是實錄其事，並沒有傷時誨淫的弊病。心想，萬一年深日久，字跡模糊，反出差錯，不如我再抄它一遍，找這個世上清閒無事的人，讓他去廣為流傳。於是將《石頭記》抄好，裝入袖中。哪裏知道這世上的人不是想着建功立業，就是忙着糊口謀衣，誰有閒情和石頭多嘴饒舌？後來空空道人在渡口找到一個睡着的閒人，叫他叫不醒，又使勁地拉他，他才慢吞吞地睜眼坐起。那人接過《石頭記》草草一看，擲在地上說：

"我指給你一個人，由他傳開，就可了結這段新奇的公案。"空空道人急忙追問，那人回答說："你要等到某年某月某日某時，到悼紅軒，找到曹雪芹先生，只說賈雨村說的，託他就行。"說完，又倒頭睡了。

又不知過

女媧補天　程多多　畫

3

了多少年代，空空道人真的找到了悼紅軒，看見曹雪芹先生正在軒中翻閱一卷卷的古史。空空道人把來意説了，那雪芹先生果然一口應允。

後來曹雪芹在悼紅軒中，披閱十載，增刪五次，編出目錄，分出章回。《紅樓夢》——《石頭記》即由此而來。為了説明這本奇書的緣起，曹雪芹還特地題了一首詩：

滿紙荒唐言，一把辛酸淚。

都云作者痴，誰解其中味？

《石頭記》開卷記的就是一個關於石頭的夢。做夢的人叫甄士隱。那天，甄士隱伏在桌上打瞌睡，遠遠走來一個和尚、一個道士。他們邊走邊談，説的正是那塊女媧補天遺落下的石頭。那和尚説，那塊石頭雖未補天，卻落得個逍遙自在，各處去遊玩了一番。一天，石頭來到警幻仙子的赤霞宮，那仙子知道他來歷不凡，就封他為赤霞宮神瑛侍者。此後，他常到西方靈河岸邊走走，看見河邊三生石畔有棵絳珠仙草，長得嬌娜可愛，就天天用甘露去澆灌，這棵絳珠仙草就存活下來了。這草兒後來既得到天地精華滋潤，又有甘露滋養，就從草木變成了人。但它僅修成了一個女人的形體，無法回報石頭的灌溉之恩，心中鬱結着一段纏綿不盡的情愫，常常説："我受了他雨露恩惠，只是又沒有這樣的水可以償還。如果他降臨到凡世做人，我也和他一同去一趟，只把我一生所有的眼淚還給他就是了。"那道人聽了覺得果然好笑，説："從來沒有聽到有'還淚'的説法。"那和尚就讓道士和他一起到警幻仙子處，將這"蠢物"交割清楚。道士聽完説："既然如此，我就跟你一起去吧。"

那甄士隱在一邊聽得明白，笑着追問詳情。兩位仙師一笑了之：「這是玄機，不可預先泄漏。」士隱聽了，不便再問，但又不甘心，就問他們：「兩位剛才所説『蠢物』，不知是什麼？也許可以看看吧？」那和尚説：「你要問這件東西，倒也有一面之緣。」

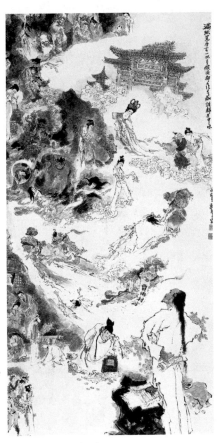

説着就拿出來遞給士隱。

士隱接過來一看，卻是一塊晶瑩剔透的美玉。那玉上清清楚楚鐫刻着「通靈寶玉」四個字，後面還有幾行小字。正想細看時，那和尚説了聲「已到幻境」，一把就從士隱手中奪過美玉，和道人轉眼間穿過一座大石牌坊。石坊上書寫着四個大字：太虛幻境。兩邊還有一副對聯：假作真時真亦假，無為有處有還無。

士隱正想也跟着過去，剛抬腳，忽然聽到如山崩地陷般的一聲霹靂，嚇得大叫一聲，從夢中驚醒。

雪芹著書　戴敦邦 畫

寶黛初會

第二章

　　金陵寧國、榮國二府尊貴豪富，是當地門第顯赫的大家族。寧國公賈演、榮國公賈源一母同胞，當年出生入死，共同創立了賈氏勛業。

　　榮國府老太君賈母因女兒病故，心疼外孫女林黛玉上無親母教養，下無姐妹照應，讓人接她到榮國府來住。黛玉的父親、皇帝欽點的揚州巡鹽御史林如海見女兒不願離開自己，就勸她說：「我已年過半百，也不想再娶妻子，而你體弱多病，年紀又小，倒不如和外祖母、舅家姐妹在一起，也正好消除了我的後顧之憂。」黛玉聽了父親一番話，只好揮淚拜別，帶了奶媽和丫頭雪雁，跟隨賈府來的人，登船而去。

　　這天到了京城，早就有榮國府派來的車輛、轎子在岸上等候着。上了轎，進了城，黛玉從紗窗往外一瞧，街市繁華，人來人往。大約行了半天工夫，來到街北一處密密麻麻的院落。黛玉只看見三間獸頭大門口蹲着兩隻石獅子，正門上一塊大匾，匾上寫着"敕造寧國府"五個大字，心想這就是外祖家的長房了。往西不遠，也是三間大門，就是榮國府。二府相連，鱗次櫛比，竟佔了大半條街。

轎子不走正門，只從西角門進去，走了不遠，在垂花門前停下。幾個老婆子上前拉起轎簾，扶黛玉款款下轎。黛玉放眼望去，滿眼都是雕梁畫棟，長長的遊廊下掛着許多鸚鵡、畫眉，果然氣派不凡。轉過穿堂的屏風，小小三間廳房後就是正房大院。幾個穿紅着綠的丫頭一見黛玉，趕緊笑着迎上來說："剛才老太太還在念叨你呢！可巧就來了。"就聽得一聲吆喝："林姑娘來了！"

黛玉剛踏進房，就看見一位鬢髮如銀的老太太在下人的攙扶下顫巍巍地迎了上來。知道是外祖母，黛玉趕緊要下拜，早被賈母一把抱住，摟入懷中，"心肝肉兒"地叫着就大哭起來，引得黛玉也哭個不休。眾人慢慢勸解，黛玉才拜見了外祖母。賈母這才一一指着身邊的人介紹給黛玉，讓黛玉一一拜見，然後又吩咐各位姑娘："今天遠方來客人了，就不要去上學了。"

不一會兒，只見三個奶媽和五六個丫鬟擁着三位姑娘來了。第一位身材適中，第二位削肩細腰，第三位年紀還小。三個人都是一樣的裝束打扮。黛玉知道這就是二表姐迎春、三表姐探春和四表姐惜春，連忙起身迎接，相認致禮。大家落了座，丫鬟端上茶來。閒聊當中又講到黛玉的母親怎樣得病，怎樣請醫服藥，怎樣送葬發喪。說到傷心的地方，賈母又攜着黛玉的手，一起哭了起來。

大家好不容易才勸止。見黛玉雖然言談不俗，身體卻是有點弱不勝衣，座中就有人關心地詢問。黛玉就把自己從會吃飯的時候就會吃藥的事一一告訴了大家。賈母一聽，說："正好我配丸藥，叫他們多配一料就是了。"語音未落，就聽見後院傳來朗朗笑聲，有人在說："我來遲了，沒能迎接遠客。"黛玉暗想："這些人個個斂聲屏氣，來的這個怎麼這樣放肆無禮？"正想着，已經看見一羣女僕、丫鬟簇擁着一個漂亮的人兒走了進來。細看這人打扮，果然與眾不同，恍如仙女下凡：她身材苗條，長着一雙丹鳳三角眼，兩彎柳葉吊梢眉，粉紅的臉龐滿含春色，又不失威嚴，朱紅的嘴唇還沒張開，爽朗的笑聲已衝口而出。

賈母惜孤　戴敦邦　畫

黛玉連忙站起身，卻不知道怎麼稱呼。賈母笑笑說："你還不認識她吧。她是我們這裏有名的一個'潑辣貨'，南京所謂'辣子'。你只管叫她'鳳辣子'就是了。"姐妹當中有人就告訴她："這就是璉二嫂子。"黛玉小時候就聽母親說過,大舅舅賈赦的兒子賈璉娶的就是二舅母王氏的內侄女王熙鳳,璉二嫂子就是她了。於是就賠笑行禮,叫了聲"嫂嫂"。

這熙鳳一把拉過黛玉來,上上下下細細打量了一番,仍然把她送到賈母身邊坐下,伶嘴利舌地笑着說:"天下真有這樣標致的人兒,我今兒才算真正見着了呢!況且這渾身上下的氣派竟然完全不像老祖宗的外孫女兒,實在跟嫡親的孫女兒似的,怨不得老祖宗天天嘴裏心裏放不下。只可憐我這妹妹這麼命苦,怎麼姑媽偏偏就去世了呢!"說着就用手帕擦眼淚。賈母輕輕笑着說:"我才好了,你倒又來招惹我。你妹妹老遠才來,身子又弱,也才勸住。快不要再多說了。"熙鳳一聽,連忙轉悲為喜:"正是呢!我一看見妹妹,就把一顆心都放她身上了,又是喜歡又是傷心,竟然忘記了咱們的老祖宗。真是該打該打!"說着又趕緊拉起黛玉的手問:"妹妹幾歲了?是不是上過學?現在正吃什麼藥?在這裏可不要想家,想吃什麼玩什麼,只管告訴我。丫頭老婆子有什麼不好,也儘管告訴我。"黛玉聽了只有連連點頭。她又轉身問下人:"林姑娘的東西都搬進來了嗎?帶了多少人?你們趕早打掃兩間屋子,讓林姑娘她們好好歇着。"王夫人在一旁生恐熙鳳忙中有錯,提醒她弄兩段緞子給黛玉裁衣服。熙鳳說,她知道妹妹這兩天一定會到,早已經預備好了,只等太太過目送來。王夫人看她這樣周到,也就笑笑,不說什麼了。

賈母、黛玉祖孫見面後,賈母讓兩個老嬤嬤帶黛玉去見兩個舅舅。大舅賈赦正巧身體不適,沒有相見,黛玉略略坐了會兒,再去看二舅賈政。不巧二舅賈政齋戒去了,也沒見着。表兄寶玉也去了廟裏還願。提起寶玉，王夫人再三叮嚀："他是個'混世魔王'，晚上你看見就知道了。你以後不要去多理睬他。他嘴裏有時甜言蜜語，有時瘋瘋傻傻。你千萬別去信他！"

黛玉從小就聽母親說起，有個表兄，比自己大一歲，生下來的時候，嘴裏就銜着一塊玉，小名就叫寶玉。外祖母疼愛他像心肝寶貝似的，沒人敢管他。他雖說生性頑劣，不愛讀書，但喜歡和女孩兒在一起，而且待姐妹們極好。現在聽王夫人喋喋不休地關照自己，就一一答應下來。正說着，丫鬟來報告，說是老太太那裏傳吃晚飯了。

王夫人帶黛玉出角門，走着走着，來到北邊粉油大影壁後的一所房屋，王夫人用手指了指說："這就是你鳳姐姐的屋子，往後少什麼東西只管找她說就是了。"

到了賈母那裏，熙鳳忙着把黛玉拉到左邊第一張椅子上，黛玉哪裏敢坐，再三推讓。賈母笑着說："你舅母和嫂子不在這裏吃的，今天你是客人，本來就該這麼坐。"黛玉這才就了坐。吃了飯，賈母問起黛玉在讀什麼書。黛玉告訴她自己剛讀了《四書》，順便詢問姐妹們讀什麼書，賈母隨口回答："她們讀什麼書，不過認幾個字罷了。"一句話還沒完，只聽見門外一陣踢踢踏踏的腳步聲，早有丫鬟進來報告："寶玉回來啦！"黛玉心裏正疑惑着："這個寶玉也不知道是怎樣一個涎皮賴臉的人物呢！"等進來一看，卻是位年輕英俊的公子。他面龐如中秋之月，臉色如春曉之花，鬢角如刀裁，眉毛如墨畫；頭戴束髮紫金冠，身着穿花紅箭袖，胸前一根五色絲繩，繫着一塊美玉。黛玉一見就大吃一驚，心裏覺得好奇怪，倒像是在哪裏見過的一樣，非常眼熟。寶玉向賈母請了安，賈母就讓他去拜見母親。寶玉轉身去了，再回來時，已換了冠帶。賈母寵愛地笑着對他說："還不快去見見你妹妹？"寶玉早就一眼瞥到那個裊裊婷婷的姑娘，料定就是林姑媽的女兒，連忙過來行見面禮。他坐下，細看黛玉，真是與眾不同：兩條籠煙的眉毛，似皺非皺；一雙含情的眼睛，似喜非喜。她一身病態卻比西施更動人三分。

寶玉打量完了，拍手笑着說："這個妹妹我曾經見到過的。"賈母見他胡說，也樂了，就問他："你哪兒看到過的？"寶玉咧嘴笑着說："雖然沒見過，但瞧着面熟，心裏倒覺得像久別重逢的一樣。"賈母聽得眉開眼笑，連聲叫好說："既然如此，你們兄妹一定更加和睦了。"

寶玉又問黛玉的大名，黛玉說了；又問她的表字，黛玉說沒有。寶玉趕緊給黛玉送上一個字："《古今人物考》上說西方有石頭名黛，可以替代畫眉毛的墨。妹妹眉頭老皺着，不若取'顰顰'二字最妙了。"說完看看黛玉胸前，又問她有玉沒有。黛玉心想，因為他有玉，所以才問我的。她心裏想着，隨口就說出來了："我沒有玉。你那玉可是件稀罕的玩意兒，豈能人人都有？"

誰知寶玉聽了，立刻瘋了似的，揪下胸前那塊佩玉，狠命摔出去，憤憤地罵道："什麼稀罕的玩意兒，人的高下都不識，還說什麼靈不靈呢！我也不要這討厭的累贅東西了。"急得賈母一把摟過寶玉："混帳東西，你生氣要打人罵人都容易，何苦摔那命根子呢！"寶玉滿面淚痕地叫着："家裏姐姐妹妹都沒有，單單我有，我就說沒趣兒；如今來了個神仙般的妹妹也沒有，可見實在不是個好東西！"賈母趕忙連哄帶騙地對寶玉說："其實你這妹妹原來也

寶黛初會　戴敦邦　畫

是有玉的，姑媽去世，捨不得你妹妹，妹妹也想盡一份孝心，就把她的玉給姑媽一起葬了，也好像見你妹妹在身邊似的。妹妹說沒有，是不便誇揚自己啊。"說着，就從丫鬟手中接過玉佩，親自給他掛上。寶玉這才破涕為喜。

這麼一折騰，賈母也有點累了，正想回屋，一看黛玉身邊一個雪雁，一個王嬤嬤，小的小，老的老，就把身邊的小丫頭鸚哥給了黛玉。這才各自回到自己的屋裏。

當天晚上，寶玉的貼身丫頭花襲人到裏屋，見黛玉還沒睡，就悄悄走進來問候："林姑娘怎麼還沒安歇？"黛玉趕緊讓襲人在牀沿邊坐下。鸚哥面帶笑意，解釋說："咱們林姑娘正在這兒傷心，一個人抹眼淚呢。姑娘說：'今兒才過來，就惹出你們哥兒的病來。要是真的摔壞了那塊玉，豈不是我的罪過！'我好不容易才勸好了。"襲人一聽，急忙勸慰說："姑娘快別這麼着，將來只怕比這更奇怪的笑話還會有呢。為他今天的舉動多心傷感，將來只怕你來不及傷感呢。快別多心。"黛玉點頭記着了。大家又聊了一會兒，方才回去休息。

葫蘆冤案

第三章

　　蘇州閶門外有條十里長街，街裏有座古廟。那廟地方狹窄，人們都叫它"葫蘆廟"。廟旁住着一家鄉宦，姓甄名費，字士隱，在當地雖不算富貴，卻也當得是望族了。這甄士隱生性淡泊，不求功名，每天看花種竹，飲酒吟詩，倒也是個神仙般的人物。他年過半百，膝下只有一個三歲的女兒，乳名英蓮。這英蓮生得玉琢粉妝似的，眉心間還有米粒大的一顆胭脂痣，十分可愛。

　　一天，甄士隱正逗女兒玩耍，忽然看見住在隔壁葫蘆廟的那位窮書生賈雨村走了進來，就放下孩子，引着雨村走進書房。這賈雨村原是湖州人，也是大戶人家出身，只是到了他這一代，已經敗落。為了博取功名，他暫住在這小廟裏安身，每天賣文寫字為生。兩人是鄰居，久而久之也就成了朋友。他們坐定，剛談了三五句，家人就來報告："嚴老爺來拜訪。"士隱讓雨村坐一會兒，自己去前廳迎客。

雨村獨自在書房裏翻書解悶，忽然聽到窗外傳來姑娘咳嗽的聲音，起身往外看，卻是一個丫鬟在那兒掐花兒。那姑娘儀態不俗，眉目清秀，雖不十分漂亮，卻另有動人之處，雨村不覺看呆了。那姑娘看雨村雖然衣衫襤褸，卻是相貌堂堂，氣宇不凡，想來定是主人常説的什麼賈雨村了，想着想着，不覺又回頭望了一兩眼。雨村看到這情景，以為姑娘有意，不禁狂喜，也不告辭，自己回廟去了。

中秋那天，甄士隱想到賈雨村一人獨住廟裏，一定寂寞，就準備了酒席，邀請他過來坐坐。兩人對月飲酒，談詩論文。房外不斷傳來簫管笙歌。不一會兒，雨村已有八九分酒意，想到自己半生潦倒，功名未成，不覺情緒低落。甄士隱勸慰他：「我兄必定不會久居人下，總有一天會飛黃騰達的。」賈雨村飲乾一杯酒，長歎一聲説：「倒不是我酒後狂言，要論功名，我還有幾分把握，只是行李路費難以籌措……」士隱不等他説完，就打斷話頭：「既然這樣，你老兄怎麼不早説呢？弟雖不才，這『義利』二字倒還懂得。」當下就叫書僮趕緊封好五十兩銀子和兩套冬衣給他。那雨村似乎並不在意，略略謝了幾句，仍然吃酒談笑，直到半夜才散。

轉眼又到元宵佳節，士隱讓家人抱了英蓮出去看花燈。誰知家人要小便，就把孩子放在人家門檻上坐着，等到回來，早已不見孩子人影。那家人找了半夜，到天亮時還沒找到，也不敢回來見主人，自己逃往他鄉去了。

士隱夫婦半生就只一個女兒，視若掌上明珠，突然丟失，不知有多少憂傷煩惱。不到一月，兩人先後病倒。真是禍不單行。誰料到三月十五，葫蘆廟油炸供品，不小心翻倒油鍋，引起火災，竟把一條街燒得像"火焰山"一般。可憐隔壁甄家，轉眼間變成一堆瓦礫，幸而沒傷着人。萬般無奈，甄士隱只好帶着妻子投奔丈人家去了。

再說那賈雨村那年得到甄士隱資助以後，馬上赴京趕考，居然中了進士，當了縣太爺。隨後，他就娶了甄家那位丫鬟為妻。然而這賈雨村相當貪財，又自以為有才，傲視上司，得罪同僚，不到一年，就被上司列舉罪名，向朝廷告了一狀。皇帝發怒，革了他的官職。

賈雨村倒也想得明白，心中惱恨，臉上卻無一點怨色，仍然嘻笑自若，交代了公事，安頓好家屬，自己遊覽天下名勝去了。誰知他遊到揚州生了場病，就想原地歇息下來。正巧揚州新任巡鹽御史林如海要為女兒黛玉請一名家庭老師，有人推薦了賈雨村。功課不多，學生又年幼體弱，雨村教得非常省力，正好養病。有時風和日麗，雨村閒着無聊，飯後就出門散步。

一天散步，雨村來到一家村野小店，巧遇舊日相識，一起喝了三杯酒，談了半晌。正要走，就聽有人叫他，原來是當年一同革職的同僚。那同僚告訴他，凡是上回被革職的，只要有人保薦，就可以恢復原來的官職。

雨村回府將這事稟告林如海，請他打通關節。林如海給榮國府內兄、工部員外郎賈政寫了舉薦信。在賈政的疏通下，賈雨村不但官復原職，而且兩個月後又升為金陵應天府知府。

卻說金陵府有個世家子弟，姓馮名淵，十八九歲，父母都已過世，又無兄弟姐妹，守着不多的遺產過日子。一天出門，他看到一個中年男人因為無錢還債，要賣自己的親生女兒。那女孩十三四歲模樣，長得眉清目秀，眉心中間長着米粒大一顆胭脂痣，十分惹人喜愛。馮淵一眼看上了，就想買回來娶為妻子。他當場付了銀子。為了鄭重其事，約定三天以後進門。誰料到，這個中年男人是個專門拐賣孩子的騙子，第二天又把孩子偷偷賣給當地大戶薛家的公子、人稱"呆霸王"的薛蟠。馮家知道了，就去找賣主。那騙子本來想捲了兩家的銀子逃走的，誰知沒有逃掉，反被兩家抓住，打了個半死。那兩家都堅持不肯收銀子，要領回女孩，於是事情就鬧開了。薛公子下令手下人動手。那馮淵人品風流，毫無還手之力，竟被打了個稀爛，抬回家去，不到三天就死了。而那薛蟠闖下大禍，竟然像沒事一般：他給搶來的女孩取名香菱，把家裏事一一託給幾個老家人，自己和母親、妹妹及香菱外出遊玩去了。在他眼裏人命官司都是兒戲，

薛蟠逞兇　葉雄　畫

自稱花上幾個錢，沒什麼事不能了結的。

　　誰想到馮淵的家僮倒是極其忠心的，他把官司一下告到應天府。賈雨村一到任所，就接到這件人命官司，隨即就提原告來審問。他聽原告說，打人兇手已經準備堂而皇之地到京城去遊玩，不禁拍案大怒：「哪有這樣的事！打死人竟然白白地走了抓不回來？」正要發籤差衙役立刻把兇犯拿來拷問，卻見桌案旁站着一個門子，在暗暗向他使眼色，示意不要發籤。雨村心裏狐疑，只好停了手。他退堂到密室，命令大家退下，只留下門子一人。門子連忙上前請安，一臉諂媚，笑着問：「老爺這些年來升官進祿，就忘了我了？」賈雨村端詳了一會，覺得十分眼熟，但一時卻想不起來了。原來這門子本是雨村當年寄居的葫蘆廟裏的一個小和尚，那場大火以後，沒地方安身，就趁年紀還輕，重新蓄了頭髮，充當門子。雨村哪裏想得到是他？經他一說，連忙拉着他的手，笑着說：「原來還是老朋友。」就讓他坐下說話。門子不敢，雨村笑笑說：「這兒是私室，坐着沒關係。」門子這才側着身坐下。

　　等他坐定，雨村就問：「剛才你為什麼不讓我發籤？」門子回答說：「老爺榮任到這兒，難道就沒有抄一張本地的『護官符』？」雨村急忙追問：「什麼『護官符』？」門子解釋說：「現在當地方官的都有一張私人名單，記着本地最有權勢的大鄉紳的名姓。如果不知道，一時觸犯了，不但烏紗帽要丟，只怕連性命也難保呢！」說着就從袋裏摸出一張抄來的護官符，遞給雨村。只見上面寫的是：

　　　　賈不假，白玉為堂金作馬。

　　　　阿房宮，三百里，住不下金陵一個史。

東海缺少白玉牀，龍王請來金陵王。

豐年好大"雪"，珍珠如土金如鐵。

正看時，忽然下人來報告："王老爺來拜會。"這王老爺正是為薛蟠傷人的事來請賈雨村幫忙。雨村趕忙一口應允。回到私室，門子向他解釋："這四句話寫的就是本地的四大家族賈、史、王、薛。他們彼此聯絡攀親，一損俱損，一榮俱榮。致人死命的薛公子，就是現任京營節度使王子騰的外甥、榮國府賈政老爺的姨甥，老爺你如今抓誰去？"雨村聽他說得頭頭是道，就不動聲色，笑着追問他："這樣說來，你大約也知道這兇犯躲藏的方向了？"門子得意地笑着回話："不瞞老爺說，不但這兇犯躲的方向小人知道，連這騙子我也知道。這些暫且不說了。老爺你可知道被賣的丫頭是誰？"雨村當然不曉得。門子冷笑了聲："這人還是老爺的大恩人呢！她就是葫蘆廟旁那位甄老爺的女兒，小名英蓮。"雨村聽完嚇了一跳："原來是她！聽說她五歲就被人拐去了，怎麼到現在才賣呢？"這門子聽雨村問，就一五一十講開了。原來這些人販子單騙幼女，養到十二三歲帶到外鄉去賣。恰好這騙子租了他的房子。門子從小逗英蓮玩，憑着眉心的胭脂痣，雖然隔了七八年，還是認出來了，如今被薛家生拖死拽，也不知是死是活。雨村聽了也非常感慨，心想：這英蓮受了騙子這些年折磨，嫁了馮淵，也算找了活路，偏又生出這些是非來。他好一陣沉思，一時倒不知怎樣了斷這場官司。門子看到這情景，笑着獻上一計："老爺，想當初你何等果斷，今天怎麼反倒沒主意了？小人聽說老爺這次補升，全靠賈府出力。幹嗎不順水推舟做個人情，將此案了結，日後也好有臉面去見賈、王二公。"雨村聽完，低頭將這案子的利害關係掂量了老半天，心想，為了自己的前程也只好暫時不顧恩人甄家了。主意拿定，他又明知故問：「依你看怎麼辦？」

那門子誤以為賈雨村真的把自己當作心腹看待，就向雨村和盤托出了自己的計策。雨村聽完，故作姿態，連連擺手說：「不妥，不妥。讓我再仔細想想，總得讓人沒閒話說才好。」其實他心裏主意已定。

第二天坐堂，賈雨村聽完原告申訴，就虛張聲勢，當堂批文書，發籤子，要捉拿兇手歸案。他命人捉了薛家的幾個族人和奴僕。還沒有拷打，這些人就在大堂上一齊招供說：「薛公子已經得急病死了。」雨村聽完，大喝一聲：「既然如此，要地方上鄉紳遞保呈才能放了你們。」果然下

密授護身符　戴敦邦　畫

面遞上了一張保呈。原來這一切都是門子事先關照、串通好了的。

堂下的原告馮家勢孤力單，又無權無財，賈雨村就判薛家賠償些白銀，給馮家作燒埋馮淵的費用。馮家看見這種情狀，也沒話可說了，只好接受。就這樣，賈雨村徇情枉法，胡亂判了這件人命大案。案子一了，雨村連忙寫了兩封信給賈政和王子騰，報告他們："令甥之事已了結，不必過慮。"事後，他怕當年葫蘆廟小和尚、現在的門子知道自己以前潦倒的底細，找了他一個不是，把他發配到遠方去了。

第四章

姥姥進府

　　長安城外一個村莊裏，住着一戶姓王的人家。主人小名狗兒，娶的妻子姓劉，生有一兒一女，兒子小名板兒，女兒叫青兒。一家四口以種地為生。因為兩個孩子沒人照管，就要接岳母劉姥姥來帶他們。劉姥姥守寡多年，沒有兒子，一個人生活非常困難，現在女婿有這份心思，就過來一起住了。這年初冬，天氣相當冷。眼看家裏過冬的事，沒錢去準備，狗兒心裏未免煩悶，幾杯悶酒下肚，就發起脾氣來。妻子也不敢多説什麼，倒是劉姥姥在一邊實在看不下去了，批評他從小託父母的福，享受慣了，現在沒錢就會瞎生氣；然後又指着他數落説："你哪像男子漢大丈夫？現在我們住在天子腳下，遍地是錢，只可惜自己不會去拿。光在家裏跳腳又有什麼用！"狗兒不以為然，冷笑着説："你老人家只會坐在炕上胡説。有辦法還會等到這會兒？我又沒有收税的親戚、做官的朋友，有哪門子辦法好想？就有，只怕他們也不會來理我。"

　　劉姥姥見他不認帳，就一五一十地端出了一條辦法。原來王狗兒祖上做過小京官，與王夫人和鳳姐家認過遠房親戚，二十年前還常走動，後來慢慢疏遠了。劉姥姥勸狗兒他們重新去走動走動。她信心十足地對女兒女婿說："只要他們發點善心，拔根汗毛比咱的腰身還粗壯呢！"這麼一說，狗兒還真的動了心，立刻要姥姥去走一遭，試探試探。劉姥姥"哎喲"一聲叫起來："侯門深似海。我算什麼東西？去了也是白跑。"但轉而一想，狗兒是個男人，一副寒酸相，上榮國府怪丟臉的；女兒年紀輕輕一個女人家，拋頭露面也不妥當；想來想去，倒還是自己這張老臉可以去碰碰運氣。當天晚上，就把這事定了下來，讓姥姥帶板兒去找周大爺。因為周大爺是鳳姐出嫁時從娘家帶去的老僕人，和狗兒的父親有點兒交情。

　　第二天，天蒙蒙亮，劉姥姥就帶着板兒進城了。一路上，姥姥教板兒見人該說什麼話，行什麼禮。板兒才五六歲，喜歡得什麼似的，件件都答應。說着說着，已經到了榮國府大門口。幾個人挺胸凸肚，指手畫腳地說東談西，像根本沒看到她們似的。劉姥姥撣撣衣服，蹭上前去，賠着笑臉，煩請他們找一找王夫人的陪房周大娘。大家像面對怪物似的上上下下打量着她，好一會兒才擠出一句話，讓她遠遠地在一邊等人出來。倒是其中一個年長的管門人看不下去，指着院牆告訴她，從這兒繞到後門，就可以找到周家。

　　劉姥姥謝了他，領着板兒繞到後門。門前挑貨郎擔的，賣小吃的，賣玩具的，應有盡有，倒也熱鬧。一大羣孩子在那兒追着鬧着。劉姥姥拖住一個孩子就問，那孩子翻着眼白瞅着她："哪個周大娘？我們這兒有好幾個呢！不知是幹什麼行當的。"後來聽姥姥說是太太的陪房，一伙小孩兒就把姥姥領到後院，大聲叫開門：

"周大媽，有個老奶奶找你呢！"周瑞家的聽到外面叫，掀了門簾出來。劉姥姥立刻迎上去，滿臉是笑，問候說："好啊？周嫂子。"周瑞家的瞇着眼認了老半天。"哦，劉姥姥，你好？"她認出了來客，有點歉意地招呼，"這幾年沒見，我真有點忘了。快，請屋裏坐。"劉姥姥不無奉承地說："你是貴人多忘事，哪兒還記得我們？"說着，來到了房間裏，丫頭端上茶，大家說了一些久別重逢的客套話。周瑞家的開門見山問姥姥，這次是路過還是特地來的。姥姥不動聲色地回答："這次是特地來瞧瞧嫂子的，二來也向姑太太鳳姐請個安。能領我去見見面更好，不能的話，就借重

姥姥進府　戴敦邦　畫

嫂子轉達一下我們的心意。"周瑞家的一聽，已經明白了幾分來意。她心想，自己原來得到過狗兒父親的幫助，情面難卻，二來也要顯弄一下自己的風光和體面。想到這兒就說："姥姥你放心，你們祖孫兩人老遠跑來，怎麼能不讓你們見了真佛就回去呢？"然後，她就把榮國府這些年來太太不理事，鳳姐掌權理家的內情告訴了姥姥；又說："現今兒寧可不見太太，也得見見鳳姑娘，不枉走這一遭。"姥姥聽說，就念了聲"阿彌陀佛"，拜託周瑞家的引見鳳姐。周瑞家的客氣地說："姥姥這是哪裏話？俗話說得好：'與人方便，與己方便。'"說完，兩人一起下了炕，直奔賈璉的住宅而去。到了那兒，周瑞家的讓劉姥姥暫時等着，先找到鳳姐的心腹丫頭平兒。怕平兒阻擋，周瑞家的在介紹姥姥來歷的時候，特意補充了一句："是從前太太常會的客人。"平兒聽了，就自作主張，讓人把她們領了進來。

　　一進堂屋，劉姥姥就感到有一股奇異的說不出的香味撲面而來。滿屋子的東西亮堂堂的，照得人頭暈目眩，就像在雲端裏一般。劉姥姥只有點頭咂嘴念佛的份兒了。她看見炕沿邊站着一位插金戴銀，容貌姣好的姑娘，心想就是鳳姐了，剛要開口叫"姑奶奶"，卻被周瑞家的打住話頭："這是平姑娘。"她才知道賈府的丫頭也有這樣的體面。猛聽耳邊有"咯嗒咯嗒"的響聲，劉姥姥循着聲音找過去，就看見廳堂柱子上掛着一隻匣子，底下墜着一個秤砣似的玩意兒，在那兒不住地晃着。姥姥心裏正納悶，就聽"當"的一聲，接着又是八九下，像金鐘大呂一樣，嚇得她不停地眨眼皮兒。她剛想問，就看見小丫頭們到處亂跑，一陣忙碌。平兒和周瑞家的知道鳳姐下來了，就讓姥姥坐着，自己進去了。

不一會兒，周瑞家的出來，把姥姥領到鳳姐那兒。鳳姐剛要喝茶，只見一老一小站在她面前。她想起身還沒起身，馬上滿面春風，又是問好，又是責備周瑞家的怎麼不早說。說話間，劉姥姥早已經在地下拜了好幾拜。鳳姐連忙叫周瑞家的把姥姥攙起來，對她說：「我年輕，不大認得，不敢稱呼。」周瑞家的急忙回話：「這就是我剛才說過的那個姥姥。」鳳姐點了點頭，劉姥姥這才哄板兒出來作揖。板兒一個鄉下孩子，怕生，死也不肯。

鳳姐見了，大度地笑笑說：「親戚們不大走動，就疏遠了。知道的呢，說你們嫌棄我們，不肯常來；不知道的那些小人，還當是我們眼裏沒人呢。」劉姥姥念了聲佛說：「是我們家道艱難，走不起啊！」鳳姐微微一笑：「做個窮官罷了，有什麼！不過是個空架子。俗話說，朝廷還有三門窮親呢，何況你我。」周瑞家的乘機提醒姥姥：「有什麼事，儘管對二奶奶說。」說着，不斷向姥姥遞眼色兒。

姥姥心領神會，還沒開口先羞紅了臉，但轉而一想，今天不說又來這幹嗎？只好厚着臉皮勉強開口：「按說今天初次見面，有的話不該說，只是大老遠帶着你侄兒奔你老這裏來，少不得說了⋯⋯不為別的，只因為他爹娘連吃的都沒有了，天氣又冷⋯⋯」說着推推板兒：「你爹打發咱們來幹什麼的？」板兒只顧自己吃桌上的果子。鳳姐早已明白了姥姥的來意，聽說她們為了趕路連早飯都沒吃，就叫周瑞家的安排她們吃飯。

吃完飯，姥姥拉了板兒，舐唇咂嘴，連連道謝。鳳姐客氣地請她們坐下，微微笑着：「論起親戚，原該不等上門就照應的；只是咱們這個家外表轟轟烈烈，其實大有大的難處，說給人家聽，也未必相信。"聽得劉姥姥心涼了一半，只當是沒指望了。鳳姐又把話頭一轉："既然大老遠趕來，又是頭一次向我張口，怎麼能叫你們空手回去呢？可巧昨兒太太給我丫頭做衣裳的二十兩銀子還沒動，

姥姥受銀　葉雄　畫

26

不嫌少的話，先拿去用吧。”這麼一說，喜得劉姥姥眉開眼笑：“我們也知道府上日子艱難，只是俗語說：‘瘦死的駱駝比馬還大。’你老拔一根汗毛比我們的腰還壯呢！”鳳姐聽她說得粗俗，笑着不睬她，只管叫平兒拿了一包銀子送到姥姥面前：“這銀子給孩子做件冬衣罷。改日沒事，只管來逛逛。天晚了，也不留你們了。”說着就站起身來。劉姥姥知道鳳姐這是謝客了，就千恩萬謝地退了出來。周瑞家的怪她平時嘴挺伶俐的，怎麼到時候不會說了。劉姥姥笑了笑：“我見了這樣俊俏的人兒，心裏愛還愛不過來，哪還顧得上說話！”

到了周瑞家坐了片刻，劉姥姥要留一塊銀子給周家的孩子買零食吃，周瑞家的執意不肯。劉姥姥感激不盡，仍然從後門出榮府，回鄉下去了。

釵玉奇緣

第五章

　　金陵薛家是世代書香相繼的大族。薛家有位千金小姐，乳名寶釵。寶釵幼年喪父，寡母王氏是現任京營節度使王子騰的妹妹，和榮國府上賈政夫人王氏是一母生的姐妹，今年五十上下年紀。寶釵有個哥哥，比她大兩歲，就是那個倚財仗勢，鬧出人命官司的公子哥兒薛蟠。這薛蟠因為是獨子，深得寡母溺愛，一天到晚只知吃喝玩樂，長大了仍一事無成。

　　寶釵生得肌膚晶瑩，骨肉豐潤，舉止高雅嫻靜。當年父親在世，最是疼愛她，讓她讀書識字，才學竟比她的哥哥高過十倍。父親去世後，她見哥哥根本不理解母親的心情，就不再讀書，專心針線家務，好為母親分擔一些憂傷和勞務。這次進京，一來宮中要選聘名門世家的女兒，陪公主讀書，讓寶釵候選；二來探親；三來京城薛家原來有些買賣生意，讓不管事的薛蟠給弄虧了，準備清理一番。

　　沒過幾天，薛姨媽真的帶着一大家子人來了。王氏姐妹晚年相會，悲喜交集，不免盡情地傾訴了一番思念之情。暢敍別情之後，王夫人又引他們來拜見了賈母，獻上人情和各種禮儀物品。全家見過以後，又擺開宴席接風。

那賈政心想一來薛姨媽已經有點歲數，二來外甥卻又年輕不知世事，住在外面容易惹事生非，關照下人把東北角梨香院空閒的十來間房子打掃乾淨，讓他們住下。賈母也特意留下話來："請姨太太就在這兒住下，大家親密些。"他們的想法正合薛姨媽的心願。這以後薛姨媽一家就在梨香院住下了。

再說這林黛玉來到榮國府以後，賈母真是萬般憐愛，飲食起居，都和寶玉相似，就是迎春、探春、惜春三個親孫女也往後靠了。寶玉、黛玉兩人更是親密友愛，似漆如膠，顯得與眾不同：白天同行同坐，晚上同止同息，可說是說話投機，意氣相合。沒想到如今忽然來了個薛寶釵，年齡雖然大不了多少，然而品貌端正大方，長得也美麗，人人都說黛玉不及她。而且寶釵為人也豁達隨和，待人不計較身份，處事注意場合；不像林黛玉那樣孤芳自賞，眼睛裏容不得一點灰塵。賈府的下人，就是小丫頭們，也多喜歡和寶釵親近。黛玉心裏就有些不平。而寶玉自己也像個沒長大的孩子，天性單純，待兄弟姐妹一個樣，並沒有親疏遠近的差別；現在和黛玉都住賈母房裏，當然比別的姐妹更熟悉隨便些。兩人因為在一起弄慣了，就更加親密，免不了有些意外的誤會，言語當中常常鬧出一些小小的不愉快來，弄得黛玉有時不免感歎自己的身世和世態的炎涼，一個人關在房裏，暗暗地抹眼淚。

這幾天，寶釵因為先天的熱毒又發了，沒出屋子。寶玉沒能親自去侍候過，就想去探望一下。來到梨香院，正見薛姨媽給丫頭們派活，寶玉連忙走上前去請安。薛姨媽一把將他拉過來，心疼地摟在懷裏說：「這麼冷的天，我的兒，難為你還想着來，快快上炕來坐。」說着，讓人端上滾燙的熱茶來。寶玉四周看了一眼，問：「哥哥沒在家嗎？」薛姨媽深深地歎了口氣：「他呀，是匹沒籠頭的馬，天天出去閒逛個沒完。哪有一天肯在家裏呆着？」「那麼姐姐身體是不是全好了？」見寶玉問起，薛姨媽朝裏間看看，說：「她正在裏間呢。裏間比這兒暖和，上那兒坐着。我這兒收拾收拾，就進來和你們說話。」寶玉聽姨媽這麼一說，趕緊下炕，掀開半舊的紅綢軟簾，一步邁進去，一眼就看見寶釵坐在炕上做針線。寶釵穿着蜜黃色棉襖，玫瑰紫坎肩，蔥黃綾棉裙，一色半新不舊，一點不讓人感到奢華，顯得相當素雅。寶玉一面看，一面問：「姐姐身體全好了嗎？」寶釵抬頭看到寶玉進來，連忙欠着身子，含笑回答說：「好多了，真是多謝你一直記掛着。」說着，讓他在炕沿上坐下，當即叫鶯兒沏上茶來。寶釵早就聽說這位寶兄弟有塊寶玉，非比尋常，卻從來沒有仔細欣賞過，就向他要來看看。她一邊說，一邊就把身體挪近寶玉。寶玉也不知不覺湊了上去，從脖子上摘下那塊玉，遞到寶釵手裏。寶釵將玉托在手掌上，只見它大小如雀蛋，燦爛像朝霞，色澤晶瑩溫潤，隱約可以看見五色花紋纏繞。接着，寶釵粗看了看，又重新翻過正面來細看，嘴裏念着玉石上刻的辭句：「莫失莫忘，仙壽恆昌。」念了兩遍，才發現丫鬟鶯兒呆在那兒，就笑着問她：「你怎麼不去倒茶？」鶯兒也笑嘻嘻地說：「我聽這兩句話，倒像和咱姐姐項圈上的兩句話是一對兒。」寶玉一旁聽了，就要看寶釵的項圈。寶釵好歹不肯。寶玉有點耍孩子氣地說：「好姐姐，你怎麼瞧我的呢！」寶釵纏不過他，只好解了排扣，從裏面大紅襖上把那綴着珠寶、金黃燦燦的金鎖摘出來。寶玉托着鎖一看，果然兩面八個字："不離不棄，芳齡永繼。"和自己玉石上刻的一樣，都是吉祥的話語，正好和自己的配成一對。寶釵怕鶯兒再多嘴，趕緊把她支去倒茶了。

寶玉這時和寶釵肩挨肩坐着，只聞到一陣陣涼森森、甜絲絲的幽香，卻是自己從來沒聞到過的，就問她熏的是什麼香。寶釵説自己好好的衣服並沒有熏過什麼香，再想想又説："有了，是我早上起來吃的冷香丸的香氣。"寶玉聽了也要一丸嘗嘗。寶釵笑笑，正色對他説："又胡鬧了，難道藥也能亂吃的？"

奇緣識鎖　戴敦邦　畫

話音還沒落地，林黛玉已經搖搖曳曳地走了進來。她一眼看見寶玉，笑着打趣説："噯喲，我來得不巧了。"寶釵聽不明白，問她："你這話是什麼意思？"黛玉一本正經地説："早知道他來我就不來了。現在來呢一齊來，不來一個也不來。不然的話，今兒他來，明兒我來，時間錯開了，不是天天有人來了嗎？姐姐這兒既不會太冷落，也不至於太熱鬧。"

　　寶玉看黛玉穿着大紅羽緞對襟大褂，知道外面下雪了，就讓佣人去拿自己的斗篷，黛玉冷冷地笑了起來："可不是？我來了他就要走了。"寶玉爭辯説："我又沒説走，不過是拿來預備着。"

　　這時薛姨媽已經擺好幾樣細巧的茶點，特別備了一盤寶玉喜歡的糟鵝掌。果然，寶玉見了就一個勁央求，要用來下酒吃，纏得薛姨媽只好答應。寶玉又關照："酒已燙了，我只喜歡喝冷酒。"薛姨媽連忙勸他："這可使不得，吃了冷酒，寫字時手會發抖的。"寶釵在一旁也關切地附和："寶兄弟，虧你平時像個雜家似的什麼都學，難道就不知道酒性最熱，趁熱喝下去，發散得就快；要是冷的喝下去，就淤結在身體裏，要拿五臟去暖它，豈不是讓自己的身體受害？快別吃冷酒了。"寶玉聽聽有理，就讓人燙好了酒才喝。

　　黛玉一邊嗑着瓜子兒，只管抿着嘴冷笑。恰巧丫鬟雪雁來給黛玉送小手爐兒，黛玉笑着旁敲側擊説："誰叫你送來的？真難為她費心。哪裏就冷死我了呢！"雪雁不知就裏，實話實説："紫鵑姐姐怕你冷，特意叫我送來的。"黛玉接了手爐抱在懷裏，微微一笑，借題發揮説："也虧了你聽她的話。我平時和你説的全當耳邊風，怎麼她説了你就依，比執行皇帝的聖旨還快呢？"寶玉知道黛玉這話是在奚落他，一時卻又找不到回答的話，只好嘻嘻一笑了事。那寶釵知道黛玉的脾氣，一旁並不搭理。倒是薛姨媽笑了，問她："你平時身子單薄，經不起冷，她們惦記你反倒不好了？"黛玉轉而賠笑解釋説："姨媽你不知道，幸虧在你這兒，如果在別人家，那不叫人家生氣嗎？難道人家竟連個手爐都沒有，眼巴巴地讓人從家裏送來。人家可不會説是丫頭太細心，弄不好，還只當我平素就是這樣輕狂慣了呢！"薛姨媽聽了，連連搖頭，説："你真是個多心的丫頭，有這麼些雜七雜八的想頭。我就沒有這些心思。"

這林黛玉也真是三不罷四不休。寶玉酒喝多了，家人李嬤嬤上前勸阻，黛玉悄悄推寶玉，叫他賭氣再喝。李嬤嬤讓她別助長寶玉，要她勸寶玉不要再喝了。黛玉冷笑一聲，反問："我為什麼要助長他？當然我也犯不着勸他。你這媽媽也太小心了。難道姨媽這裏是外人，不該在這兒吃酒？"弄得李嬤嬤臉上紅一陣白一陣的，不知說什麼是好，只好笑笑找個台階説："真正是林姐兒，説出的話來，比刀子還厲害。"寶釵也忍不住，笑着在黛玉腮上擰了一把："你這張嘴，真叫人恨又不是，喜歡又不是啊！"

吃完飯，黛玉催寶玉："你走不走？"寶玉乜斜着疲倦的雙眼："你要走，我和你一同走。"黛玉一聽氣也消了，心也軟了，起身對大家説："我們來了這麼久，也

寶黛同行　袁輝　畫

該回去了。"説着就要告辭。

　　小丫頭們手忙腳亂，捧來擋雪的斗笠，寶玉把頭一低，讓她們戴上。誰知斗笠才往他頭上一合，寶玉就生氣地罵道："去去去！你們這些好蠢的東西！重手重腳的。難道沒看見別人怎麼戴的，等我自己戴！"那黛玉早已站在炕上，柔聲柔氣地招呼他："過來！我給你戴吧。"寶玉心領神會，趕忙走到她跟前。黛玉用手輕輕籠住寶玉束頭髮的金冠，又把那顆核桃大的大紅絨簪纓扶正，讓它輕輕地在斗笠外顫動。整理好了，她又仔仔細細端詳了一會兒，才放心地讓寶玉披上斗篷。寶玉接了斗篷披好，兩人這才告別薛姨媽，和好如初地回去了。

毒懲賈瑞

第六章

　　鳳姐早就知道寧府的會芳園景致十分幽雅。這一天，她到會芳園去聽戲，不禁被園中的景色迷住了：只見滿園黃花白柳，綠樹紅葉，小橋流水，曲徑通幽；山石間流淌着清清的溪水，別有幽情；亭台小樹，依山臨水，倍添韻致。

　　鳳姐正陶醉在美景中，猛然從假山石後面轉出一個人來，只見他走上前對鳳姐説："給嫂子請安。"鳳姐吃了一驚，身子往後一退，定睛一看，方才認出是賈府主持家塾的先生賈代儒的長孫賈瑞。代儒不在時，他也曾代為主持過家塾。鳳姐連忙跟他打招呼："是瑞大爺吧？"賈瑞説："嫂子連我也不認得了？"鳳姐解釋道："不是不認得，猛然一見，想不到大爺也在這裏。"賈瑞沒話找話地説："也是我與嫂子有緣。我想在這清淨地方散一散心，不想就遇見了嫂子。這不是有緣麼？"一面嬉笑着，一面用貪婪的目光不住地打量着鳳姐。鳳姐是個聰明人，心裏已明白了他的意思，不禁有些惱怒，但表面上仍強裝着笑臉説："怪不得你璉哥哥常説你好，今日見了，聽你這幾句話兒，就知你是個聰明和氣的人了。這會兒我要去聽戲，不能和你多説了，等閒了再會吧。"賈瑞見有機可乘，就又試探地説："我要到嫂子家裏去請安，又怕嫂子年輕，不肯輕易見人。"鳳姐臉上堆着笑説："都是一家人，説什麼年輕不年輕的話。"賈瑞聽了這話，心中暗自歡喜，那表情也就更不堪入目了。鳳姐卻在心裏恨恨地説："這才是'知人知面不知心'呢。哪裏有這樣人面禽獸的人？他再這樣無恥，幾時叫他死在我手裏，才知道我的厲害！"

毒設相思局　孟慶江　畫

自從在會芳園巧遇鳳姐以後，賈瑞暗自慶幸自己艷福不淺，就三天兩頭往榮府跑，無奈偏巧鳳姐都不在家。原來，近日賈蓉的妻子秦可卿身體不舒適，鳳姐就常常到寧府去探望她，陪她説話。這天，鳳姐從寧府回來，一進家門，大丫鬟平兒就將烘熱了的家常衣服拿來給她換上。鳳姐坐下，順口問平兒：「家中有什麼事沒有？」平兒一邊把剛沏好的茶遞給她，一邊回答：「沒有什麼事，就是那三百兩銀子的利錢，旺兒嫂子送來了，我收了。還有瑞大爺差人來打聽奶奶在家沒有，他要來請安說話。」鳳姐聽了，哼了一聲，冷笑着說：「這畜生活該作死，看他來了怎麼樣！」平兒疑惑不解地問：「這瑞大爺不知怎麼了，只管來？」鳳姐就把那天在會芳園遇見賈瑞的情形和賈瑞講的那些話都告訴了平兒。平兒也憤憤地說：「癩蛤蟆想吃天鵝肉。沒人倫的混帳東西，起這樣的念頭，叫他不得好死！」鳳姐沉吟着說：「等他來了，我自有主張。」

鳳姐和平兒正說着話，就聽有人稟報說：「瑞大爺來了。」鳳姐不慌不忙地說：「請進來吧。」賈瑞見鳳姐請，不禁暗喜，滿臉堆笑地走進來，連聲問好。鳳姐也假裝殷勤地端茶讓座。賈瑞見鳳姐一身家常打扮，越發顯得俊俏動人，心裏就有了幾分醉意，覺得自己快酥倒了。他色眼痴迷地問：「璉二哥哥怎麼還不回來？別是路上有人絆住了腳，捨不得回來了吧？」鳳姐應道：「男人家見一個愛一個也是有的。」賈瑞笑着說：「嫂子這話錯了，我就不是這樣的人。」鳳姐也假意迎合着說：「像你這樣的人能有幾個呢？十個裏也挑不出一個來！」賈瑞聽了，喜得抓耳撓腮，說：「嫂子天天也悶得很。我倒天天閑着，若過來替嫂子解解悶兒，可好麼？」鳳姐笑着說：「你哄我呢！你哪裏肯往我這裏來？」賈瑞不辨真假，着急地說：「我在嫂子面前如有一句謊話，天打雷劈！只因平日聽人說，嫂子是個厲害人，所以嚇住我了。如今見嫂子是個有說有笑、極疼人的人，我怎麼不來？——死了也情願！」鳳姐裝着笑臉説：“果然你是個明白人。”賈瑞見鳳姐這般賞識自己，就越發鼓足了勇氣，忍不住又往前湊一湊，假意看鳳姐的荷包和戒指。鳳姐故意壓低聲音，悄悄説：“小心別叫丫頭們看見了。大白天的，人來人往，你在這裏也不方便。你先回去，等天黑了再來，悄悄地在西邊穿堂兒等我。”賈瑞聽了，如獲至寶，喜不自禁，以為可以得手，歡歡喜喜地告辭而去。

好不容易挨到天黑，賈瑞趁着夜色偷偷摸進榮府，鑽進穿堂裏躲着。這時，穿堂西面的門已經倒鎖起來。賈瑞屏住呼吸，側耳細聽，焦急地等着鳳姐，可過了好長時間也不見有人來。忽聽“咯噔”一聲，東邊的門也被鎖上了。賈瑞知道出不去了，又不敢做聲，只能乾着急。這穿堂裏漆黑一團，正是寒冬臘月，朔風凜凜，穿堂而過，吹在身上刺骨地寒。賈瑞就這樣在寒風中縮着身子哆嗦了一夜，險些沒被凍死。好容易挨到天亮，一個老婆子才慢悠悠地開了門。趁那老婆子不注意，賈瑞抱着肩，一溜煙跑了出來，從後門悄悄地溜回了家。

賈瑞吃了苦頭，卻邪心不改，更沒想到是鳳姐存心捉弄他，過了兩天又去找鳳姐。鳳姐見他不思悔改，就又生一計，悄悄對他説：“今天晚上你別在那裏了，你到我房後小過道裏頭那間空屋子裏等我。”賈瑞不放心地問：“當真？”鳳姐假裝生氣地説：“你不信就別來！”賈瑞趕忙説：“一定來，一定來！就是死也要來！”鳳姐見他自投羅網，心中暗喜。等賈瑞走後，她就如此這般地安排了一番，悄悄設下了圈套。

到了晚上，賈瑞又如約來到了那間夾道中的小屋子。正等得心急火燎，像熱鍋上的螞蟻坐立不安時，黑暗中進來一個人，賈瑞以為就是鳳姐，就撲上去抱住那人，迫不及待地叫道："親嫂子，等死我了！"忽然燈光一閃，只見賈薔舉着燈，厲聲喝問："誰在這屋裏？"賈瑞一看，自己抱的原來是賈蓉，抽身要跑，卻被賈薔一把抓住："別走！如今璉二嬸子已經告到太太跟前，說你調戲她。太太聽見氣死過去了，這會兒叫我來捉拿你。快跟我走吧！"賈瑞早已嚇得魂不附體，忙不迭地說："好侄兒，你放了我，我明日重重地謝你！"賈薔說："不知你謝我多少？口說無憑，寫一張文契才算。"說着，拿出事先準備好的紙和筆。賈瑞好說歹說，最後被逼無奈，只得寫了五十兩銀子的欠契。賈薔拿了欠契，滿意地看了看，又回頭裝腔作勢地對賈瑞說："如今要放你，我就擔着不是。老太太和老爺那邊的門都不好走，你只好走後門。萬一遇見了人，連我也不好。等我先去探探，再來領你。"說完，他又煞有介事地想了想說："不過，你不能在這間屋裏等我，馬上就會有人來堆東西。"說着，吹滅了燈，拉着賈瑞來到院子裏，指着大台階底下，說："你就躲在這裏，別吭聲，等我來了再走。"說完，他一轉身，就消失在夜色裏。

賈瑞此時身不由己，只得老老實實地蹲在台階下。他正盤算着下一步該怎麼辦，只聽頭頂上一聲響，嘩啦啦，一桶臭糞從上面直潑下來，正好澆了他一頭一身。他不禁"哎喲"一聲叫出口來，又趕忙用手捂住嘴。他滿頭滿臉都是屎尿，被風一吹，渾身冰冷，瑟瑟發抖。正在這時，只見賈薔跑來叫他："快走，快走！"賈瑞慌忙三步並作兩步，逃命似的從後門溜走了。

回到家裏，賈瑞懊喪極了。他一面趕緊把那身又髒又臭的衣服換掉，一面暗自思忖：原來鳳姐從一開始就在耍弄自己。想到這，他不禁有些惱火，想狠狠心就此作罷，但一想到鳳姐那迷人的模樣兒，又恨不得馬上將她一把摟在懷裏。就這樣，他欲罷不能，整日胡思亂想，臥不安，食不香，加上那兩晚吹風着了涼，沒多久就病倒了。他躺在牀上閉着眼睛還夢魂顛倒，滿口胡言。家人為他四處求醫，各種藥都試過了，仍不見好。後來聽說服用"獨參湯"可能管用，但這"獨參湯"很昂貴，一般人吃不起，賈瑞的家人只得來求榮府。鳳姐聽說後，冷冷地説："這藥剛給老太太配了去，剩下的昨兒我已叫人送給楊提督的太太了。"

賈瑞此時已病入膏肓，奄奄一息。忽然有一天，來了一個化齋的跛足道人，自稱專治冤孽之症。大家忙把那道士請進來，賈瑞像見了救命恩人一樣，一把將那道士拉住，連叫："菩薩救我！"那道士歎了一口氣，從褡

賈瑞身亡 戴敦邦 畫

裏中取出一個正反兩面都能照人的鏡子來，鏡子的背面刻着"風月寶鑒"四個字。道士把鏡子遞給賈瑞，說："我把這個寶貝給你，你天天對着它看，命就可保住了。不過，千萬記住，只能照背面，不可照正面。切記，切記！"說完，就揚長而去。

道士走後，賈瑞按照道士所吩咐的，拿起鏡子的背面一照，不禁嚇出一身冷汗：鏡子裏立着一個猙獰的骷髏。賈瑞連忙用手將鏡子遮住，大罵那道士："混帳！怎麼嚇我！"他又忍不住把鏡子翻過來照一照正面，卻不料看見他朝思暮想的鳳姐在鏡子裏向他招手。賈瑞真是喜出望外，全然忘了那道士的叮嚀，整天對着鏡子的正面痴痴地看，只覺虛汗淋漓，神志更加恍恍惚惚，病也更加重了。終於有一天，他手一鬆，那面鏡子"啪嗒"一聲掉在了地上。大家跑過去看時，他已經氣絕身亡。

第七章　可卿香殞

秦可卿是營膳司郎中秦邦業的長女。這秦邦業原本就與賈家有着多年的交往，如今女兒可卿又嫁給賈珍的長子賈蓉，成了賈府的蓉大媳婦，兩家的關係也就更不一般了。

可卿生得嬌俏柔媚，婀娜裊婷，性情又溫柔和順，深得賈府上下的好感。她本不是秦邦業的親女兒，是秦邦業在年近五十歲時，因膝下還無子女，唯恐暮年淒涼，不得已從養生堂抱養的，取名兼美，小名可兒，又叫可卿。秦邦業五十三歲時喜得一子，取名秦鐘，今年十二歲了，也長得眉清目秀，聰明伶俐，十分惹人喜愛。

這一天，可卿邀鳳姐到寧府去玩，寶玉也想去，鳳姐就帶上他一同去了。到了賈珍家，只見可卿和她婆婆尤氏領着侍妾、丫鬟們早就在儀門外迎候着了。鳳姐和寶玉下了車，大家拉着手說笑問候了幾句，就一同到上房裏坐下。可卿一邊忙着沏茶端水，一邊笑着對寶玉說：“今天你來得真巧。你不是說想見我弟弟嗎？他這會兒正在書房裏呢。”寶玉一聽，高興得蹦起身就要往外跑，鳳姐在一旁攔住他，說：「為什麼不請他進來，我也見見呢？」大家覺得鳳姐的話也在理，就差人去帶秦鐘來。

不一會兒，就見一個模樣清俊的少年帶着有點腼腆的神情走進屋來，他不好意思地用怯怯的聲音向大家請安問好。鳳姐用胳膊捅捅寶玉，逗他說：「比下去了吧！」寶玉細細地打量着秦鐘，見他雖有些清瘦，但舉止神情卻不乏靈秀之氣，倒也顯得脫俗出眾，心裏就有點喜歡他，就上前拉他坐在身邊，問他讀書和近日家務等事。秦鐘一一如實地回答了。兩人你一句我一句，不一會兒就好得如親兄弟一般。寶玉說：「我們家有個私塾，我正想找個伴一起讀書，不如你就來和我作伴，好嗎？」秦鐘高興得直點頭。從此，兩人同來同往，更加親密了。

一天早上，秦鐘愁眉苦臉，悶悶不樂地來到姐姐可卿的房間。可卿正靠在炕上，閉着眼休息。秦鐘知道姐姐這幾天身體不舒服，總是這樣有氣無力的，本不想打擾她；可是當可卿問他有什麼不順心的事時，他還是忍不住把在學堂裏被人欺負和與人打架的事全告訴了可卿。可卿聽了，心裏又氣又惱：氣的是自己的弟弟無緣無故地被人欺負，惱的是弟弟剛到賈府學堂沒幾天就不學好，不用功讀書，鬧出事來。她又不好過分責備弟弟，只說了他幾句，就獨自躺在那兒生悶氣，連飯都不想吃了。

可卿的婆婆尤氏見媳婦的病總不見好，心裏很着急。她一邊數落秦鐘不懂事，不該在這時候用學堂裏的事來煩她，一邊又囑咐可卿：「你好好躺着養病吧，別去管那些閒事了。每天早晚也不必過來請安了。如果有親戚來，你也不必起來，我會對他們說的，他們不會怪罪你。蓉兒我也囑咐過了，不許他惹你生氣。」尤氏對可卿這個兒媳婦是滿心喜歡的，平日裏逢人就誇：「我這個媳婦兒，模樣兒也好，性格也好，只怕打着燈籠也沒處去找呢！」她知道可卿雖說平常見了人總是有說有笑的，其實她把煩惱的事都藏在了心裏。這會兒正有病，偏又碰上這麼一件煩心的事，只怕心裏一急，病也就更重了。

尤氏正為可卿的病愁得唉聲歎氣，賈珍從外面走進來，知道她是為媳婦的病發愁，就坐下來與她一起商量請大夫的事。尤氏說：「這麼多大夫都瞧過了，藥也吃了，還不見好。你想辦法找一個好大夫來給她瞧瞧要緊，可別耽誤了。」賈珍說：「聽說有一位姓張的大夫醫術高明，我已差人去請了。」

第二天中午，就聽門外有人稟告：「請的那位張大夫來了。」賈珍、賈蓉父子倆急忙將大夫請進大廳坐下，讓人敬上茶。稍坐了片刻，賈珍就和賈蓉一起領大夫進了裏屋。賈蓉一邊與大夫說着可卿的病症，一邊讓人拿過一個大枕頭來給可卿靠着，幫她撩起袖口，露出手腕來。大夫伸手搭在可卿的右手腕上，凝神屏息了一會兒，又把手搭在可卿的左手腕上，然後示意大家到外面去說話。於是大家仍回到外邊屋裏的炕上坐定。賈蓉讓人再敬上茶來。那大夫喝了幾口茶後，對賈蓉說道：「看尊夫人的脈息，細而無力，虛而無神，應是心氣虛而生火，肝氣滯而血虧，因而不思茶飯，精神倦怠，四肢痠軟。這病如早治，只怕已痊愈，現在是給耽誤了。」賈蓉急忙問到底能治不能治，大夫說：「先吃了我的藥再說。如果尊夫人夜間睡得着覺，這病恐怕還有三分治。不過……」大夫說着往裏間瞧瞧：「我看尊夫人是個思慮過多的人，憂慮傷肝脾啊！」賈蓉是個聰明人，也就不往下細問了。那大夫留下藥方就走了，賈蓉連忙叫人按藥方抓藥煎給可卿吃。

張大夫給可卿瞧病的第二天，正值賈敬的壽辰，是寧府的大喜日子。邢夫人、王夫人、鳳姐和寶玉等都過來慶賀。敍談間，王夫人問起可卿的病情，尤氏說已病了半個多月了，昨天還請了好大夫瞧過，開了方子，吃了一劑藥，仍然不見好。鳳姐聽了，眼圈紅了一會兒，要去看看可卿。

可卿正昏昏沉沉地躺着暗自傷神，忽聽有人說鳳姐來了，睜開眼一看，果然是鳳姐和寶玉正隨賈蓉一起輕輕地走進裏間來。可卿趕忙用手支起身體想起來，鳳姐上前一把扶住她，說："快別起來，小心頭暈摔倒。"說完，坐到炕上，拉住可卿的手，見她面容蒼白憔悴，心疼地說："怎麼幾天不見，就瘦成這樣了！"可卿勉強地笑笑，說："這都是我沒福氣。這一家子長輩同輩沒人不疼我的。如今得了這個病，我就有十分孝順的心，也不能孝順你們了。我暗自猜想，未必熬得過年去。"寶玉在一旁聽了，覺得一陣心酸，眼淚就忍不住流了下來。鳳姐也十分傷感，可她怕可卿見了心裏更難受，就假裝輕鬆地對寶玉說："寶兄弟，快別婆婆媽媽的了，這病就會好的。"又回頭對可卿說："你也別胡思亂想，豈不是自己添病麼？再說又有好大夫來瞧過了，再也不用怕了。"可卿神情憂傷地搖搖頭，說："任憑他是神仙，'治了病治不了命'。我知道這病不過是挨日子罷了。"鳳姐勸解說："你總是這麼想，哪裏能好呢？咱們又不是吃不起人參的人家，你公公婆婆別說一日二錢人參，就是二斤也吃得起。"鳳姐又陪可卿說了好長時間的話，儘量寬慰着可卿。臨走時，可卿拉住鳳姐的手，依依不捨地說："閒了的時候還求過來瞧瞧我，陪我說會兒話。"鳳姐聽了，不禁眼圈一紅，說："我有空一定常來看你。"

　　鳳姐回去後，把可卿的病同賈母說了，賈母感歎說："這麼好的孩子，要有個三長兩短，豈不叫人心疼死！"又囑咐鳳姐："你們娘兒們好了一場，過兩天你再去瞧瞧她。那孩子平時愛吃什麼，

賈府出殯　戴敦邦　畫

你也常叫人送些給她。"鳳姐一一答應了。過了幾天，鳳姐去看可卿，見她越發瘦得可憐，臉上身上的肉都乾癟了。鳳姐知道病得不輕，可嘴上還是對可卿說："這病無妨。"兩人說了一會兒話，鳳姐囑咐她好好養着，就起身到了外間。尤氏輕聲地問鳳姐："你覺得這病怎麼樣？"鳳姐低着頭想了想，說："你也該將後事給她料理料理了。"

一天夜間，三更鼓剛過，鳳姐睡意朦朧中恍惚看見可卿從外面走進來，笑吟吟地對鳳姐說："嬸娘好睡！我今天要回去，你也不送我一程。我捨不得嬸娘，所以來向你道別。"接着說了些"否極泰來"、"盛筵必散"的話，臨別贈言，說是"三春過後諸芳盡，各自須尋各自門"。鳳姐正納悶，就聽二門傳來雲板聲，連着敲了四下，正是報喪的信號，她猛然驚醒。緊接着就有人來稟報："蓉大奶奶沒了。"

鳳姐嚇出一身冷汗，急忙帶着丫鬟、婆子連夜備車趕到寧府。一眼望去，只見寧府大門敞開，兩邊燈火通明，亮如白晝，裏面亂哄哄人來人往，哭聲搖山震嶽。可卿死了的消息很快傳遍了全府上下，大家想到可卿平日裏愛老慈幼，憐貧惜賤，為人和善可親，都忍不住傷心得痛哭起來。可卿的貼身丫鬟瑞珠更是哭得死去活來，最後，竟趁人不備，一頭撞在柱子上當場死去。

可卿的靈堂設在會芳園登仙閣，停靈七七四十九天。另外又在天香樓設祭壇，請來了和尚道士為可卿超度亡靈。出殯那天，前有六十四名青衣開道，車轎上的所有飾物都是新做的，一眼望去，整條出殯的隊伍色彩奪目，聲勢浩大。公子王孫也都來送殯，車輛轎馬擺了足有三四里遠，浩浩蕩蕩，像壓地銀山一般。

鳳姐弄權

第八章

　　寧國府賈珍的長子賈蓉的妻子秦可卿生病死了，靈堂設在會芳園的登仙閣。一時間，前來弔孝的親戚官員絡繹不絕，寧國府的街上白漫漫人來人往，花簇簇官去官來。

　　賈珍決意要把喪事辦得儘可能風光體面。他請了一百零八位僧人和九十九位道士為亡者超度靈魂，並精心挑選了上等棺木。這棺木有八寸厚，紋路像檳榔，香氣像檀木，用手一扣，聲如玉石。把這些都安排妥當後，他又花了一千兩銀子託人為賈蓉捐了個五品龍禁尉的官位，這樣一來，靈前供用執事等物品都按照五品設置。一切總算心滿意足。

　　賈珍為操辦喪事已累得精疲力盡，偏巧尤氏這幾天又犯病，躺着起不來，府裏的事無人照料。賈珍自己忙不過來，又恐怕照顧不周，得罪了前來弔孝的官員和族人，所以愁得直歎氣。寶玉在一旁看出了他的心事，就悄悄對他說：「我向你推薦一個人，幫你料理家事準合適。」說着，就湊到賈珍的耳邊說了兩句。賈珍一聽，連聲説：“果然妥當，我們這就去。”説着，拉上寶玉，拄着拐杖，就往上房裏來。

正巧，王夫人、邢夫人和鳳姐都坐在上房裏説話。賈珍一進門，掙扎着要跪下向邢、王二位夫人請安，邢夫人連忙讓寶玉將他攙住。賈珍勉強賠着笑臉説：“侄兒有一事求二位嬸娘和大妹妹。”“什麼事？”賈珍連忙説：“我裏裏外外實在顧不過來，想屈尊大妹妹幫我料理一個月，我就放心了。”賈珍説的大妹妹指的是鳳姐。“她？”王夫人瞧瞧鳳姐，心想：鳳姐沒經歷過這樣的事，料理不好，反倒被人笑話，連忙説：“她一個小孩子家，哪裏經過這些事？還是請別人吧。”賈珍一聽，急得流下淚來：“嬸娘，除了大妹妹再無人可求了。請嬸娘看在死去人的份上，答應了吧！”鳳姐平日最喜歡攬事，好賣弄才幹，見賈珍這樣央求，心裏早就願意了；又見王夫人也有意讓自己料理，就對王夫人説：“大哥這麼懇切，太太就依了吧。”王夫人悄悄問鳳姐：“你行嗎？”鳳姐不服地説：“有什麼不行的！外面的大事大哥哥已經料理清了，我不過是裏面照管照管，如有不知道的，我問問太太就是了。”見鳳姐如此有把握，邢、王二位夫人也就不再阻攔了。賈珍一聽鳳姐答應了，就作揖稱謝，鳳姐也連忙還了禮。

賈珍馬上叫人去拿來寧國府的對號牌，交到鳳姐手上，説：“妹妹愛怎麼辦就怎麼辦，不必問我。”然後，就張羅着要給鳳姐收拾一間屋子住，鳳姐忙説：“不用了，榮府那邊也離不開我，我還是天天過來吧。”賈珍想了想説：“也好。只好辛苦大妹妹了。”鳳姐請邢、王二位夫人先回榮府去，説：“今兒我得先理出個頭緒來才回去呢。”

等她們走後，鳳姐獨自一人坐着，靜靜地想：這寧府有幾件事必須管一管：一是人多手雜丟東西；二是事情無專人管，臨時推諉；三是開銷浪費，濫支冒領；四是幹活苦樂不均；五是平日放縱慣了，不思上進。鳳姐決意要改變寧國府中的這些陋習。

寧國府的總管賴升聽說鳳姐要來料理內事，急忙把府裏的佣人召集到一起，叮囑說：“這幾天大家都早些來晚些走，說話做事都得留神，小心伺候着，寧可辛苦這一個月，過後再歇息。那璉二奶奶是個有名的烈貨，惹惱了她，可是翻臉不認人的。”正說着，就聽鳳姐傳賴升媳婦進去，說要查看花名冊。賴升媳婦把花名冊交給鳳姐後，鳳姐點了點人數，對賴升媳婦說：“傳我的話，明兒一早，府裏的婆子媳婦全都到這兒來等候聽差。”交代完畢，鳳姐才坐車回榮府去。

第二天，鳳姐一大早就到寧府這邊來了。寧府的婆子、媳婦們早已到齊了，一個個都緊張得屏住呼吸，靜靜地等候鳳姐吩咐。鳳姐對大家說：“這府裏的事既託了我，往後我就少不得要得罪你們。我可不會什麼事都由着你們。誰做錯了，不管是有臉的還是沒臉的，一律處治。”說完，鳳姐按着

鳳姐攬政　戴敦邦　畫

花名冊一個一個地點名，把這些婆子媳婦分成幾個班。有的班專門給客人倒茶，有的班專門在靈堂裏上香、守靈；其他幾個班有的看管家什器皿，有的看管燈油蠟燭，有的只管將各處都打掃乾淨。吩咐完了，鳳姐對大家說：「從今兒起，每天早上卯正二刻你們必須在這兒候着，我會過來點卯。」又召賴升媳婦上前來，關照說：「你每天必須到各處查看，如有偷懶的，打架拌嘴的，立刻來告訴我。」眾婆子媳婦都站在那兒聽愣了，想不到鳳姐竟把這些瑣碎雜事安排得如此妥妥帖帖，井然有序。大家知道了鳳姐的厲害，誰也不敢怠慢，做事勤快多了，也不像原先那樣只揀輕鬆的活兒幹，剩下苦的累的差事沒人攬了。每天雖然人來客往，人多手雜，但各房中不再丟失東西了，四處也乾淨得多，安靜得多了。鳳姐見自己威重令行，心中十分得意。

這一天，正是可卿的五七正日，府裏請來了佛僧道士在可卿的靈前燒香誦咒，靈堂裏燈火通明，十分熱鬧。鳳姐料想今天來的客人定會比往日多，所以早早地就起來了。她梳洗收拾了一番，就更衣盥手，然後喝了幾口奶，又漱了漱口，就叫人備車往寧府去。天色還早，鳳姐的車前掛着一對明角燈，燈上赫然映出三個大字：「榮國府」。鳳姐一行來到寧府大門前，只見門前明燈高掛，照得四周如白晝一般，穿着白色孝服的家人神情嚴肅地在門前站成了兩行。鳳姐由兩個媳婦攙扶着下了車，眾婆子丫鬟連忙迎上去請安，並簇擁着鳳姐進了寧府。

同往日一樣，鳳姐按慣例對照花名冊一個一個地清點人數，查到負責迎送親友的那個班時，發現少了一個人。鳳姐沉下臉，派人立刻去把那人找來。

不一會兒，那人被帶了上來。他見了鳳姐，慌忙下跪請罪，滿臉惶恐。鳳姐冷笑着說："原來是你啊！你比他們都有面子，所以不聽我的話！"那人怯聲怯氣地說："奴才天天都來得早，只有今兒來遲了一步，求奶奶饒過初次。"鳳姐正色說："今兒你來遲了，明兒他也來遲了，到後來都沒人來了。本來是想饒過你，只是我這一次饒了你，下次就難管別人了。"說完，把臉一板，大聲喝道："帶出去打他二十板！"眾人見鳳姐真的動了怒，個個嚇得戰戰兢兢，更沒人敢求情，只好將那人拖出去照數打了二十大板。鳳姐還不罷休，又吩咐賴升扣掉他這個月的工錢。那人挨了板子，又扣了工錢，實在覺得有些委屈，可又不敢再多言，只得抹着眼淚，一瘸一拐地幹活去

鳳姐弄權　華三川　畫

了。

　　鳳姐正坐着料理各種雜事，就聽有人稟報，說榮府有人來取銀子。鳳姐一看，原來是榮府王興的媳婦，就問："取銀子幹什麼？"王興媳婦回答說："打轎子上的網線用。"說着，將領錢的帖子遞給鳳姐，鳳姐隨即讓人念給自己聽。那帖子上寫着："大轎兩頂，小轎四頂，車四輛，共需網線若干根，每根網線需用珠子線若干斤。"鳳姐仔細核對了一下數目，見沒有謊報，就命人先登記了，然後叫王興媳婦拿着榮國府的對號牌去取銀子。

　　王興媳婦剛走，又來了四個榮國府的人，也說是要領取東西。鳳姐要他們把帖子呈上來，她細細地一條一條看過後，皺起了眉頭，指着其中的兩條說："這裏算錯了，回去重新算過，等算清了再來領。"說着，將帖子摔下，板着臉不再說話。那幾個人只好知趣地拾起帖子，一聲不響，悻悻地離去了。

　　鳳姐每天必定按時到寧府這邊來料理家事，不管多忙多累。賈珍怕她累壞了身子，就吩咐人常送些上等菜給鳳姐吃；鳳姐看尤氏的病還不見好，賈珍又因為連日操勞再加上過度悲傷，連飯都不想吃了，也很擔憂，就常常熬了各種作料精細的粥帶過來給他們吃。

　　出殯的日子眼看就快到了，一切張羅接待，都由鳳姐一人周旋。她又要安排車轎，又要安排沿途的食宿，更忙得不可開交。常常是到了寧府，榮府的人有事找到寧府來；回到榮府裏，寧府的人有事又跟過來，弄得她茶飯無心，坐臥不安。儘管如此，鳳姐因為生性好強，唯恐什麼事沒打點好，遭人笑話，所以她每天都費盡精神，儘量把事情籌劃得十分妥帖，合族上下無不稱道。

元妃省親

第九章

　　這天正是賈政的生日。為了慶賀，闔府上下又是大擺宴席，又是上演戲文。榮國府、寧國府人丁興旺，齊集在一處，真是熱鬧非凡。正當他們盡興歡慶的時候，忽然門人進來報告：＂六宮都太監夏老爺特來降旨。＂嚇得賈赦、賈政他們不知道發生了什麼大事，趕緊叫人撤去酒席，停止演戲；又吩咐下人擺好香桌，打開中門，跪在地上迎接聖旨。不一會兒，都太監夏秉忠已經來到正廳。他下了馬，滿臉笑容，面朝南，宣旨讓賈政立刻上朝，在臨敬殿陛見皇上。説完，他連茶也來不及喝一口，就騎着高頭大馬回去了。賈政他們猜不出是什麼來頭，只好匆匆忙忙地換上官服，上朝去了。

　　大約過了兩個時辰，榮府的世僕、現任管家賴大和二三個管家氣喘吁吁地騎着快馬趕回來報喜：＂咱們家大小姐晉封為鳳藻宮尚書，加封賢德妃。老爺請老太太急速率領太太們去謝恩。＂

　　聽説榮府大小姐賈元春晉封貴妃，一時間榮、寧二府上下裏外，到處喜氣洋洋，歡聲笑語不斷。不久皇上又降下諭旨：嬪妃才人，每月逢二、六兩天，可在宮中會見家人；家中有重樓別院的，還可回家傾訴骨肉之情，享受天倫之樂。於是，賈府就在府址後面選了地，在原來花園的基礎上建造起省親別院。二府裏的人，日夜忙亂，直到十月裏，別院的各項工程方才全部竣工。賈政這時才稍稍定下心來。他又請賈母進院，反復斟酌檢查，直到看上去

元春封妃　王宏喜　畫

再沒有什麼遺漏和疏忽的地方了，才敢向皇上奏本。皇上降旨，恩准明年正月十五日元宵節元妃省親。這樣闔府上下更是日夜不停地作準備，連新年也沒法好好過了。

　　轉眼間元宵就快到了。從正月初八開始，就斷斷續續有太監先來查看路線，哪兒更衣，哪兒受禮，哪兒設宴，哪兒休息；又來人指示賈府人員哪兒出入，哪兒用餐，哪兒談話；還有其他的種種禮儀。一直忙到十四日，一切準備就緒。當晚，闔府上下都不曾合眼睡覺。

　　好不容易挨到十五日五鼓時分，從賈母起，所有有官爵的人，

都按官品大小着裝。從西街門外到榮府大門，大家排着隊肅立恭候。正等得不耐煩時，只看見一個太監騎着馬過來，賈政連忙迎接，問他消息。那太監用一種很熟悉內情的口吻對大家說：「早着呢，還有好多事要辦。恐怕要到傍晚才能出發吶！」鳳姐聽說，趕

元妃省親　劉旦宅　畫

緊請老太太和邢夫人、王夫人她們回房去休息。過了好長時間，又有十來個太監氣喘吁吁地趕來通知說快來了。這當口，賈赦帶領全族的子侄站在西街門外，賈母率領全族的女眷站在府門外，列隊迎候。誰知一切準備就緒，老半天又沒動靜了。就在大家鬆懈下來，以為沒事兒的時候，忽然看見兩個身穿紅衣服的太監騎馬慢慢地過來，到了西街門下馬，面朝西垂手站立。一會兒又來一對，也和前面一模一樣地站好。沒多久，就來了十幾對。這時空中已隱隱可以聽到輕細的鼓樂聲響。宮女和太監們，有的擎着龍旗，有的打着羽毛宮扇，有的提着鑲嵌了金色花紋的香爐，有的撐着曲柄七鳳黃金傘，還有的捧着香珠、刺繡手帕、拂塵等等，一隊隊從人們面前魚貫走過。排場闊綽，氣勢浩大。好不容易走完，最後才看見八個太監抬着一頂上有金頂，周身金黃，繡着鳳凰的大轎子，緩緩地從遠方過來。賈母她們知道是元妃來了，立刻跪在路旁迎接。早有太監們飛跑過來，扶起她們。轎子抬進省親別院，元妃在女官、嬪娥的引導下，走下轎子。放眼望去，園子裏各種各樣的花燈精致燦爛，原來都是紗綾紮出來的。滿園香煙繚繞，花彩繽紛。歡快的樂曲聲中，處處燈火相映：真正是說不盡的太平景象和榮華富貴。

接着，元妃又在大家的攙扶下登上豪華的游船。從船上望去，兩邊石欄杆上掛滿了水晶玻璃做成的各種式樣的風燈，亮晶晶的，像雪浪上綴着一朵朵銀花。冬天的杏樹柳樹花葉都凋零了，就用無數的通草、綢綾、紙絹剪貼成花和葉，粘在樹枝上。水裏浮着的許多水鳥，也都是螺蚌和羽毛精心製作的。好一個透明的玻璃世界，燦爛的珠寶乾坤！看得元妃也只有連連搖頭，默默歎息："真是太奢華，太耗費了。"

下了船，巍峨宏富的宮殿矗立在眼前。元妃看到上面題着"天仙寶境"四個字，趕忙叫人換成"省親別墅"四個字，這才進了行宮，上了正殿。兩邊奏樂，賈母、賈赦、賈政和家裏的女眷分別在月台上列隊迎接，等到元妃傳下諭令"免了"，大家方才退下。

禮儀結束以後，元妃下座換了衣服，來到賈母的正房。她要行家禮，嚇得賈母她們趕緊跪下阻止。親人相見，禮儀如此繁複威嚴，元妃心裏只覺一陣難過，淚水一下子溢滿眼眶。她走上前來與親人見面，一手攬着賈母，一手攬着王夫人。三個人都有滿腹的話兒要傾吐，一時卻不知從何說起。一時間，你看我，我看你，只是輕輕地抽泣。其他女眷圍着她們，目睹這一骨肉至親相見的場面，也一個個默默無言，悄悄地抹眼淚。過了好一會兒，元妃才強忍住悲傷，勉強做出一副笑臉，安慰賈母和王夫人："當年已經把我送到那無法與親人相見的地方了，今天好不容易回家一趟，與親人團聚一會兒，怎麼不說說笑笑，反倒哭個不停？待會兒我回去了，也真不知道還要過多少日子才能回來見上一面呢！"她本想勸勸大家，誰知說到這兒，禁不住又哽咽起來。邢夫人怕大家再傷心，急忙上來勸解。元妃問起許多親眷怎麼不見了，王夫人啟奏說是薛姨媽、寶釵、黛玉她們都是外來的親眷，沒有封過官職，所以沒敢擅自進來。元妃連忙叫人把她們請來。母女、姐妹團聚，彼此傾訴着這些年的離情別意和家務私情。

這時，賈政來到簾外邊，向元妃請安。元妃隔着簾子，凝視着父親因為操勞而日漸蒼老的臉，淚眼模糊，滿含辛酸地對父親說："普通的種田人家，雖然粗茶淡飯，卻能享受天倫之樂。現在女兒雖然富貴至極，然而親生骨肉天各一方，哪兒來一點人間家庭的樂趣！"賈政聽了，黯然傷神，含着淚水啟奏説："誰能想到我們這樣寒微的家庭飛出了你這樣光宗耀祖的鳳凰！我們祖上多少代人修來的善德，凝聚到了你一人身上，也榮幸地恩及我們夫婦。我們即使肝腦塗地，又怎麼能回報皇上恩德的萬一呢！貴妃你千萬不要把我們夫婦的晚年掛在心頭。只希望多加保重，勤謹恭敬地服侍好皇上，才不辜負皇上如此豐隆的大恩啊！"接着，賈政又告訴元妃，省親別院裏所有亭台軒館匾額都是她的親弟弟寶玉題的字。元妃聽了，欣慰地笑了："果然長進了。"她問眾人："怎麼人羣中獨獨沒見到寶玉？"賈母啟奏説："沒有貴妃的諭旨，外面的男人不得隨便進來。"元妃一聽，就命令快讓寶玉進來。一見寶玉，她伸手就將他摟在懷裏，疼愛地撫摸着他的頭頸，感慨萬千地説："比以前長高了好多……"一句話沒完，眼淚竟像雨珠般地落了下來。

這時，鳳姐等人上來請元妃就宴。在寶玉引導下，元妃來到園中，只見園中火樹銀花，處處裝點得華麗新奇，極盡人間豪

元妃題景　戴敦邦　畫

奢。她登臨樓閣，遊覽山水，自然讚不絕口，同時又勸戒周圍親人：「以後不要這樣奢華，這兒的佈置已經太過分了。」

盛大的晚宴上，元妃趁興挑了幾處自己最喜歡的風景，親自改題了景名，如「瀟湘館」、「怡紅院」、「蘅蕪苑」、「浣葛山莊」、「蓼風軒」、「藕香榭」、「紫菱洲」，又題此園總名為「大觀園」。她餘興未盡，又當場題詩一首：

> 銜山抱水建來精，多少工夫筑始成！
> 天上人間諸景備，芳園應賜「大觀」名。

題完以後，元妃覺得自己的才華有負眼前的良辰美景，於是笑着請各位姐妹每人題一首詩、一塊匾。建園時寶玉的題匾詠詩，最讓她喜出望外，所以特意讓寶玉一人為「瀟湘館」、「蘅蕪苑」、「怡紅院」、「浣葛山莊」四大風景各賦五言律詩一首，自己要當面看過，以不辜負自己從小對他教育的一片苦心。寶玉見元妃這樣器重，只好硬着頭皮答應下來，到一邊構思去了。

賈府小姐迎春、探春、惜春三個人當中，探春詩才最高，但想想實力難和薛、林一爭高下，只好勉強隨大伙兒敷衍了事。賈珠的遺孀李紈絞盡腦汁湊了一首。元妃將各人的詩作一一看完，稱讚了一番，認為還是薛、林兩位妹子寫的與眾不同。其實，林黛玉原本是一心要在今兒晚上大展奇才，將大家壓倒的，不料元妃只讓每人各寫一匾一詩，也不好多寫，只是隨便作一首五律應應景罷了。

這時，寶玉剛作完「瀟湘館」、「蘅蕪苑」二首，正為「怡紅院」一首開頭的典故費盡心機。寶釵轉眼一瞥，看到寶玉的窘態，就趁大家議論各首詩長短的時候，悄悄地朝他努努嘴，推推他，把一則唐人詠芭蕉的典故告訴了他。寶玉一聽，恍然大悟，笑着在她耳邊打趣說：「你真是所謂‘一字師’了。從此我只管叫你師傅，再不叫姐姐了。」寶釵也悄悄對他說：「還不趕緊做完！誰是你姐姐？那坐在上頭穿黃袍的才是你姐姐呢！」怕耽誤他作詩，寶釵說完抽身就走開了。

再說黛玉沒有充分展示自己的才華，心裏很不痛快。她看見寶玉一個人要作四首，正在一旁冥思苦想，心想乾脆代他寫一二首，也好讓他省點精神，於是就走到寶玉桌邊，悄悄問他：「都有了？」寶玉愁眉不展地告訴她：「才有了三首，還少一首‘杏簾在望’呢！」黛玉看他一副苦惱的樣子，就說：「既然如此，你就抄錄寫好的三首罷。你抄完，我也替你寫好了。」說完，低下頭稍稍想了想，就吟好一首，寫在小紙條上，搓成紙團，扔到他腳下。寶玉打開一看，果然比自己前面寫的三首高過十倍，連忙恭恭敬敬地用正楷抄好呈上。

元妃看完，滿心喜悅，稱讚寶玉果然長進了，又特意指出“杏簾”一首為四首之冠。然後元妃點了四齣戲。看完以後，她把宮中帶來的禮品賞賜給大家，從賈母直到下人、戲子都得到了一份不同的禮品。

大家謝恩完了，已經到了分手的時刻。元妃聽到太監啟奏請她回殿時，不由得淚如泉湧。怕長輩傷心，她又強作笑臉，緊緊拉住賈母和王夫人的手，不捨得放開，再三再四地叮嚀她們保重身體，不要牽掛。如果明年省親，再不要這樣奢華糜費。說完，大家已經哭成一團。無奈皇家規矩，不能違抗，元妃也只有硬硬心腸，上車回宮。大家又好不容易勸慰了賈母王夫人，攙扶她們出園去了。

第十章　兩小情深

　　這年冬天，黛玉的父親林如海身患重病，思女心切，寫信來催黛玉回去。賈母聽了，連忙讓人幫黛玉打點行囊。寶玉聽説黛玉要走，心裏很不自在。黛玉自從進府以後，和寶玉成了知心朋友，兩人情投意合，心心相印。現在黛玉説走就走，寶玉真有點戀戀不捨；但想到他們父女思念之情，寶玉也不好阻攔，只能按捺住自己的感情。

　　黛玉走後，寶玉也無心和別人玩耍，整天孤單單一個人悶悶不樂，無精打采，到了晚上更覺得無聊，早早地就睡了。一天，寶玉正在鳳姐房裏閒坐，隨黛玉一同去蘇州的昭兒回來了。鳳姐急忙叫他進來，打聽情況。昭兒回答説："林姑老爺沒了。林姑娘隨璉二爺一起送林姑老爺的靈柩到蘇州去了，大概年底能趕回來。"鳳姐笑着對寶玉打趣説："這下你林妹妹可要在咱們家長住了。"寶玉卻沒有心思理會她，心裏還惦念着黛玉。他眉頭緊蹙，歎了一口氣，自言自語地說："唉，想來這幾天她不知哭成什麼樣子了呢！"就這樣，寶玉在期待中一天一天打發着日子。終於有一天，有人前來報信說，黛玉和賈璉已在回來的路上，估計明天就可到家了。聽到這個消息，寶玉的臉上才露出了喜色。他並不關心隨行的其他

情解荷包　戴敦邦　畫

人，只把黛玉的境況詳詳細細地問了又問。好不容易盼到第二天中午，果然有人稟報："璉二爺和林姑娘進府了。"黛玉等一行終於帶着旅途的勞頓和疲憊回到了賈府。全府上下，親人相見，悲喜交集。悲的是黛玉連失雙親，喜的是這一行奔喪的人總算一路平安地回到了府上。大家不免抱頭痛哭一場。寶玉在一旁細細端詳着黛玉，覺得這時淚瑩瑩的黛玉就像帶露的花朵搖曳在風中，越發顯得超逸出眾，惹人憐愛。

　　黛玉這次從蘇州帶來了許多書籍，還有紙和筆等。她把這些東

西作為禮物，分別送給寶玉、寶釵和迎春他們。寶玉也興高采烈地將北靜王送給他的香珠串取出來，轉送黛玉。不料黛玉看到香珠串後，把臉一沉，不高興地說：“什麼臭男人拿過的東西，我不要！”說完，就把香珠串扔在一邊。寶玉知道黛玉又在使小性子，只好快快地把香珠串收了起來。

黛玉曾經親手為寶玉繡過一個荷包，寶玉非常珍愛，天天把它掛在身上。有一天，寶玉去看賈母，路上被他父親賈政的一伙小廝圍住。他們聽說寶玉賦詩中了頭彩，紛紛要求賞賜，一邊說着，一邊就上前來，不容分說地把寶玉身上佩帶的荷包、扇袋等全都解了去。寶玉到了賈母那兒，襲人發現他身上的佩物一件不存，就笑他帶的東西都被小廝們解了去。黛玉在一旁聽說了，走過來一瞧，果然一件也沒有，心裏就有些不高興。她沒好氣地說：“我給你的那個荷包也給他們了？你以後別再想要我的東西了！”說完，轉身回到自己的房裏，取出一個還沒有做完的香袋來，賭氣地拿起剪刀就剪。那香袋是寶玉前些日子央求黛玉為他做的，寶玉見了，急忙上前去奪，但已經晚了，那只精致的香袋已經被剪破了。寶玉一邊大叫可惜，一邊忙不迭地解開自己的衣領，把繫在裏面衣襟上的荷包解了下來，遞給黛玉，說：“你瞧瞧，這是什麼東西？我什麼時候把你送我的東西給別人了？”黛玉見他這樣珍愛自己送他的東西，怕被別人拿去，還特意繫在衣服裏面，就後悔自己不該一時衝動剪了香袋。她不好意思地低着頭，一言不發。寶玉氣鼓鼓地接着說：“你也用不着剪，我知道你是不願意送給我東西。我乾脆把這隻荷包也還給你算了！”說着就把荷包扔還給黛玉，轉身就走。黛玉這下真的傷心地哭了。她流着淚，拿起荷包就剪。寶玉趕忙回身，一把搶過荷包，賠着笑臉説：“好妹妹，你就饒了這隻荷包吧！”黛玉把剪刀一摔，抹着眼淚説：“你不用和我好一陣歹一陣的，要是不樂意就別再理我好了。”説着就賭氣上了牀，臉對着牆壁，躺在那兒不停地擦眼淚。寶玉只好在一邊“妹妹”長“妹妹”短地賠不是。黛玉被寶玉纏得沒辦法，就起身説：“你的意思是不叫我安寧，那我就躲開你。”説着就往外走。寶玉笑着説：“你到哪裏我跟到哪裏。”一面説，一面又把黛玉送的那隻荷包帶在身上。黛玉伸手要搶：“你説不要，這會兒又帶上，我都替你害臊！”説着“噗嗤”一聲笑了。寶玉見她轉嗔為喜，就又央求説：“好妹妹，明兒再替我做個香袋吧！”黛玉不置可否地回答：“那也要看我是不是高興了。”一面説，一面和寶玉一起到王夫人的房間去了。一場誤會總算煙消雲散，寶玉和黛玉重又言歸於好。

一天中午，寶玉去看望黛玉。黛玉的房裏靜悄悄的，丫鬟們都出去了。寶玉掀起繡線軟簾，走進裏間，看到黛玉獨自睡在那裏，就上前輕輕地推推她，説：“好妹妹，剛吃了飯，又睡覺！”黛玉被喚醒了，睜開眼見是寶玉，就睡意朦朧地説：“你出去逛逛吧。我前天一夜沒睡，今天還沒歇好，渾身痠疼。”寶玉説：“痠疼事小，睡出來的病大，我替你解解悶兒，把睡意忘了就好了。”黛玉閉着眼説：“我不睡，只略略歇一會兒，你還是到別處去玩一會兒再過來。”寶玉推推她，埋怨説：“我到哪裏去呢？看見別人我就心煩。”黛玉聽了，“噗嗤”一聲笑了，説：“你既要在這裏，就老老實實坐在那兒，咱們説説話。”寶玉笑嘻嘻地説：“我也躺着吧。”黛玉説：“那你就躺吧。”寶玉又説：“沒有枕頭，咱們合用一個枕頭吧。”黛玉不禁怒嗔道：“放屁！外頭不是有枕頭？拿一個來枕着！"寶玉只好起身到外間去。過了一會兒，他又空着手回來，笑着說："那些枕頭不知是哪個髒老婆子用過的，我不要。"黛玉被他的話逗樂了，睡意全打消，只好起身，無可奈何地笑着說："你真是我命中的'魔星'。——請枕這一個。"說着，將自己枕的推給寶玉，又起身將自己的另一個枕頭拿來枕上。就這樣，兩人對着臉兒躺下了。黛玉看見寶玉左邊腮上有紐扣大小的一塊血跡，就欠身湊近他細細地看，並用手輕輕撫摩着，心疼地說："這又是被誰的指甲劃破了？"寶玉一面躲閃着，一面不好意思地笑着說："不是劃的，可能是剛才替她們攪和胭脂膏時濺上了一點。"說着，就要找手絹擦。黛玉連忙拿出自己的手絹替他擦，一邊擦，一邊咂着嘴兒說："你又幹這些事了。——幹也罷了，還非得弄出印記來。就是舅舅看不見，別人看見了，又會當作奇怪事新鮮話兒去學舌討好兒，吹到舅舅耳朵裏，大家又該不得安寧了。"寶玉心不在焉地聽着，因為這時他聞到了一股沁人心脾的幽香。這香氣好像是從黛玉的袖子裏發出的，一陣陣令人醉魂酥骨。寶玉一把將黛玉的衣袖拉住，要瞧瞧裏面藏着什麼。黛玉覺得好笑，說："這時候誰帶什麼香呢？""那麼，"寶玉不解地問道，"這香是哪裏來的？"黛玉也覺得奇怪，說："連我也不知道，想必是柜子裏頭的香氣熏染的。"寶玉搖着頭說："未必。這香的氣味奇怪，不是那些香餅子、香球子、香袋兒的香。"黛玉不禁冷笑着說："難道我也有什麼'羅漢'、'真人'給我的奇香不成？就是得了奇香，也沒有親哥哥親兄弟弄了花兒、朵兒、霜兒、雪兒替我炮製。我有的是那些俗香罷了！"寶玉聽出黛玉話裏有話，就假裝生氣地說："我隨便說一句，你就扯上這些。不給你個厲害也不知道，從今兒可不饒你了！"說着就翻身起來，把兩隻手放在嘴邊呵了呵，冷不防地伸到黛玉的胳肢窩裏亂抓一氣。黛玉生來怕癢，被抓得咯咯咯直笑，氣都喘不上來，口裏不住地說："寶玉，你再鬧，我可生氣了！"寶玉怕她真的生氣，趕忙住了手，笑着問："你還說不說這些話了？"黛玉討饒地說："再不敢了。"她一面理着有點散亂的鬢髮，一面笑着問："我有奇香，你有'暖香'沒有？"寶玉被問得愣住了，一時反應不過來："什麼'暖香'？"黛玉歎口氣說："蠢材，蠢材！你有玉，人家有金來配你；人家有'冷香'，你就沒有'暖香'去配她？"寶玉這才聽出她指的是寶釵的金鎖和他身上的玉相配的事，又是慪氣的話，不禁嚷道："好啊，剛才還討饒，現在越說越來勁了！"邊說邊伸出手，又要抓黛玉的胳肢窩，黛玉慌忙討饒說："好哥哥，我可不敢了！"兩人就這

兩小無猜　戴敦邦　畫

樣打打鬧鬧，說笑了好長時間。寶玉見黛玉已睡意全無，也就放心了：他就是因為擔心黛玉飯後貪睡，消化不良，到了晚上又睡不踏實，身體更加不舒服，才這樣有一搭沒一搭地說些笑話，故意逗黛玉笑笑的。

黛玉自幼身子嬌弱，又多愁善感，常常暗地裏獨自傷懷落淚。她對寶玉一往情深，常常喜歡用各種方式來試探寶玉的心。雖然兩人經常拌嘴慪氣，但心卻越靠越近。

襲人箴玉

第十一章

一天，襲人的母親得到賈母許可，接襲人回家吃年茶，和家人團聚。當天，襲人探好家回到怡紅院，寶玉就一個勁兒地問長問短，手裏剝着準備給襲人吃的風乾栗子。這襲人本姓花，名蕊珠，原來是賈母的貼心婢女。賈母心疼寶玉，就把蕊珠給他使喚。寶玉見她姓花，就借用宋代詩人陸游"花氣襲人知驟暖"的詩句，替她改名為襲人。襲人作為奴僕可說是忠順極了：以前服侍賈母，心裏只有賈母；現在跟了寶玉，心裏就只裝着寶玉。只是寶玉性情怪僻，她常常規勸，也沒什麼效果，心裏一直很憂鬱。現在主僕兩人有一搭沒一搭地閒聊，聊着聊着，無意中襲人透了個口風："我今兒聽到我媽和我哥正商量着，叫我再忍耐一年，明年他們就到府上來把我贖回去。"寶玉讓襲人服侍慣了，一點沒有思想準備，慌忙問她："為什麼贖你呢？"襲人不以為然地撇撇嘴："你這話就怪了，我又不是世代為奴。我們一家都在外面，獨獨我一人在這兒，怎麼總得有個了結吧！"寶玉有點為難地説："我不讓你走也難哪！"襲人明明白白地對他説："從來就沒有這個理。就是宮廷裏，也有規定，幾年挑一次，幾年放一批，別説你們家！"

寶玉見她去意堅決，就拿老太太來打動她。誰知襲人軟硬不吃，説："我從小跟着老太太，先服侍了史大姑娘幾年，這會兒又服侍了你幾年，我們家來贖我，恐怕連身價都不要，就開恩放我回去呢。再説丫頭服侍主人好，是份內應當的事，不是什麼奇功。我走了仍舊會有好的來，不是沒了我就不行了。"寶玉一聽，竟然都是去的道理，絲毫沒有留的理由，心裏真的急了，就説讓老太太多給花家一些銀兩，把她留下。襲人聽了仍然沒有回心轉意，説："人比不得別的東西，因為喜歡，加十倍利，就可以弄到手。你再想，平白無故強留下我，對你並沒什麼好處，反倒讓我們骨肉分離，這樣的事老太太、太太肯幹嗎？"

寶玉聽她振振有辭，想了半晌，無可奈何地説："你，去定了？""去定了。"寶玉聽了，以為她薄情無義，長歎了一口氣："早知道遲早都要走，我真不該把你們弄過來，臨末了剩下我一個孤魂兒！"説着，賭氣上牀睡了。

其實，襲人在家聽説家人要贖她回去時，堅決不肯答應。只是她看到寶玉平時仗着祖母溺愛，父母也不能嚴加管束，就放縱任性，不務正業，想勸他，諒他也不會接受；今天偏巧家裏有贖身的説法，想試探一下，壓壓他的氣勢，然後才好規勸他。現在看他悶悶不樂地睡了，知道他心裏捨不得自己，那種公子哥兒目無一切的氣勢也被壓下去了，就跑到牀邊來推他。她看見寶玉淚痕滿面，不由得笑了起來："有什麼好傷心的？你真的要留我，我當然不肯走的。"寶玉聽她話頭有點活了，就問："我還要怎麼留你呢？"襲人說："我們兩人好，當然是不用說了。我另外說三件事，你果然依了，就是真心留我。如果這樣，就是刀擱在脖子上，我也不走了。"

寶玉連忙賠笑說："好姐姐，好親姐姐！別說兩三件，就是兩三百件

襲人箴玉　戴敦邦　畫

我也依你的，只要你們守着我。等我有朝一日化成一股輕煙，風一吹就散了的時候，隨你們愛哪裏去就哪裏去。"急得襲人連忙捂住他的嘴："頭一件要改的就是這事。你以後再也不許說這話了！"寶玉連連點頭："好，再說你就擰嘴！還有什麼？"襲人接着說了第二件事："不管你愛不愛讀書，在老爺面前要做出愛讀書的樣子來，少叫老爺生氣。現在你自己不愛念書，還背後瞎批評。凡是讀書上進的人，你就起外號，叫人家什麼'祿蠹'，說什麼除了《莊子》以外，都是前人亂編出來的。怎麼能怨老爺生氣，不時地要打

你呢？"

寶玉笑着點點頭："那些都是我小時候不知天高地厚，信口胡說的，以後再不敢説了。還有什麼呢？""還有件更要緊的事，"襲人神情嚴肅地説，"再不許偷着吃女孩兒臉上塗的胭脂，嘴上抹的口紅。凡事檢點一些，不要任性胡來就是了。你要都依我，就拿八人大轎也抬我不出去了。"

誰知沒過幾天，寶玉又忘了襲人的話。那天，天剛蒙蒙亮，黛玉和表妹史湘雲還正睡着呢，他就披着衣裳，拖着拖鞋去她們房間了。黛玉早醒了，猜着是寶玉，趕緊請他出去，又叫醒湘雲。兩人穿好衣服，寶玉就進來了。湘雲梳好頭，經不住寶玉一再央求，幫他梳起頭來。寶玉一眼看到鏡台兩邊的梳妝品，拿起一盒胭脂，沾了一點就要往嘴裏送。正猶豫着，"啪"地一聲，湘雲在他後面伸過手來，把他拿的胭脂打落在地："不長進的毛病，你什麼時候才能改過來啊！"

這時襲人進來叫寶玉去梳洗，見他已經梳洗好了，就自己回來梳妝了。忽然，寶釵興沖沖地走來，問她："寶兄弟又上哪兒去啦？"襲人冷笑着説："寶兄弟現在哪還有工夫呆在家裏？和姐妹們和氣，也該有個分寸，怎麼就沒個黑夜白天地鬧着。任你怎麼勸，他都只當耳邊風。"寶釵聽她這一番話，心想，這丫頭可別錯看了，倒有些識見。她上炕坐下，和襲人又閒談了幾句，暗中觀察，覺得襲人果然與一般丫頭不同。

直到寶玉回來，寶釵才走。寶玉就問襲人："寶釵和你説得這麼熱鬧，怎麼我一進來她就跑了？"連問了兩遍，襲人才冷着面孔回答："你問我嗎？我可不知道你們的事情。"寶玉看到她這副模樣，就笑了："怎麼又動氣了？""我哪兒敢動氣呢？"襲人冷笑了一聲，"只是打從今兒起，你別再進這屋子了，橫豎有人服侍你，再不必差使我。我仍舊還服侍老太太去。"說完，眼一閉往炕上躺下。寶玉勸了好一會兒，她只閉着眼不搭理。寶玉覺得沒趣，回到自己牀上，倒頭就睡。

其實襲人在牀上並沒有睡着，聽那邊寶玉半天沒動靜，還輕輕地打着呼嚕，猜想他睡着了，就起來，躡手躡腳地拿起一件斗篷蓋在他身上。誰知"唔"的一聲，寶玉把身子掀轉過去，閉着眼睛繼續裝睡。襲人知道他的用意，點點頭，冷冷一笑："你也不用生氣，從今兒起就當我是個啞巴，我再不說你一聲兒，好不好？"寶玉按捺不住，坐起身來問："我又怎麼了？一進來，你就不理我，賭氣睡了，我還摸不着什麼頭緒呢。這會兒你又說我生氣。我何嘗聽見你勸我的什麼話呢！"襲人神色嚴肅地說："你心裏還不明白？還等我說呐！"

偷拈胭脂 潘寶子 畫

這一整天，寶玉沒出過房門，不是拿書解悶，就是磨墨寫字。晚飯後，他喝了兩杯酒，酒酣耳熱之際，想想平時這會兒襲人在身邊大家嘻嘻哈哈，今天卻一個人對着一盞燈，冷冷清清，實在沒情趣。他想找她們來，怕她們會得意忘形；想端出做主子的架勢鎮一鎮、嚇一嚇她們，又覺得太無情，乾脆只當她們死了，橫豎一個人也得過下去。這樣一想，他倒也無牽無掛，怡然自樂了，於是拿起本《莊子》就讀。讀完一篇，他不禁又趁着酒興，洋洋灑灑寫了一紙；隨後迷迷糊糊睡了一夜，直到天大亮了才醒。他翻身起來，看

襲人嬌嗔 潘寶子 畫

見襲人和衣睡在牀上，心裏疼她，早把昨天的事置之腦後了，就推推她："起來好好睡，看你凍着。"

原來，襲人看寶玉沒日沒夜和家裏的女孩子們廝混，沒有一點功名利祿上的進取心，很是焦慮不安：如果認真勸他，肯定沒用；改用柔情感化他吧，不出半天，他又故態復萌，老樣子；更沒想到昨天他居然沒有一點着急和悔改的跡象，倒弄得自己

也沒了主意，一夜沒睡好。現在看到寶玉這副模樣，料他已經回心轉意，心想再激一激他，就索性不理會他。寶玉看她沒有應答，就伸手替她脫衣服，剛解開鈕扣，襲人就一把將他推開，自己又扣上了，然後睜開眼，話帶譏諷地對他說："你睡醒了，快到那邊去梳洗，再遲就趕不上了。"寶玉明知故問："我到哪裏去？"襲人冷笑着說："你問我，我知道嗎？你愛上哪兒就上哪兒。從今天起咱們兩人撂開手，省得雞爭鵝鬥，叫別人笑話。反正這兒玩膩了，那兒又會有什麼'四兒'、'五兒'什麼的來服侍你。我們這號東西，只會白白玷辱了好名好姓。"寶玉笑着說："你今兒還記着？"襲人馬上頂了回去："一百年還記着呢！我可不像你，把我的話當耳邊風，夜裏剛說，早起就忘了。"

　　寶玉看她嬌嗔滿面，難以抑止內心的激動，就從枕頭邊拿起一根玉簪，用力往地下一摔，只聽"當"的一聲，已經一跌兩段。寶玉指着摔斷的玉簪發誓："我往後再不聽你的，就和它一樣下場！"襲人趕緊彎腰拾起玉簪說："大清早起來，這是何苦呢？說不說在我，聽不聽在你，也犯不着這樣呀！"寶玉嘟着嘴，氣鼓鼓地說："你哪兒知道我心裏急得什麼樣兒呢？"襲人淡然一笑："你也知道急的麼？你可知道我心裏又是怎麼想的？快去洗臉罷！"說完，兩人才起來梳洗。

平兒護主

第十二章

　　鳳姐的寶貝女兒大姐兒突然病了，高燒不退，小臉蛋兒燒得紅紅的，還發出了一點一點的小水痘。鳳姐不知姐兒得的是什麼怪病，只好在一旁乾着急。王夫人聽到消息也過來了。大家都不知道該怎麼辦，一時亂作一團。

　　大夫來看了以後，說："給太太奶奶們道喜：姐兒得的是天花，症雖險，卻順。如今痘症已經發出，必定平安無事了。"聽大夫這麼說，大家總算鬆了一口氣。但孩子得了天花畢竟不是件小事，按照賈府的規矩，家裏若有人得了天花是要擺開排場供奉"痘症娘娘"的，而且，病人身邊的人都要穿上大紅顏色的衣裳。於是，鳳姐馬上忙開了。她一面吩咐人趕緊打掃出一間房來，專門為"痘症娘娘"設一個供台，擺上豐盛的供品；一面又關照廚子作菜時忌用油煎或用油炒，儘量清淡一些；然後，又拿出一大包嶄新的大紅布料來，給服侍在姐兒身邊的丫頭婆子們去裁衣裳。按大夫吩咐，痘症病人是要隔離的，免得吹了風或沾染了髒物，越發加重病症。鳳姐叫平兒幫賈璉收拾東西，要他搬到外面書房裏去住，自己和平兒天天隨王夫人一起供奉"痘症娘娘"；另外留下兩位大夫守在姐兒的房外，輪流給姐兒診脈下藥。照以往的說法，患水痘的病人要在屋裏捂十二天後才可出門。

再說賈璉自從搬到書房裏獨居以後，就夜夜覺得寂寞難熬。他天生風流成性，每晚守着鳳姐的日子裏尚且還要經常做些拈花惹草、偷雞摸狗的事，更何況現

巧藏青絲 吳聲 畫

在！這十二天他如何熬得過來？於是，他開始覬覦府裏一個漂亮的小媳婦。

這小媳婦是榮國府裏一個名叫多官兒的廚子的老婆。多官兒平素嗜酒成性，常喝得酩酊大醉，不省人事；整天糊裏糊塗，又生性懦弱，窩囊無能，人送外號"多渾蟲"。他媳婦倒生得頗有幾分姿

色，年方二十，平日裏舉止輕佻放蕩，仗着年輕貌美，常在外面招蜂引蝶，大家都叫她"多姑娘兒"。那多渾蟲只要有吃有喝再加上有錢，對他媳婦的風流韻事一概置若罔聞，視若無睹。多姑娘兒早就對賈璉有意，這幾天見賈璉搬到外面書房裏一個人住，就有事沒事地找機會一趟一趟往賈璉那兒跑。其實賈璉對多姑娘兒也垂涎已久，只恨平時沒有機會，又怕鳳姐知道了吃醋撒潑，所以一直沒有和多姑娘親近過。現在機會來了，兩人一拍即合，從此幽會頻頻，常在一起尋歡作樂。

十二天很快就過去了，姐兒的痘症也快退盡了。照規矩，這一天應該好好地慶賀一番，把"痘症娘娘"送回去。於是，鳳姐在家裏擺開了祭壇，全家上下都來祭天祀祖，焚香還願；然後，又給丫鬟婆子們分發賞錢。大家都歡歡喜喜的，如同過節一般。當天晚上，賈璉就

軟語救主 吳聲 畫

78

從書房搬回了臥室。久別勝新婚，這夜，夫妻無限恩愛，自不必說。

第二天一早，鳳姐到賈母房裏去了，平兒收拾賈璉從書房搬進來的鋪蓋，不料想一綹青絲從枕套中掉了出來。平兒拿起那綹長長的頭髮看了看，頓時明白是怎麼回事：準是二爺這幾天在外面拈花惹草留下的憑證。平兒一向聰明乖巧，善於察顏觀色，很懂得該如何在鳳姐和賈璉這兩個主子之間周旋。今兒這事，若要讓鳳姐知道了，那事情可就要鬧大了。她看看身邊沒有人，就趕緊把那綹頭髮藏在自己的衣袖裏。

她走到這邊房裏，把那綹頭髮拿了出來，詭秘地笑着問賈璉："這是什麼東西？"賈璉一見，嚇得臉都變了色，慌忙上來要搶。平兒把手往回一縮，轉身就跑。賈璉追上去，一把將她揪住，按倒在炕上，伸手就要奪她手裏的那綹頭髮。平兒笑着埋怨說："你這個沒良心的，我好心好意瞞着二奶奶來問你，你倒不識好歹，和我爭搶。等我告訴了二奶奶，看你怎麼辦？"賈璉連忙賠笑說："好人，你賞給我好吧！"忽聽到鳳姐的聲音，賈璉一時鬆了手不是，搶又不是，連聲央求平兒千萬不能將這事告訴鳳姐。平兒才起身，鳳姐已從外面走了進來。

鳳姐一進門就催着平兒替她找東西，說是王夫人那裏等着要。平兒急忙打開箱子翻找起來。鳳姐見賈璉也在一邊，忽然想起他前些日子一個人住在外面時用過的東西還沒有檢查過，就問平兒："前些日子拿出去的東西都收進來了嗎？少什麼不少？"平兒說："細細查過了，一件沒少。"鳳姐又問："多什麼沒有？"平兒知道鳳姐話裏有話，卻故意裝傻地說："沒有少掉就不錯了，哪裏還會多出來？」鳳姐以為她真的不明白，就笑着說：「這十幾天住在外面，難保沒有相好的女人丟下的戒指兒、汗巾兒什麼的。」一番話，說得賈璉冷汗直冒，臉都變黃了。他站在鳳姐的身背後，一個勁兒地朝平兒擺手使眼色，求她替自己遮掩過去。平兒佯裝沒看見，笑嘻嘻地說：「我怎麼想得和奶奶一樣！我就是擔心二爺會有什麼事，才特意留神搜了一搜，竟一點破綻都沒有。奶奶如不信，就親自搜搜。」鳳姐笑着說：「傻丫頭！他就是真有那些東西，肯讓咱們搜到？」說着，從平兒手裏接過要找的東西，又往王夫人屋裏去了。

平兒得意地指着自己的鼻子，搖晃着腦袋對賈璉說：「這件事你該怎麼謝我呢？」賈璉見平兒如此乖巧機靈，竟把這麼一件棘手的事不動聲色地遮掩了過去，心裏自然很感激。他走過去把平兒摟在懷裏，「心肝乖乖兒」地亂叫起來。平兒手裏拿着頭髮，調皮地笑着說：「這可是一輩子的把柄。往後你如待我好一點便罷，如待我不好，我就把這件事兒抖出去。」賈璉趕緊央求：「快收起來，千萬可別讓她知道了！」一面說，一面趁平兒不留神時，一把將頭髮搶了過來，笑着說：「你收着到底不好，不如我燒了就完事了。」說着，就把那綹頭髮塞進了自己的靴子裏。平兒心裏自然有些惱怒，撅着嘴生氣地說：「沒良心的，過了河就拆橋，以後休想再叫我替你撒謊！」賈璉見平兒生氣時的樣子實在嬌俏動人，就又要上前去摟住她，不料平兒靈巧地一閃身，跑到了屋外，隔着窗戶對賈璉說：「你可別由着性子胡來，讓二奶奶知道了，不知怎麼對待我呢。」

兩人正說着，鳳姐走進院子來，見平兒在窗戶外面同賈璉說話，就奇怪地問：「要說話怎麼不在屋裏說？」賈璉在房裏接口說：「你問她是什麼意思，倒像屋裏有老虎要吃她呢！」平兒說：「屋裏一個人沒有，我在他跟前幹嗎？」鳳姐酸溜溜地說：「沒人才方便呢！」平兒聽出了鳳姐的話外音，越想越氣，反問道：「這話是說我麼？」鳳姐也反問道：「不說你說誰？」平兒氣得把臉一沉，轉身就走，把鳳姐撂在那兒，也不替她撩門簾。

鳳姐只好自己掀開門簾，走進屋去。賈璉笑着說：「沒想到平兒這麼厲害，從此服了她了。」鳳姐說：「都是你惹的，我只和你算帳就完了。」的確，鳳姐並不怪罪平兒，她知道平兒心氣高，不同一般的丫鬟們，今兒的話是說得過了些，也難怪生這麼大的氣。而賈璉因為平兒今兒幫他遮掩了那件見不得人的事，感激她還來不及呢。

情繫《西廂》

第十三章

元春自那天離開大觀園回到宮裏以後，老想起那園林裏的風景。她想，自己是皇妃，去過那園以後，賈政肯定會將它封閉起來，再不讓別人進去，白白辜負了一片好園林，倒不如下令，讓家裏那些能寫詩會作賦的姐妹們統統住進去；又想到寶玉從小就在姐妹叢中長大，不像別的男孩兒，他不進園去，也怪冷清的。想到這兒，她就傳了一道諭旨，讓寶釵她們住進大觀園，寶玉也隨着搬過去讀書。

於是，寶釵住了蘅蕪苑，黛玉住了瀟湘館，迎春住了綴錦樓，探春住了秋爽齋，惜春住了蓼風軒，李紈住了稻香村，寶玉住了怡紅院。每個住處還添了兩個老嬤嬤、四個小丫頭，又另外指派了人專管收拾打掃院子房間。到正月二十二日，他們一齊住了進去。頓時，大觀園裏出現了一派喜氣洋洋的熱鬧景象。

寶玉搬進園裏以後，心滿意足，每天只和姐妹丫頭們在一塊兒，不是讀書寫字，就是彈琴下棋，作畫吟詩，甚至針線刺繡，拆字猜謎，鬥草梗，簪頭花，無所不玩，倒也是十分快活。

誰想人生也總是煩惱事多。忽然有一天，他又不自在起來，這也不好，那也不好，心裏悶得慌。園裏的那些女孩子，天真爛漫，混沌未開，坐臥都不曉得避人，哪裏會知道寶玉內心的苦悶？倒是貼身小家僮茗煙知道主人的心思，到外邊買回

寶玉悟情　劉旦宅　畫

了許多小說、劇本一類的閒書。寶玉家教嚴格，哪裏看到過這種書？一見真是如獲至寶。他挑了幾套文情雅正的放在牀頂，沒人時細細品讀。那些粗俗過露的都藏在外面書房裏。

三月中旬的一天，早飯過後，寶玉隨身帶了一部王實甫的《西廂記》，走到沁芳閘橋那邊桃花底下，在一塊石頭上坐定，翻開書，從頭細細地看着。正看到"落紅成陣"那句時，一陣清風拂過，把樹上的桃花吹下一大把來，落得滿身滿書滿地都是粉紅色的花瓣兒。寶玉想把花瓣兒抖在地上，又怕走路不當心，踐踏了如此嬌嫩的花瓣兒，只好撩起衣服下擺，兜好了花瓣兒，小心翼翼來到池邊，抖到池裏。那花瓣兒浮在碧綠清澈的水面上，飄飄蕩蕩，竟

好像無所依戀似的流出沁芳閘去了。

　　轉身回來，寶玉發現地上又飄灑了許多落花。他正踟躕着不知怎樣是好，只聽背後有人說：「你在這裏幹什麼？」一回頭，卻是林黛玉來了。只見她肩上扛着花鋤，鋤上掛着花袋，手裏拿着花帚。寶玉笑着迎上去說：「你來得正好，把這些花瓣兒都掃起來，撂到水裏去吧。我剛才撂了好些在那兒了。」黛玉覺得撂在水裏不好，勸阻說：「你看這裏的水乾淨，可流出去還不是讓外面人給糟塌了？倒是花園那角上，有一個花塚，把這些落花掃好裝進絹袋，埋在那兒，時間長了，隨泥土一起化了，豈不是更乾淨？」

　　寶玉喜出望外，連忙說等他放下書，幫着一起收拾。黛玉見他放書，就追問是什麼書。寶玉慌了神，將書藏到身後，支支吾吾地說：「不過就是《中庸》、《大學》罷了。」黛玉知道他有鬼，追着要他給自己瞧瞧。寶玉看躲不過去，又怕黛玉生氣，急忙對她說：「妹妹呀，要是你，我是不怕的，只是你看了，好歹不要去跟外人說。」又讚不絕口地說：「這可真是天下第一等的好文章！你要是看了，恐怕連飯也不想去吃了呢！」一面說，一面順從地把書遞了過去。黛玉把花具放下，接過書來，從頭看下去。果然，她越看越愛看，不到一頓飯的工夫，已看了好幾齣戲文，只覺得文辭警策動人，滿口都留着回味不盡的清香。看到出神的地方，她心裏還會情不自禁地默默記誦。寶玉看她這樣地忘情投入，明知故問：「妹妹，你說好看不？」黛玉笑着點點頭。寶玉見她不吭聲，指着書笑着說：「我就是那裏面『多愁多病的身』，你呢，就是那『傾國傾城的貌』。」黛玉聽懂了那意思，羞得連腮帶耳頓時一片潮紅。她豎起兩道似皺非皺的眉毛，瞪圓一雙似睜非睜的眼睛，帶着幾分嬌嗔，指着寶玉斥罵：「你胡說，你該死！好好兒地卻把這淫詞艷曲弄到家來，還說這些混帳話欺負我。我告訴舅舅舅媽去！」說到「欺負」兩字，她連眼圈都紅了，轉身扭頭就走。

寶玉見她真的生氣了，急得一步上前攔住她說：「好妹妹，千萬饒我這趟吧！要是我有心欺負你，趕明兒讓我掉到池子裏，讓那隻癩頭黿把我吃了，變個大王八。等哪一天你做了'一品夫人'，病老歸天的時候，我就專門在你的墳前，替你馱一輩子墓碑去！」

情繫《西廂》 劉旦宅 畫

咒得黛玉禁不住「撲嗤」一聲笑了。她一面揉着眼睛，一面對寶玉說：「看你嚇成這個樣兒，還有膽量胡說一氣。呸！原來也是個'銀樣蠟槍頭'，中看不中用。」寶玉一聽黛玉口氣，知道她已經饒了自己，膽子又一下大了起來，要去告黛玉用《西廂記》裏的話罵人。黛玉笑着回擊説：“你説你會‘過目成誦’，難道我就不能‘一目十行’了？”

　　寶玉趕忙見風轉舵，一面收書，一面用和解的口氣説：“咱們還是快把花埋了吧！”兩人剛掩埋好落花，襲人來叫寶玉，説是賈赦身體不適，讓他回屋換衣服，給賈赦請安去。

　　林黛玉見寶玉走了，眾姐妹又去請安，不在房裏，一時也壞了興致，悶悶不樂，就要回自己的瀟湘館去。剛走到梨香院牆角外，只聽見院子裏伴着悠揚的笛韻，傳來陣陣婉轉的唱曲聲。黛玉知道是新來的十二個女孩子在排練戲文。但她無意聽曲看戲，所以也沒留心去聽，仍然只顧獨個兒往前走。誰知還是有兩句唱詞明明白白、一字不落地隨風送到她的耳朵裏：“原來是姹紫嫣紅開遍，似這般都付與斷井頹垣。”正應着眼前的景色：一邊是鮮美艷麗、充滿生機的百花世界，一邊是已經衰敗凋零的舊宅大院遺下的枯井和開裂的牆頭。黛玉想着這戲文表達的內容，真是既感傷又纏綿，不由得停下腳步，側過耳朵，細細地聽了起來。隱約之中又傳來兩句：“良辰美景奈何天，賞心樂事誰家院？”好像字字寫的都是自家的身世，説到了自己的心裏，不覺連連點頭，暗自歎息。心想：“沒想到戲裏也會有這樣的好文章！可惜世上的人光知道看戲，未必都能領略其中的奧秘和趣味。”這麼想着，她又責備自己不該由着性子去胡思亂想，耽誤了聽曲子，於是又側起耳朵諦聽。只聽得清晰地傳來：“只為你如花美眷，似水流年。”一時間聽得她心動神搖。忽然，半空中又傳來一句清亮幽怨的詞：“你在幽閨自憐……”就好像特地為自己唱的一樣。黛玉真是如痴如醉，一時人都站不穩了，一蹲身就坐在旁邊的一塊假山石上。她內心翻江倒海，細細地咀嚼着"如花美眷，似水流年"八個字的滋味，浮想連翩：前些日子讀的古人詩句"水流花謝兩無情"，李後主的著名詞句"落花流水春去也，天上人間"，還有剛才讀到的《西廂記》中"花落水流紅，閒愁萬種"的唱詞，一時間都奔到面前，在胸中湧動。細細琢磨，不知不覺中只覺得心頭隱隱作痛，於是痴痴地呆坐着，眼淚兒就像斷了線的珍珠掉了下來。周圍無人，一片寂寥。好一會兒，她才悶悶不樂地回瀟湘館去了。

一天，寶玉一個人在家怪沒精打彩的，信步來到一處院門前。滿眼都是鬱鬱蔥蔥的鳳尾竹，一陣清風拂過，滿耳的竹葉聲就像龍在低低地吟歎。他抬頭一看，門匾上三個大字："瀟湘館"。寶玉自顧自走進去。細密精致的湘竹簾垂在地上，院子裏悄無人聲。他走到窗前，只覺得一縷幽幽的暗香從碧紗窗中透出來。他把臉貼在紗窗上，瞇起眼睛往裏看，還沒看清楚，就聽到一聲細細長長的歎息："每日家情思睡昏昏。"哦，這不正是《西廂記》第二本中鶯鶯的唱詞嗎？寶玉不覺心中癢了起來。他再往裏

妙詞通戲語　潘寶子　畫

看，正瞧見黛玉在牀上伸懶腰，就在窗外笑着惹她："女孩子為什麼'每日家情思睡昏昏'的？"一面說，一面就自說自話地掀起竹簾進來了。

黛玉見寶玉進屋，意識到自己剛才有點忘情，頓時羞紅了臉，趕緊用袖子遮住臉，翻身朝裏假裝睡着了。寶玉走上來就要推她。那些下人正要阻止，黛玉倒又翻身坐了起來。她一面抬手整理頭髮，一面笑着埋怨寶玉："人家睡覺，你進來做什麼？"寶玉見她兩眼迷茫，似醒非醒，臉腮帶着紅暈，就有點動情地問她："你剛才在說什麼？"黛玉抵賴說："什麼都沒說。""還什麼都沒說呢！我都聽見了。"寶玉笑着說。

寶玉見丫頭紫鵑出去倒茶去了，就把黛玉比鶯鶯，自比張生，笑着念了一句《西廂記》中的唱詞："好丫頭！'若共你多情小姐同鴛帳，怎捨得叫你疊被鋪牀？'"黛玉覺得這話輕薄，完全不把自己當回事，頓時撂下臉來，一本正經地問他："你說什麼？"寶玉嘻笑着說："我沒說什麼呀！"黛玉一聽就委屈地哭出聲來："現在倒好，新來的人外面聽了些亂七八糟的話就說給我聽；看了一些混帳的書，也拿我來取笑兒。我算什麼？真的成了你們大老爺們解悶的佐料了呢！"她哭着跳下牀來，往外就跑。寶玉不知她要幹什麼，心裏着了慌，趕忙追上來討饒："好妹妹，我一時該死，你千萬別去訴狀。我要再敢亂說，嘴上就長個疔，爛掉舌頭。"

正在賭咒立誓，襲人又來傳喚他，說是老爺叫他。寶玉聽了，也顧不得別的，慌忙回自己的怡紅院去了。

姨娘行巫

第十四章

那天晚上，王夫人因賈母身體不舒服，沒去哥哥王子騰家為嫂子慶壽。她正在家歇息，賈政和趙姨娘所生的兒子賈環放學回家來了。賈環也是個不用功讀書，只知貪玩的主兒，王夫人就讓他去抄書。賈環沒辦法，只好一邊裝模作樣地抄書，一邊胡亂地指揮丫頭為他幹這幹那。丫頭們都討厭他，只有彩霞和他還合得來，給他端茶時，悄悄勸他："你不會安分些，何苦討人厭！"賈環用眼角瞅瞅她說："你也和寶玉好了，不想理我，我看得出來。"彩霞咬咬牙，朝他頭上戳一指頭："你這沒良心的！真是狗咬呂洞賓——不識好人心。"

沒一會兒，寶玉也回來了，脫了外面的裝束，就一頭滾在王夫人懷裏，扳着母親的脖子不停地說話。王夫人滿心歡喜，不停地用手摩挲撫愛他。她發現寶玉在外面多喝了酒，臉上滾燙的，就叫人拿枕頭來，讓他靜靜躺一會兒。

寶玉聽話地躺在王夫人的身後，要彩霞來

拍他睡覺。那彩霞原來就和賈環要好，對寶玉的說笑，就神情淡漠，不大搭理，兩隻眼睛不時瞟向賈環。寶玉見她這樣，就拉她的手說：「好姐姐，你也理理我麼！」彩霞把自己的手掙脫出來，正色說：「再鬧我就嚷了！」

　　賈環和寶玉本是同父異母的兄弟，但賈府上下疼寶玉不疼他，所以他一直嫉恨寶玉，現在看見寶玉要和彩霞玩，心裏更咽不下這口氣。他眉頭一皺，計上心來，裝作失手，將那盞油汪汪的蠟燭，朝着寶玉的臉一推。只聽寶玉大叫一聲「噯喲」，滿屋的人都嚇了一跳，再一看寶玉滿臉是油。王夫人又氣又急，連忙叫人幫寶玉擦洗，嘴裏還罵罵咧咧地數落着賈環。在一旁的鳳姐也三步並作兩步去替寶玉收拾，一邊還教訓着：「這老三還是毛腳雞似的，重手重

姨娘挨訓　謝倫和　畫

腳。我說你就是上不了台面。趙姨娘平時也該多管教管教他才是。」

一句話提醒了王夫人，她把趙姨娘叫到面前，狠狠地罵道：「你養出這樣黑心的種來，也不好好教訓教訓！三番五次我都不計較你，你們越發得意，越發爬到我們頭上來了！」罵得趙姨娘頭也不敢抬起來，只好忍氣吞聲，幫着她們替寶玉收拾。王夫人再看兒子，左邊臉上已經燙起了一串水泡，幸好還沒有傷着眼睛。王夫人心疼得不行，又把趙姨娘痛罵了一頓，同時取了敗毒散給寶玉敷上。寶玉是賈母的心肝寶貝，大家都怕賈母到時追問。寶玉連忙說：「不妨事，在祖母面前就說是我自己不小心燙的。」一番忙碌，大家才把寶玉送回了自己的房間。

黛玉一天沒見寶玉面，心裏十分煩悶。晚上，她派人探問了兩三遍，知道他燙傷了，就親自趕了過來。寶玉正拿着鏡子在照呢，看見黛玉，知道她有潔癖，趕忙把臉捂住，搖手讓她出去，裝着一副沒事的樣子。黛玉看他這副樣子，關切地問他疼不疼，坐了一會就回自己房裏去了。第二天，寶玉去見賈母，承認是自己燙傷的，賈母還是免不了把他的隨從罵了一頓。

又過了一天，寶玉寄名的乾娘馬道婆到府上來。那馬道婆會裝神弄鬼，一見寶玉嚇了一大跳，問清原由，就用手指在寶玉臉上畫了幾畫，嘴裏又嘟嘟囔囔念了一回咒語，拍拍胸脯說：「包管好了。這不過是一時飛來橫禍。」然後又故弄玄虛地指點賈母，說是富貴子弟，暗裏有促狹鬼跟着鼓搗作祟，所以往往大家子孫常有長不大的。賈母一聽就着了急，連忙向她討教辦法。馬道婆就讓她去供奉一尊稱做大光明普照的菩薩，保佑寶玉，消災弭難。

姨娘行巫　謝倫和 畫

　　說完，馬道婆就到各房去問安、閒逛去了。到了趙姨娘那兒，趙姨娘正在粘鞋面。馬道婆看見炕上七零八落堆着些綢緞的碎料，就說："我正愁沒鞋面，姨奶奶能不能給我些零頭？不管什麼顏色，做雙鞋穿吧。"趙姨娘深深歎口氣說："你看這堆裏哪有塊像樣的？有好東西也到不了我這裏。只要你不嫌，挑兩塊去就是了。"馬道婆就隨手挑了幾塊，掖在袖管裏。

閒話間，馬道婆説到趙姨娘和兒子賈環，趙姨娘苦笑着："算了，算了，真別提它。我們娘兒倆比得上這府裏的哪一個？寶玉是個小孩兒，長得討人喜歡，大人偏愛他，也倒算了，我就是不服這個主兒！"説着，伸出兩個指頭。馬道婆心領神會："你説的可是璉二奶奶？"嚇得趙姨娘忙不迭地直搖手。她起身掀起簾子一看，還好，沒人，才轉身對馬道婆説："了不得啊！提起這個主兒，這一份家當要不都讓她搬回娘家去，我也不是個人了！"

馬道婆看她氣呼呼的，心生一計，就探她的口氣："這還用你説？也幸虧你們不放在心上，由他去倒也好。""我的娘，"趙姨娘接着話茬兒，"不由她去，難道誰還敢把她怎麼樣嗎？"馬道婆看見機會來了，説："明裏不敢，暗裏還不敢算計？"

趙姨娘聽她話裏有話，心裏暗暗歡喜，就追問她暗裏怎麼個算計法。馬道婆故意賣關子，連叫"罪過罪過"。趙姨娘看她裝腔作勢，就挑明了對她説："你也是個明白人。只要你的辦法靈驗，把他們兩人絕了，這份家產還不是我們的？到那時你要什麼沒有呢？"趙姨娘看她心有些動了，乾脆把自己藏的首飾和私房錢給了她一些；又給她寫了一張五十兩銀子的欠條，答應事成之後付清。馬道婆這才向趙姨娘要了一張紙，用剪刀剪了兩個紙人兒，背後寫了兩個人的出生年月日時；又找了張藍紙，剪了五個青面鬼，用針把它們釘在一塊兒。臨走時她又對趙姨娘説："回去我再作法，那時就會靈驗的。"

再説黛玉因為寶玉燙傷了臉不再出門，兩人這些日子天天在一塊説話，心裏很踏實。這天飯後沒事，她信步來到怡紅院，李紈、鳳姐、寶釵她們都在，就和她們一起説笑。鳳姐因為前幾天送黛玉兩罐茶葉，就和她打趣說："你既然吃了我們家的茶，怎麼還不給我們家作媳婦？"說得大家哄堂大笑。黛玉羞得漲紅了臉，扭過頭去，悶聲不響。寶釵樂了："二嫂子真是絕頂的詼諧。"黛玉衝了一句："什麼詼諧，還不是要貧嘴討人嫌！"鳳姐不買帳："你給我們家做媳婦，虧待了你？"她指指寶玉："瞧瞧這人物兒，哪一點兒配不上你？"急得黛玉回身就走。寶玉連忙叫黛玉稍稍等一等，要和她說話。鳳姐一聽寶玉叫，就把黛玉一推，說："有人叫你說話呢！"

這時寶玉拉了黛玉的手，光笑不說話。黛玉不覺又羞紅了臉，掙脫着要走。誰知寶玉感到頭疼，又突然大叫一聲，猛地跳得老高，嘴裏還不停地胡言亂語，頓時驚動賈府上下，攪成亂麻一團。

說來也巧，鳳姐也在這當口上犯了重病，手持明晃晃的刀砍進園來，瞪着眼睛就要殺人。人們只好將他們抬回房中。叔嫂兩人，整日不省人事，渾身燙得像團火，在牀上滿口囈

寶玉發病　謝倫和　畫

語。

三天過去，鳳姐、寶玉還躺在牀上，只剩下游絲般的一線氣息。全家人哭得死去活來，只有趙姨娘表面上裝作憂傷，心裏暗暗慶幸。

到第四天早上，寶玉忽然睜開眼對賈母說：「我不行了，快打發我去吧！」賈母一聽，就像摘了自己的心肝一般。趙姨娘假惺惺地在旁邊勸說：「老太太，你也不要過於悲痛。小哥兒已經不中用了，倒不如幫他把衣服穿好，讓他早些回去，少受些苦……」話沒說完，就被賈母劈臉啐了一口唾沫：「爛了舌頭的混帳老東西！他死了，我和你要命！」一面哭，一面罵。

賈政急忙喝退趙姨娘。忽然有人來回話說，兩口棺材做好了，氣得賈母頓着雙腳，哭着大罵：「是誰叫做的棺材？快打死那做棺材的人！」這時就聽門外有隱約的木魚聲，來了兩個人：一個跛道士，一個癩和尚。兩人問明情由，就讓人把寶玉脖子上的那塊玉掛在臥室的欄杆上，說是會顯靈的。從此兩人果然一天比一天好了起來，慢慢從昏迷中醒來，又漸漸知道餓了。賈母、王夫人這才放下心來。眾姐妹在外面聽到這一消息，一塊石頭落了地。黛玉念了聲佛，寶釵在一邊偷偷地笑。惜春看見了，就問：「寶姐姐笑什麼？」寶釵回答說：「我笑如來佛比人還忙：又要超度人間眾人，又要保佑人家病痛快點好，還要管人家的婚姻，讓它成功。你說忙不忙，好笑不好笑？」說得黛玉滿臉通紅，啐了一口，說：「你們都不是好人！光跟着鳳丫頭，學得貧嘴賤舌的。」說完就走了。

整整過了一個月，寶玉才恢復了健康，重新回到大觀園。

黛玉葬花

　　那天，林黛玉見賈政叫寶玉去了，老半天沒回來，心裏不免替他擔憂。晚飯後，她聽說寶玉回來了，就想找他問問發生什麼事了。沒走幾步，看到寶釵進了怡紅院，她就在沁芳橋觀賞了一會兒池中水禽，隨後也到怡紅院。院門緊閉着，她抬手就敲門。誰知丫頭晴雯和碧痕兩人正拌嘴，忽然看見寶釵來，晴雯就把氣出在寶釵身上，偷偷地在院內抱怨說：“有事沒事跑了來坐着，害得我們半夜三更沒覺睡！”現在又聽有人叫門，就越發動氣，也不問是誰，大聲嚷道：“都睡下了，趕明兒再來吧！”黛玉知道賈府的丫頭們彼此鬧慣了，沒聽出她的聲音，只當是別的丫頭來搗蛋，就高聲說：“是我，還不開門嗎？”偏偏晴雯在氣頭上，就是沒聽出來，任性地放聲說：“管你是誰呢！二爺吩咐了，一概不許放人進來。”黛玉聽了，氣得怔在門外。她心想，雖說舅母家和自己家一樣，但到底自己是客人，現在父母雙亡，無依無靠，真的和她們較真慪氣，實在沒意思。她想着辛酸，禁不住淚珠滾滾而下。這時的她真是回去不是，站着也不是。正在沒主意的時候，院裏面又傳來寶玉、寶釵兩人的笑語聲，黛玉左思右想，越想越傷感，也顧不得蒼綠苔蘚上露珠冰涼，花間小路寒風撲面，獨自站在牆角邊的花蔭下，悲悲戚戚、嗚嗚咽咽地哭了起來。忽然，院門"吱呀"一響，寶玉將寶釵送了出來。黛玉本想上前去責問他，又怕當眾羞辱了他反而不好，就躲閃在一邊。直到寶釵走遠，寶玉他們進去關上院門，她還望着門灑了幾滴眼淚。她想想實在沒味，才轉身回來，無精打采地卸了殘妝。

丫頭紫鵑、雪雁平日就知道黛玉的脾性：沒事悶悶坐着，不是愁眉苦臉就是唉聲歎氣，有時好好兒的也不知為什麼，無緣無故就眼淚下來了。開始還有人勸解，怕她想父母，想老家，心裏有委屈；後來發現常常這樣，大家也看慣了，就不去搭理她，由她一人悶坐。當夜黛玉一個人倚在牀上，兩手抱着膝蓋，呆呆的眼睛裏浸滿淚水，就像木雕泥塑一樣，愣是坐到二更天才躺下睡覺。

第二天四月二十六日，正是芒種節。按上古風俗，這一天要祭餞花神。據說芒種一過就是夏天，春花都要謝了，花神也要退位。所以這天，大觀園的女孩子們一早起來，就在樹枝上、花托上繫滿自己精心製作的各種小裝飾，為花神餞行。滿園繡帶飄揚，花枝招展。女孩子們更是打扮得格外漂亮，園中的桃花、杏花都顯得黯然失色。

寶釵、迎春三姐妹等和丫頭們一起在園子裏玩，獨獨不見黛玉。迎春覺得奇怪："哎，林妹妹怎麼沒看見？好一個懶丫頭！難道這會兒還在睡覺？"寶釵讓大家等着，自己到瀟湘館去鬧她來。

正走着呢，就看見寶玉進了瀟湘館，她猛地站住，低頭思忖：「寶玉、黛玉從小一起長大，兄妹間從不避嫌，況且黛玉平時好猜忌別人，愛耍小性子，現在我跟進去，一來寶玉說話不方便，二來平白無故地讓黛玉猜忌，倒不如回來的好。」這麼一想，就抽身回來，找其他姐妹去了。

再說林黛玉因為夜間失眠，今天起來晚了，聽說姐妹們都已經在園子裏開餞花會了，恐怕大家笑她懶，連忙梳洗妝扮好出來。她剛進院中，就看見寶玉推門進來，笑着問她：「好妹妹，你昨兒告我狀了嗎？讓我整夜提心吊膽。」黛玉睬也不睬，只關照紫鵑把屋子收拾一下，就自顧自扭頭朝外邊走。寶玉哪裏知道她昨晚生氣的事兒？連連向她打躬作

黛玉傷悲 潘寶子 畫

揖，賠禮道歉，可黛玉連看也不看一眼。寶玉想來想去，想不出個所以然來，就隨後追了出來。黛玉已經和正在看鶴舞的寶釵、探春說起了話。三人站在那兒，正說得興高采烈。

探春看見寶玉，笑着說："寶哥哥，身體可好？我整整三天沒看見你啦！"寶玉也忙着向她問候、解釋："我前兒還在大嫂面前問起你呢。"探春指指邊上一棵石榴樹說："寶哥哥，你到這裏來，我和你說話。"她先問寶玉，老爺這幾天是不是找他問話，然後悄悄地笑着告訴他："這幾個月，我又攢下了十幾吊錢。你還拿去，明兒出門逛街，看見有好的字畫或是輕巧的玩意兒，順便替我帶些回來。"寶玉為難地說："我這麼城裏城外、大廟小廟到處逛，也沒撞上什麼特別新奇精緻的東西。看來看去，盡是些不上眼的金、玉、銅、瓷器，還有一些沒處擺的古董，再有就是綢緞、食品、衣服了。"探春說："你上回買的柳條兒編的小籃子、竹子根挖空做的香盒，我喜歡得不得了，誰知都被她們寶貝似地搶走了。"寶玉一聽樂了："原來你要這些。拿五百錢來，給那些小子們去，保管給你拉兩車來。"探春不以為然地說："他們懂什麼？要你去，給我揀些有意思又不俗氣的東西帶回來。我還像上回一樣，給你做雙鞋穿，保證比那一雙做得更下功夫。怎麼樣？"

寶釵見他們說得投機，打趣地說："說完啦？真的是哥哥妹妹，把旁人丟在一邊說知心話兒，我們聽一句就不行了？"說得兩人不好意思，笑着走了過來。寶玉突然發現黛玉不在了，心想，乾脆過兩天，等她氣消了再去看她。想着想着，他低下頭來。滿園滿地都是飄零的各色落花，他不禁暗暗歎了口氣："她心裏不痛快，也不收拾這些殘花了。不如我收好送到花塚去，明天再問她。"等

寶釵、探春走遠了，他一個人小心翼翼地把地上的落花一片片撿起來，兜好，翻過假山，走過小橋，然後穿過樹林和花叢，直奔那天和黛玉一起葬花的地方。眼看就到花塚，正要從

黛玉葬花 劉旦宅 畫

山坡那兒轉過來，就聽山坡那邊傳來嗚咽的哭聲，嘴裏還不停地數落着，哭得好不傷心。寶玉心想：“也不知是哪房裏的丫頭，受了這麼大的委屈，跑這兒來哭。”這麼想着，他好奇地停下腳步，就聽那人一邊哭，一邊念：

花謝花飛飛滿天，紅消香斷有誰憐？

游絲軟繫飄春榭，落絮輕沾撲繡簾。

閨中女兒惜春暮，愁緒滿懷無釋處。

手把花鋤出繡簾，忍踏落花來復去？

柳絲榆莢自芳菲，不管桃飄與李飛。

桃李明年能再發，明年閨中知有誰？

三月香巢初壘成，梁間燕子太無情！

明年花發雖可啄，卻不道人去梁空巢已傾。

一年三百六十日，風刀霜劍嚴相逼；

明媚鮮妍能幾時，一朝飄泊難尋覓。

花開易見落難尋，階前悶殺葬花人；

獨把花鋤淚暗灑，灑上空枝見血痕。

杜鵑無語正黃昏，荷鋤歸去掩重門；

青燈照壁人初睡，冷雨敲窗被未溫。

怪儂底事倍傷神？半為憐春半惱春：

憐春忽至惱忽去，至又無言去不聞。

昨宵庭外悲歌發，知是花魂與鳥魂？

花魂鳥魂總難留，鳥自無言花自羞；

願儂此日生雙翼，隨花飛到天盡頭。

天盡頭，何處有香丘？

未若錦囊收艷骨，一堆淨土掩風流；

質本潔來還潔去，強於污淖陷渠溝。

爾今死去儂收葬，未卜儂身何日喪。

儂今葬花人笑痴，他年葬儂知是誰？

試看春殘花漸落，便是紅顏老死時；

一朝春盡紅顏老，花落人亡兩不知！

　　原來多愁善感的黛玉把昨晚晴雯不開門一事，錯怪在寶玉身上，第二天又碰巧是餞花的日子，不由得勾起滿腹的傷感。她心裏不忍，一個人離開大家，去掩埋殘落的花瓣。她雙手顫抖着將花瓣一片片埋在泥土裏，禁不住從花期的短促，聯想到自己命運的不幸，於是一邊哭，一邊隨口就念了出來。沒想到，寶玉在山坡上全聽到了。他開始也不過點頭感歎，漸漸如痴如醉，沉浸在一片哀婉淒清的詩境當中；而聽到"儂今葬花人笑痴，他年葬儂知是誰？……一朝春盡紅顏老，花落人亡兩不知"等句時，已是淚流滿面。他想到黛玉一生飄零、坎坷曲折的身世，想到自己和黛玉的一往情深，再想到黛玉花一般的容貌，將來也會沒有影蹤可尋，就是寶釵、香菱、襲人和自己也終有這麼一天，觸景生情，不禁失聲痛哭，懷裏兜的落花飄飄揚揚灑了一地。

那黛玉原來只是獨自傷感，猛然聽見假山上傳來悲切的哭聲，心想，人人都笑我有些痴，難道還會有一個和我一樣痴的麼？她抬頭一看，卻是寶玉，就"啐"了他一口説："我以為是誰，原來是你這個狠心短命的——""短命"二字剛出口，覺得既不妥又失態，趕緊捂住嘴，長歎一聲，抽身就走。

寶玉看她躲避自己，就追了上去，大聲叫住她："你先停下！我知道你不想理我，我只説一句話，從今後咱們分手。"黛玉還在氣頭上，本來還不想睬他，聽他説只説一句話，就放慢了腳步説："請説。"寶玉得寸進尺："兩句話，説了你聽不聽？"黛玉二話沒説，扭頭就走。寶玉在她身後重重歎了口氣："唉，既有今日，何必當初！"黛玉聽見這話，一愣，站住了，回頭問他："當初怎麼樣？今天又怎麼了？"寶玉又歎了口氣説："當初姑娘來了，哪裏不是我陪着，又是玩又是笑。我心愛的，姑娘要，就拿去；我愛吃的，聽説姑娘也愛吃，連忙乾乾淨淨地收着，等姑娘回來吃。一張桌子吃飯，一張牀上睡覺。丫頭們想不到的地方，我怕姑娘生氣，替丫頭們為你都想到了。我老在心裏想着：姐妹們從小一塊兒長大，親也罷，熱也罷，和睦相處到了這份上，才算得比別人好。現在誰料想人大心大，一點兒不把我放在眼裏，三天不理，四天不睬，把我曬在一邊，倒把遠房的什麼寶姐姐、鳳姐姐放在心

寶黛釋嫌　潘寶子　畫

坎上。我又沒個親兄弟親姐妹——雖然有兩個，難道你還不知道和我是同父異母的？我也和你一樣是獨生的，只怕你的心也和我一樣。誰知道我真是白操了這番心思，弄得滿腹冤屈向誰去訴説啊！"一邊説，一邊眼淚就下來了。聽了這番話，黛玉心灰

了大半，也不覺低下頭哭了起來，半天說不出一句話。寶玉看她難過，轉過話頭說：「我也知道我現在不好了，但再怎麼不好，我也萬萬不敢在妹妹面前做錯事。就是不小心有一兩個做錯的地方，你或是教育我，不讓我下次再犯，或者罵我兩句，打我兩下，我都不灰心。誰知道你倒好，乾脆不理我，叫我摸不着頭腦，喪魂落魄，不知怎麼才好。就是死了，也是個屈死鬼。」

黛玉聽了寶玉這番肺腑之言，不覺回心轉意，就說：「既然這樣，為什麼昨晚我去了，你不叫丫頭開門？」寶玉詛咒說：「要是我這樣，立馬就死掉！」黛玉啐了一聲說：「大清早死呀活的，也不忌諱！你說有就有，沒有就沒有，起什麼誓呢？」寶玉向她解釋說，昨夜就是寶釵去坐了一會兒，並沒有其他什麼人，並且再三表示回去要教訓教訓那些個丫頭。黛玉見他認真，抿嘴一笑，就打趣地說：「是該教訓，今天得罪我事小，如果明兒什麼寶姑娘、貝姑娘來，也得罪了，事情豈不就鬧大了！」這時，有丫頭來喊他們吃飯，兩個人就一起走了。

金釧投井

　　盛暑時節，烈日當空，樹蔭匝地，早飯過後，已十分炎熱。寶玉沒事，背着手，四下閒逛。每到一個地方，只聽到滿耳蟬聲，卻聽不到有人説話。從賈母那兒出來，往西走過穿堂，就是鳳姐的院落，院門緊閉着。寶玉知道鳳姐平日的規矩，每到天熱，中午前後總要休息一個時辰，進去不方便，於是進了角門，來到王夫人的房間。屋裏，幾個丫頭手裏拿着針線，人卻懶洋洋的，迷迷糊糊地打着盹兒。王夫人在裏間涼牀上睡着，丫頭金釧兒坐在旁邊輕輕替她捶着腿，沒精打采地乜斜着眼，神態恍惚。

　　寶玉輕手輕腳走到她跟前，把她耳垂上的墜子往下一摘。金釧兒只覺得耳朵被拉了一下，痛得睜開眼，一看卻是寶玉。寶玉悄悄地笑着："你就困得這樣麼？"金釧兒抿着嘴嫣然一笑，擺擺手示意他出去，仍然自顧自閉上眼休息。寶玉看她笑得天真燦爛，神態可愛，就有點戀戀不捨。他悄悄探頭朝裏瞧瞧，王夫人合着眼，正睡着呢，於是就從自己身邊的荷包裏掏了一粒夏日清火潤肺的香雪潤津丹，送到金釧兒的嘴裏。金釧兒也不睜眼，順勢就把那顆丹丸嚐在嘴裏。寶玉一步走上來，就拉起她的手，悄悄地笑着説："我把你從太太那兒討過來，咱們在一塊兒吧。"金釧兒悶聲不響。寶玉又試探説："待會兒等太太醒了，我就説。"金釧兒睜開眼，把寶玉往邊上一推，對他笑笑："你忙什麼？'金簪兒掉在井裏頭——有你的只是有你的。'連這句俗語你難道也不明白？我告訴你件有趣的事，你現在到東小院兒，環哥兒和彩雲正在那兒要好呢！你去正逮着他們。""誰管他們的事呢，"寶玉笑笑，"咱們只説咱們的事。"

誰知王夫人猛地翻身坐了起來，"啪"，照着金釧兒臉上就是一個巴掌，指着她罵道："下作的小娼婦兒！好好兒的爺們，都讓你們給教壞了！"寶玉瞅見王夫人起來，嚇得早就一溜煙跑沒了。這裏金釧兒半邊臉上火辣辣的，印着五條紅紅的指痕，愣在那兒，大氣也不敢出，一時不知怎樣辯解。丫頭們聽見王夫人突然醒來發火，頓時都湧了進來。王夫人叫金釧兒的妹妹玉釧兒去喊她媽媽，把金釧兒帶回家去。金釧兒一聽，慌忙雙膝跪地，哭着求王夫人："我再不敢了！太太要打要罵，只管發落，別趕我出去。我跟了太太十來年，這會兒攆我出去，讓我還見不見人呢！"

王夫人平時寬仁慈厚，從來沒有打過丫頭一下；但今天的事兒卻使她變得嚴厲起來，沒半點商量的餘地。打了一記，罵了幾句，氣好像還沒出完，不管金釧兒怎麼苦苦哀求，她到底沒有絲毫回心轉意，堅持讓金釧兒的母親把金釧兒領回家去了。

幾天後，一個又悶又熱的下午，寶玉和黛玉互訴了肺腑之言，黛玉拭淚離去。望着她的身影，寶玉只管發起呆來。襲人知道寶玉是想黛玉想得出了神，不禁站立在毒日頭下，愣愣地為他擔心。寶釵遠遠地走過來。兩人先是猜測老爺為什麼突然叫寶玉去，擔心寶玉挨訓；然後又說起史湘雲最近神態反常。閒聊中，襲人又提到自己針線活來不及幹，寶釵很體貼地讓她不要太忙，說是自己幫她做些就是了，感動得襲人連連道謝，說：「這真是我的福分和造化了。」

一句話還沒說完，就看見一位老媽子跌跌撞撞走過來，神色慌

金釧投井　戴敦邦　畫

亂地說：「真是從哪兒說起！好好兒的一個金釧兒姑娘就投井死了！」襲人聽了，嚇得頓時臉色刷白。她不敢相信自己的耳朵，連忙問：「哪個金釧兒？」那老媽子看了她一眼說：「你看，這兒哪有兩個金釧兒呢？就是太太屋裏的那個。前天也不知為什麼讓太太給攆出去的……」說着，眼淚就刷刷地落了下來。

原來金釧兒雖然出身低微，但為人正直剛烈。受了這番羞辱以後，她在

家裏整天哭天哭地地抹眼淚。大家想想也許她一時氣頭上受不了，過幾天總會想通的，也就不大去理會她。誰知後來人不見了，到處找也沒見個人影兒，結果有人在院子東南角上那口井裏打水，發現了一具屍首，趕緊叫人打撈上來，誰也沒料到竟然會是金釧兒。忙亂之中緊急搶救，哪兒還有什麼用？早就氣絕身亡了。襲人平日裏經常與金釧兒來往，又同是丫頭出身，彼此之間都有一種深深的理解和同情，現在想到一個活生生的金釧兒就這樣不明不白地從這個人世間消失了，再也聽不到她的聲音，看不到她的容貌，不覺流下淚來。寶釵聽了，倒也沒有什麼強烈的反應，急急忙忙趕去安慰王夫人。

王夫人的房裏，鴉雀無聲，一片沉寂。大家知道王夫人心緒不好，都退了出去，誰也不來打擾她。現在她一聲不響地坐在那兒，獨自垂淚。寶釵一時不知從哪兒說起是好，只好悶着頭在

寶釵勸姨　謝倫和　畫

一邊坐下。王夫人看她呆坐着，就問："你打哪兒來？""打園子裏來呀。"寶釵不動聲色地回答。王夫人又問："你打園子裏來，可曾看見你寶兄弟？""剛才倒是看見他穿着外套出去了，去哪兒我也不知道。"王夫人不置可否地點點頭，長長歎了口氣："你是不是知道這兒突然發生了一件奇怪的事情？—金釧兒忽然投井死了！"寶釵聽她挑明了話頭，就順着她的意思說："怎麼好好兒的就投井自盡了？這倒也真是怪事。""唉，起因是前幾天她把我的一件東西給弄壞了，"王夫人有意掩飾地說，"我一時氣頭上，打了她兩下子，攆了回去。我本來意思是氣她幾天，再叫她回來。誰曉得她人不大，氣性倒挺大，就投井死了。這豈不是我的罪過！"寶釵微微一笑："姨娘你真是個慈悲善良的人。只有你才會這麼想。據我看來，也許她並不是賭氣投井，大半倒是她回去住着，閒着沒事，到井邊玩兒，失足掉下去的。你想她在這兒拘束慣了，偶爾放出去，當然是到處去玩玩逛逛的，哪會有這麼大的氣性呢！真的有那麼大的氣性，倒說明她不過是個糊塗人，死了也實在沒什麼可惜的。"一番乖巧、得體的話語，說得王夫人連連點頭："雖然如此，到底我心裏不安。"

寶釵臉帶微笑地勸她："姨娘也不要太操心，心裏老跟自己過不去。不過多賞給她家些銀子，也就算盡了主僕的情分了。"這些話講得絲絲入扣，於情於理都無可挑剔。對於王夫人來說，已經不存在良心的自責和內疚，完全只是個怎樣處理金釧兒善後的問題了。王夫人略略想了想說："剛才我已經賞了五十兩銀子給她母親了。本來還想在你們姐妹的新衣服裏挑兩件給她裝裹一下，誰知正巧大家都沒什麼新做的衣裳。只有你林妹妹做生日的兩套，"說到這兒，王夫人臉有難色，頓了頓，繼續說，"我想林妹妹那孩子，平素是個有心眼兒的人，況且她自己也是三災八難的，既然說好給她做生日，這會兒又拿去裝裹別人，難道不忌諱？沒法子，我現在正叫裁縫趕做一套給她呐。當然，要是別的丫頭，賞她幾兩銀子也就完了。這金釧兒雖是個丫頭，但多少年跟在我身邊，和我自己的女兒也差不多了。"嘴裏說着，不覺又流下淚來。這寶釵是個識事明理的人，連忙說："姨娘哪兒用現在叫人趕做，我前兩天倒是做了兩套，現成拿去，豈不省事？況且她在世的時候也穿過我的舊衣裳，身材也差不太多。"這麼一說，倒是王夫人有點不好意思了："話是這麼說，難道你不忌諱？"寶釵沒事兒似的淡淡一笑："姨娘放心，我從來不計較這些。"

不一會兒，寶釵拿了衣服回來，只看見寶玉坐在王夫人的身邊擦眼淚。原來寶玉到老師那兒去了，回來聽說金釧兒含羞自盡的消息，心裏痛苦萬分。因為事情是他引起的，母親王夫人狠狠地教訓了他一頓。看見寶釵來了，王夫人掩住嘴巴不說了，寶玉乘機走出房間。寶釵看到眼前的情景，早已明白了七八分，就不聲不響把衣服交給了王夫人。

王夫人把金釧兒母親叫到跟前，拿了幾件簪子首飾什麼的，連同兩套衣服，當面賞給了她，又關照請些和尚念經超度金釧兒。金釧兒母親磕了頭，再三感謝，然後就回去了。

寶玉受笞

第十七章

寶玉會過賈雨村回來，聽說金釧兒含羞投井自盡，心中悲傷不已，想想都是自己害了她；見到王夫人，被數落了一番，也不好回嘴辯白，況且確實是自己的不是，只有低頭不語。正巧寶釵進來，寶玉乘機走出王夫人的屋子。他心中茫然，也不知往哪兒去好，背着手，低着頭，一面感歎，一面慢慢地信步走到廳上。剛轉過屏風，不想對面來了一個人，正往裏走，可巧撞了個滿懷。只聽那人大喝一聲："站住！"寶玉嚇了一跳，抬頭看，不是別人，卻是父親賈政。寶玉最怕父親，不覺倒抽了一口冷氣，只得垂下頭，一旁站着。

賈政訓斥道："好端端的，你垂頭喪氣地歎什麼氣？剛才雨村來了，要見你，你卻磨蹭半天才出來！出來了，又全無一點慷慨揮灑的談吐，一副委瑣的樣子，好像滿腹心事、滿腔愁悶似的。這會兒又唉聲歎氣。你有什麼不知足，有什麼不自在？為什麼要這樣？"寶玉平常口角伶俐，能說會道，這時卻是一心為金釧兒的死感傷，恨不得也追隨她去。他雖然在聽父親訓話，卻根本沒往心裏去，所以一時反應不過來，只是怔怔地站着不語。

賈政見寶玉惶恐不安的樣子，全沒了往常的聰明勁兒，本來並沒有氣的，這一來倒真生了三分氣。他正要說話，忽然僕人走過來稟報：「忠順親王府裏有人來，要見老爺。」賈政聽了，心裏疑惑：「我和忠順王府素無往來，為什麼今天打發人來？」他一面想，一面吩咐：「快請廳上坐。」說着急忙到裏屋換了衣服出來。原來是王府的一個官員來見，說是府裏演小旦的琪官很得王爺寵愛，現在不見了，滿城找尋不着，而城裏十個人倒有八個人說琪官與寶玉十分要好，因此上門來請賈政讓寶玉將琪官放回來。

賈政聽了這話，又驚又氣，馬上叫人喚寶玉出來。寶玉也不知出了什麼事，急忙趕來。賈政滿臉怒氣，張口就罵：「該死的奴才！你在家不好好讀書也罷了，怎麼又做出這樣無法無天的事來！那琪官是忠順王爺寵愛的人，你卻莽莽撞撞地引逗他出來，如今給我惹禍了！」寶玉一聽，嚇了一跳，連忙說：「實在不知道這事。我連『琪官』兩個字是什麼都不知道，何況是『引逗』呢！」說着就哭了起來。賈政還來不及開口，那位官員就冷笑着說：「公子不必掩飾，還是告訴我們他在哪裏吧！」寶玉連說：「實在不知道。」那官員又說：「既然不知道，這個人的紅汗巾子怎麼會在公子的腰裏？」寶玉不覺大驚失色，目瞪口呆，只好把琪官的下落說了出來。

賈政這時氣得吹胡子瞪眼，但礙着有外人在，不便發作。他一面送那位官員出去，一面回頭命令寶玉：「不許動！回來有話問你！」說完就送客去了。賈政剛送走客人，忽然看見寶玉的同父異母弟弟賈環帶着幾個小廝滿院亂跑，氣不打一處來，大喝一聲：
"給我快打！"賈環見了他父親，嚇得骨軟筋酥，趕緊低頭站住。
賈政厲聲斥問："你跑什麼？"賈環見父親發怒，就趕緊說："剛
才並不想跑，只因從井邊路過，那井裏淹死了一個丫頭。我看到腦

寶玉受笞　劉旦宅　畫

袋有這麼大，身子有這麼粗，泡得實在可怕，所以才急忙跑過來。"邊說邊比畫着。賈政聽了，驚疑不已，說："好端端的，誰會去跳井？我家從來沒有這樣的事情。如果讓外人知道，祖宗還有什麼臉面！"他趕忙讓小廝叫賈璉和賴大總管來處理此事。小廝們答應着，剛要走，賈環急忙上前拉着賈政的衣襟，跪下說："老爺不用生氣，此事除太太屋裏人之外，別人一點也不知道。我聽見我母親說——"說到這裏，他回頭四下看看。賈政會意，使了一個眼色，小廝們明白，都往後面退去。賈環悄悄地說："我母親告訴我說：寶玉哥哥前天在太太屋裏，拉着太太的丫頭金釧兒，強姦不成，就打了她一頓，金釧兒賭氣投井死了。"

話沒說完，早把個賈政氣得臉色發黃。他怒氣沖天，大喝一聲："拿寶玉來！"他一面往書房裏走去，一面憤憤地吼叫："今日誰再來勸我，就讓他跟寶玉過去！我索性剃掉頭髮，去做和尚算了！也省得擔當上辱先人、下生逆子的罪名！"門客、僕從看到賈政這個樣子，知道又是為寶玉生氣了，一個個咬咬手指，吐吐舌頭，連忙退出。賈政直挺挺地坐在椅子上，氣得直喘粗氣。他滿面淚痕，連聲命令小廝："拿寶玉來！拿大棍拿繩來！把門都關上！有人向裏面通風報信，就立刻把他打死！"小廝們一齊答應着，有幾個就來找寶玉。

再說寶玉聽到賈政吩咐他"不許動"時，就知道凶多吉少了，怎料想賈環又說了他許多壞話？他只在廳上轉悠，不敢離開，心裏盼望這時能有個人來，好往賈母那裏去捎信；偏偏連個人影都沒有，真急得他不知怎麼辦才好。正盼望時，只見一個老媽媽走出來，寶玉如獲至寶，連忙衝過去拉住她，急切地懇求說："快去捎個信，説老爺要打我呢！快去，快去！要緊，要緊！"寶玉因為心裏着急，説話不明白；偏巧這位老媽媽耳又聾，把"要緊"兩字聽成"跳井"，便笑道；"跳井讓他跳去，二爺怕什麼？"寶玉見是個聾子，心裏涼了半截，正急得手足無措，卻見賈政的小廝走來，領他去見賈政。

　　賈政一見寶玉，眼都氣紅了，也顧不得一一數落他的不是，只是厲聲對左右喝道："堵起嘴來，着實打死！"小廝們不敢違命，只好把寶玉按在凳子上，舉起大板，打了十來下。寶玉知道這回不能討饒，只是嗚嗚地哭。賈政還嫌打得輕，一腳踢開掌板子的小廝，自己奪過板子來，狠命地又打了十多下。

　　寶玉自小到大哪裏挨過這樣的打，吃過這樣的苦？起初他疼得忍不住，還亂嚷亂哭，到後來漸漸氣弱聲嘶，連喊叫的氣力都沒了。門客們一見打得過火了，怕

賈政謝罪　戴敦邦　畫

有個三長兩短，趕忙上前懇求、勸說。賈政哪裏肯聽？氣憤地說：
"你們問問他，幹的什麼勾當，可饒不可饒！平日都是你們這些人
把他縱容壞了，還來勸我！將來他弒父弒君，你們才不勸？"

　　大家一聽這話，知道大事不好，連忙找人給王夫人送信。王夫
人聽了，來不及回稟賈母，急急忙忙穿好衣服，扶着一個丫頭就往
書房來，也顧不得房裏是否有外人。門客、小廝們一見王夫人來
了，驚慌失措，唯恐避之不及。賈政正要再打，見王夫人進來，更
是火上加油，那板子更打得又狠又快。按着寶玉的兩個小廝連忙鬆
手走開，寶玉早已動彈不得了。

　　賈政還要再打，卻被王夫人一把抱住板子。賈政歎息說："罷
了，罷了，今天非把我氣死不可！"王夫人哭着說："寶玉雖然該

黛玉探傷　謝倫和　畫

打，老爺也要保重。大熱天的，老太太身體又不好，打死寶玉事小，萬一老太太有個長短，豈不事大？"賈政冷笑着說："別提這話！我養了這麼個不肖的孽子，不如趁早結果了他的狗命，以絕後患！"說着，拿起繩子要勒死寶玉。王夫人連忙抱住賈政，哭着說："老爺雖然應該管教兒子，也要看在夫妻份上。我已是五十歲的人，只有這麼一個孽子，老爺一定要勒死他，豈不是有意絕我的後嗎？既要勒死他，不如先勒死我。我們娘兒倆不如一同死，在陰間也有個依靠。"說完，抱住寶玉，放聲大哭起來。

賈政長歎一聲，坐在椅子上淚如雨下。王夫人抱着寶玉，只見寶玉面色蒼白，氣息奄奄，穿的綠紗小衣上滿是血漬，腿上臀上或青或紫，竟沒有一塊好肉，不禁失聲痛哭："苦命的兒啊！"她又想起大兒子賈珠，便喚着賈珠的名字："如果你活着，就是死一百個，我也不管了。"

正在這時，忽聽丫鬟走來說："老太太來了！"話音未落，就聽窗外賈母聲音顫抖地說："先打死我，再打死他，就乾淨了！"賈政見母親來了，連忙迎出去。只見賈母扶着丫頭，搖頭喘氣地走來。賈政急忙躬身賠笑說："大熱的天，老太太有什麼吩咐，只管叫兒子進去就是了。"賈母停住腳步，喘息片刻，厲聲說："你原來是和我說話！我是有話吩咐，卻沒有養個好兒子，叫我和誰說去！"賈政一聽不對，連忙跪下，含淚對賈母說："兒子管教寶玉也為的是光宗耀祖。老太太這話，兒子怎擔當得起？"賈母啐了一口，說："我只不過說了一句話，你就受不了！你那樣往死裏打，難道寶玉就受得了了？"說着，眼淚直往下流。她不理會賈政再三辯白，轉身吩咐下人："準備轎子！我和你太太、寶玉兒立刻回南京去！"又對王夫人說："你也不必哭了，如今寶玉兒年紀小，你疼他；將來長大了，做了官了，也未必想着你是他母親了。"賈政知道賈母在罵自己，急忙叩頭道："母親這麼說，兒子無立足之地了！"說着就直挺挺地跪下，向賈母叩頭謝罪。

賈母見寶玉被打得十分厲害，不覺又是心疼，又是生氣，抱着寶玉哭個不停。王夫人和鳳姐她們勸說半天才漸漸止住。丫鬟們上來要攙寶玉，鳳姐眉頭一挑，罵道："糊塗東西！這樣能挽着走嗎？快把春凳抬出來！"大家連忙飛跑進去，抬出一把長方形的凳子，把寶玉放在凳上，送到賈母屋中。賈政見賈母怒氣未消，王夫人又號啕大哭，也懊悔自己不該下毒手打到這種地步。遭賈母一頓訓斥，他諾諾地退了出去。

大家圍着寶玉，忙着給他治療，好一會才停當，隨後把他抬回自己的房間。寶釵帶着藥前來探視，吩咐襲人替寶玉敷上，又輕憐痛惜，寬慰寶玉。寶釵走後，黛玉來看寶玉，兩眼哭得又紅又腫，抽噎着勸他："你可都改了罷！"寶玉長歎一聲："你放心。別說這種話，我就是為這些人死了，也是情願的。"聽說鳳姐來看寶玉，黛玉才起身告辭，從後院回去。

羣芳鬥詩

第十八章

　　這天寶玉接到探春的一幅信箋，說是要組織個詩社，不禁高興得拍起手來，笑着說："還是三妹妹高雅！我現在就去商議。"一面說，一面就走。來到探春住的秋爽齋一看，只見寶釵、黛玉、迎春、惜春都已在那裏了。大家看見寶玉進來，都大笑起來："又來了一個。"探春也笑着說："我偶然有了個念頭，寫了幾張請帖試一試，誰知都一招就到。"

　　大家正興致勃勃地商議詩社的事，寶玉的嫂子李紈也來了，進門就笑着說："雅得很哪！要辦詩社，我自薦我來掌管。"黛玉說："既然要組織詩社，咱們就是詩翁了。先把這些'姐妹叔嫂'的稱呼改了，才不俗。"李紈響應說："說得有理！何不每人起個別號？我就叫'稻香老農'。"探春笑着說："我就是'秋爽居士'吧。"寶玉說："'居士'、'主人'到底不雅。這裏梧桐、芭蕉，應有盡有，就圍繞它們起吧。"探春想了想，笑着回答："有了，我就愛這芭蕉，就叫'蕉下客'。"大家都稱別致有趣，

119

只有黛玉笑起來：“你們快把她燉了來下酒。”大家迷惑不解，黛玉笑着解釋：“莊子說‘蕉葉覆鹿’，她自稱‘蕉下客’，可不是一隻鹿還是什麼？快做了鹿脯來！”大家一聽都笑起來。探春說：“你又用巧話來罵人。你別忙，我已替你想了個很恰當的美號了。”又對大家說：“當年娥皇女英淚灑竹上成斑，所以斑竹又叫湘妃竹。如今她住的是瀟湘館，又愛哭，將來那竹子想來也是要變成斑竹的，我看就叫她‘瀟湘妃子’得了。”眾人聽後拍手叫妙。黛玉只是低頭不語。李紈笑着說：“我替薛大妹妹早已想好一個，封她為‘蘅蕪君’，不知你們以為如何？”探春說：“這個封號極好。”寶玉急忙說：“我呢？你們也替我想一個。”寶釵笑着說：“你就叫‘無事忙’吧。”李紈說：“你還是叫原來的‘絳洞花主’好了。”

海棠雅集 徐君陶 畫

寶玉不幹：“這是小時候叫的。”寶釵又打趣說：“天下難得的是既富貴又閒散，不想你兼有了。你就叫‘富貴閒人’得了。”寶玉連稱當不起。黛玉說：“你既住怡紅院，索性叫‘怡紅公子’吧。”大家都說好。寶釵又給迎春、惜春起了"菱洲"和"藕榭"兩個別號。

李紈見別名起妥，就說："我們七個人起社，我和迎春、惜春都不會做詩，就由我做社長，她們兩位做副社長。由我們來出題限韻，謄錄監場。"迎春、惜春都附和，探春也不好再爭強，只得依了："想想好笑，我好好地出了個主意，反而讓你們三個管起我來了！"

大家一商議，決定當場就開始做詩，以詠白海棠為題。迎春走到書架前，抽出一本詩集來，信手一翻，是首七律，於是大家就都做七言律詩。她又對一個小丫頭說："你隨口說個字。"那丫頭正靠着門站着，就說了個"門"字。迎春笑着說："就是'門'字韻，'十三元'了。"說着又拿了韻牌匣子過來，抽出"十三元"一屜，讓那丫頭隨手拿四塊。那丫頭就拿了"盆"、"魂"、"痕"、"昏"四塊來。迎春又命丫頭點了一支"夢甜香"，如果香燒完了，詩還沒做成，就要受罰。

寶玉他們都各自思索起來，只有黛玉一會兒撫弄梧桐，一會兒看秋色，一會兒和丫鬟們說笑。不一會，探春先有了腹稿，提筆寫下，又修改了一回，遞給迎春。寶玉聽寶釵說也有了腹稿，就對黛玉說："他們都有了。香快燒完了，你只管蹲在潮地上做什麼？"黛玉也不理。寶釵、寶玉各自把自己的詩謄寫出來。

大家於是開始評詩，先看探春的，再看寶釵和寶玉的，又催黛玉快把詩寫出來。黛玉不慌不忙，提筆一揮而就，擲給大家。大家一看首聯："半捲湘簾半掩門，碾冰為土玉為盆。"寶玉先喝起彩來："妙句！真想得出來！"又往下看："偷來梨蕊三分白，借得梅花一縷魂。"眾人看了，也都不禁叫好，比起別人果然別有一種妙思。下面四句為：

> 月窟仙人縫縞袂，秋閨怨女拭啼痕。

> 嬌羞默默同誰訴？倦倚西風夜已昏。

大家都説黛玉這首寫得最好，只有李紈、探春以為寶釵第一，黛玉第二。大家議定每月初二、十六開詩社；又依照探春的提議，社名定為“海棠詩社”。

寶玉回去後想起詩社不能少了史湘雲，就纏着賈母派人去接來。第二天，湘雲來了，李紈罰她先按昨天的詩題限韻和了兩首。大家看了都很稱讚。湘雲打算明天做東道，再開詩社。

當天晚上，湘雲應寶釵的邀請住在蘅蕪苑，兩人燈下商議詩社的事。寶釵勸湘雲：“你既想做東，家中又做不得主，每月自己又沒有多少錢，怎麼開詩社？”一席話提醒了湘雲，湘雲不覺躊躇起來。寶釵又説：“我有主意了。我和我哥哥説，要他弄幾簍極肥極大的螃蟹來，再送幾壇好酒，準備四五桌果盤。這樣，從老太太起，都請來賞桂花吃螃蟹。等他們散了，咱們多少詩做不得？”

湘雲聽了，心中非常歡服，稱讚説：“想得真周到！”寶釵笑着説：“我是一片真心，你可別多心。”湘雲連忙笑着説：“好姐姐！我怎麼會糊塗到連個好歹也不知道呢？那還是個人嗎！”寶釵這才吩咐下人把計劃轉告薛蟠，讓他去安排。

寶釵和湘雲談起了擬題的事：“詩題過於新巧，韻過於險，做不出好詩。不過我們的本分還是做做針線活。”湘雲一邊答應，一邊笑着説：“昨天做了海棠詩，我們明天就做個菊花詩怎麼樣？”兩人商量來商量去，寶釵念，湘雲寫，一共湊了十二個詩題，決定不限韻，由大家發揮。兩人商議妥當，才上牀就寢。

群芳賦詩　戴敦邦　畫

第二天一早，湘雲興沖沖地去請賈母等人來賞桂花。賈母答應了，中午，果然與王夫人、薛姨媽、鳳姐等人來到藕香榭賞桂花。大家說說笑笑，鳳姐吩咐上螃蟹。她站在賈母跟前剝蟹肉給賈母吃，又讓小丫頭把酒燙熱拿來，把洗手水預備好，忙得不亦樂乎。大家乘機大飽口福。

黛玉體弱，不敢多吃螃蟹。賈母吃了一會也不吃了。於是大家都洗了手去遊玩，有看桂花的，也有玩水看魚的。賈母她們略坐一會就回去了。寶玉高興地說："也不用收拾，咱們且做詩。大家隨便坐，愛吃的再吃，怎麼樣？"寶釵表示贊同。湘雲就把昨晚擬就的詩題用針釘在牆上，大家看了，都說新奇。

黛玉因不怎麼吃酒，又不吃螃蟹，就讓人搬了一個繡墩，倚欄而坐，拿了釣杆釣魚。寶釵手裏拿着一枝桂花，賞玩了一會，俯在窗欄上，掐了桂花蕊扔在水面上，引得魚兒不停地游來銜。湘雲招呼襲人她們吃螃蟹。探春和李紈、惜春站在垂柳蔭下看鷗鷺。迎春一個人在花蔭下，拿着一根針兒穿茉莉花。寶玉一會兒看看

夜擬詩題　徐君陶　畫

黛玉釣魚，一會兒又俯在寶釵身邊說笑，一會兒又去吃吃螃蟹，忙個不停。

不一會兒，黛玉、寶釵等人回到座間，每人用筆把牆上的詩題一一勾去，又寫上自己別號的首字，表示認下。不到一頓飯的功夫，十二首詩都已做完，謄抄了出來。大家就一齊來欣賞。蘅蕪君寶釵做了《憶菊》、《畫菊》二首；瀟湘妃子黛玉一氣做了三首，分別是《詠菊》、《問菊》和《菊夢》；湘雲取了"枕霞舊友"的別號，也做了三首，是《對菊》、《供菊》和《菊影》；怡紅公子寶玉也做了二首——《訪菊》和《種菊》；蕉下客探春也是二首——《簪菊》和《殘菊》：一共十二首。大家看一首，讚一首，彼此稱道不已。李紈笑着說："讓我從公正的立場來評價吧！總體上看，各人有各人的警句；但平心而論，《詠菊》第一，《問菊》第二，《菊夢》第三。這三首題目新，詩句新，立意更新：瀟湘妃子奪魁！"寶玉聽後，高興得拍手叫好："非常公正，非常正確！"大家細讀這三首詩，確實脫俗：

詠菊

無賴詩魔昏曉侵，繞籬欹石自沉音。

毫端蘊秀臨霜寫，口角噙香對月吟。

滿紙自憐題素怨，片言誰解訴秋心？

一從陶令平章後，千古高風說到今。

問菊

欲訊秋情眾莫知，喃喃負手扣東籬：

孤標傲世偕誰隱，一樣開花為底遲？

圃露庭霜何寂寞，鴻歸蛩病可相思？

休言舉世無談者，解語何妨片話時。

菊夢

籬畔秋酣一覺清，和雲伴月不分明。
登仙非慕莊生蝶，憶舊還尋陶令盟。
睡去依依隨雁斷，驚回故故惱蛩鳴。
醒時幽怨同誰訴：衰草寒煙無限情！

瀟湘奪魁　戴敦邦　畫

黛玉自謙說："我的詩也不好，到底傷於纖巧。"李紈說："卻巧得好。"寶玉不服氣，說："明天閒了，我一個人做出十二首來！"李紈勸慰說："你的也好，只是不及她的新雅。"大家又評了一會，吃完螃蟹，寫了幾首食蟹的詩，相約着往賈母、王夫人那裏問安去了。

二進榮府

第十九章

這年秋天鄉下豐收。劉姥姥想起上回鳳姐的話，"沒事兒只管來逛逛"，就打算着再去榮府走動走動。送什麼禮呢？反正山珍海味人家都吃膩了，倒不如換換口味，就在地裏摘了些第一起摘的新鮮瓜果菜蔬，仍舊帶着板兒趕來了。

到了榮府，劉姥姥還是先由周瑞家的帶着去見鳳姐的貼身丫頭平兒，然後又稟告了鳳姐。誰知鳳姐覺得難為姥姥大老遠扛了那麼多東西進城，賈母又想找個老人家聊天解悶，就要留姥姥住下，並要她立刻去見賈母。

來到賈母的房裏，正好大觀園的各位姐妹正都圍着侍奉賈母，只見滿屋子花枝招展，珠環翠繞。一張牀榻上似躺似坐地斜着一位老太太，劉姥姥猜想這就是賈母了，連忙一步走上來，賠着笑，拜了幾拜："請老壽星的安。"賈母也客氣地欠身還禮，一邊就問起姥姥的年歲。"七十五。"姥姥脫口而出。賈母扭頭對大家說："這麼大年紀還這麼硬朗。我要到這年紀，還不知道能動不能動呢！"說着，兩位老人就聊起了健康的事兒。說到一半兒，賈母突然想起剛才鳳姐說起姥姥帶來新鮮的菜蔬，立刻吩咐下人趕緊去收拾，待會兒好吃；然後，又樂呵呵地關照姥姥："既然今天咱們認了親，就別兩手空空地回去。只要不嫌，就在咱這兒住一兩天再走。我們也有個園子，園裏也有果子，趕明兒你嘗嘗，帶些回家，也算是看一趟親戚了。"鳳姐看賈母歡喜，也上來湊趣："這兒還有兩間空房，你住兩天，把你們那兒的新聞故事說些給我們老太太聽聽。"

那劉姥姥雖然是個鄉下人，但畢竟上了歲數，見過世面，就搜腸刮肚，把自己在鄉村裏所見所聞的奇奇怪怪的事兒，抖了出來，聽得賈母、寶玉和姐妹們津津有味。他們生在富貴人家，哪兒聽到過這些？真覺得姥姥比瞎眼先生說的書還好聽幾倍。然後姥姥又投

姥姥戴花　韓伍　畫

賈母、王夫人所好，現編了行善懲惡、因果報應之類的佛教故事，講給大伙兒聽。

第二天天氣清朗，李紈清晨就起來佈置僕人清掃落葉，擦洗桌椅，預備茶具酒器。正忙亂着，賈母已經興致勃勃地帶着一羣人進來了。李紈笑着迎接。一個丫頭早已捧過來一隻大荷葉形狀的翡翠盤子，裏面放着各種顏色的折枝菊花。賈母就揀了一朵大紅的簪在頭上，

同時招呼姥姥也來帶花兒。話音未落，鳳姐已經把劉姥姥拉到身邊，笑着說要給她打扮打扮。她把一盤子花，橫七豎八地替她插了一頭，樂得賈母她們一個個前仰後合。劉姥姥也湊笑："我這頭也不知修了什麼福，今兒這樣體面起來！"大家更樂了："你還不拔下來摔到她臉上呢，都把你打扮成老妖精了！"劉姥姥有意裝作沒聽懂，討好地解嘲，笑着說："我年輕時也風流過，愛個花兒粉兒的，今兒索性做個老風流！"

說話間已來到沁芳亭上，劉姥姥一看這地方竟比家裏畫兒上畫的還要強上十倍，就想有人照着畫一張帶回去。賈母讓惜春畫，她又誇惜春是神仙託生的，逗得大家都笑了。轉眼到了瀟湘館，只見兩邊翠竹夾着一條羊腸般的石子甬道。姥姥讓出小道給賈母她們走，自己走泥地。有人勸她當心青苔滑腳。姥姥說："沒關係。當心你們的鞋，別沾了泥！"不提防腳底踩着青苔，自己先"咕咚"滑了一跤。大家拍手大笑，賈母笑着罵道："小蹄子們，快去攙！"說話時姥姥已經爬起來，自己也禁不住樂了。賈母怕她閃了腰，要讓丫頭們給她捶腰。姥姥不肯："誰說我這麼嬌嫩了？我哪一天不跌兩下子？都要捶，還得了。"大家一路說說笑笑，出了瀟湘館。賈母帶姥姥坐船，鳳姐一行抄近路到秋爽齋曉翠堂備飯。鳳姐看劉姥姥是個鄉下人，不知道富貴人家的規矩，存心要在吃飯時，拿她來開玩笑湊趣。

賈母她們來了，大家東一桌，西一桌，紛紛入座。劉姥姥坐定，拿起筷來，竟沉甸甸的，一點兒都不順手。原來鳳姐和鴛鴦商量好了，挑了一雙陳年四楞象牙鑲金筷給她使。姥姥不知底細，埋怨說："這個叉巴子比我們那裏的鐵鍬還沉，哪兒拿得動它？"上菜了，鳳姐揀了一碗鴿子蛋放在姥姥桌上。賈母這邊說聲"請"，姥姥那邊就站起身來，大聲說："老劉老劉，食量大如牛，吃個老母豬，不抬頭！"說完，鼓起腮幫子，兩眼直視，一聲不語。大家先是一愣，不明白怎麼回事兒，轉而一想，明白了：這不是扮了個豬相麼？就都哈哈大笑起來。湘雲撐不住，一口茶噴得老遠。黛玉笑岔了氣，伏在桌上直叫"噯喲"。寶玉滾到賈母懷裏，賈母笑得摟着他直喚"心肝"。王夫人笑得用手指着鳳姐，卻說不出話來。薛姨媽嘴裏的茶噴了探春一裙子。探春手裏的茶碗合在了迎春身上。惜春離開座位，拉着奶媽，叫她"揉揉腸子"。只有鳳姐和鴛鴦忍着，只管請劉姥姥先用。

劉姥姥見上來一碗蛋，不勝羨慕地說："這兒的雞也俊，下的蛋這麼小巧，也怪俊的。"一句話說得大家又笑起來。鳳姐笑着對姥姥說："一兩銀子一隻呢！你快嘗嘗罷，冷了就不好吃了。"姥姥伸筷要夾，那筷子又重又不好使，鴿蛋又小又滑溜，筷子在碗裏上上下下鬧了好一陣子，好不容易撮起一隻來，才伸脖子張嘴湊上去接，偏又滑在了地上，急忙要去撿，早有下人撿了出去。姥姥長長歎了口氣："一兩銀子也沒聽見個響聲兒，就沒了！"

賈母料定是鳳丫頭這促狹鬼鬧的花樣，叫人替姥姥換一雙筷子。這姥姥一看，換上的一雙是烏木鑲銀的，搖搖頭："去了金的，又是銀的，到底不如咱家的竹筷子順手。"鳳姐解釋說："菜裏要有毒，這銀筷子一下去就試出來了。"劉姥姥說："這菜裏有毒，我們那裏的菜都有砒霜了！這麼好的菜，哪怕毒死了，也要吃完它。"賈母看她吃得香甜，人又有趣，就把自己的菜也都端過來給她吃。吃完以後，姥姥恍然大悟地對鳳姐說："你們這些人都吃

賈母設宴 戴敦邦 畫

那麼一點兒就完了，虧你們也不餓。難怪風兒都吹得倒！"

吃完飯，大家坐船來到綴錦閣，樂到半夜光景，就喝酒，行令，吃夜宵。大家說的酒令都文縐縐的，不是詩就是詞；唯獨姥姥說的又土又俗，什麼"大火燒了毛毛蟲"啦，"一個蘿蔔一頭蒜"啦，"花兒落了結個大倭瓜"啦，引得大家哄堂大笑，要給她灌酒。姥姥逗趣說："我粗手粗腳，又喝了酒，弄不好失手把這瓷杯打碎了。最好換木頭的，掉地下也沒事兒。"姥姥原是順口說的，誰知鳳姐馬上接口："可以。可有言在先，這木頭的是一套，要喝就喝一套才算。"姥姥在鄉下大戶人家見過金杯銀杯，沒想到真有木杯。她心想：肯定是孩子玩的小木碗兒。反正這酒像蜜糖水似的，多喝點也沒事兒。

等到杯子拿上來，姥姥嚇了一跳：一連十隻杯子，挨大小排下來，都是整塊黃楊根雕出來的，大的像小盆，小的也頂兩個杯子。她連連叫着"好姑奶奶"，向鳳姐求饒。賈母知道她一把年紀，經不起折騰，出來打圓場，讓她只喝一杯算了。姥姥遵命捧着喝了一大杯。鳳姐一邊照賈母吩咐，夾了塊茄鯗放姥姥嘴裏，一邊問姥姥這茄子口味如何。姥姥以為鳳姐在哄騙她，就說："茄子跑出這味兒，我們也不用種糧食，光種茄子得了。"鳳姐又夾了些放在她嘴裏，她細細嚼了半天，才嘗出點茄子味。當她知道這茄子原來是用雞油、雞肉、雞湯和各種山珍煨的，就直搖腦袋吐舌頭："這茄子要多少雞來配呵！"

姥姥多喝了些酒，肚子裏覺得不舒服。向丫頭要了兩張紙，就要解裙子，蹲下。大家趕忙叫一個老婆子把她帶東北角廁所去。等她廁所裏蹲了半天出來，大家早就沒了蹤影。她頭暈眼花，四邊看了看，到處是一模一樣的山石樹木、樓台房屋，只好獨自順着一條石子路摸回去。眼前一座房子，走進去就看見一個女孩兒，滿面笑容地迎上來。姥姥招呼她，她也不答話。姥姥上前拉她手，只聽得"咕咚"一聲，自己的頭撞在板壁上，碰得生疼。仔細一看，是幅畫兒，看上去很凸出，手一摸卻是平的。轉過身，有個小門，姥姥掀開門簾進去，房間裏裝璜得氣派、考究，把眼都看花了。正看着，忽然一個老婆子迎面過來，也是滿頭戴着花，姥姥取笑她沒見過世面，就是花好也沒必要插得滿頭都是。那老婆子和她一樣笑着，也不回話。姥姥伸手羞她臉，她也拿手擋着，兩個對鬧着。一不小心，姥姥手碰到了，只覺得那老婆子的臉冰涼堅硬，才猛然想起是富貴人家的穿衣鏡，自己也笑出聲來了。四面都是板壁，姥姥正為找不到出路着急，兩手東碰西摸，卻聽到"咯磴"一聲。原來鏡子後面藏着西洋的機關，讓姥姥無意中撞開了。

鏡子後面一副精致的牀帳。姥姥又驚又喜，已有七八分酒意，又走得人疲乏了，就不管三七二十一，一屁股倒在牀上，稀裏糊塗地睡着了。

大家等等姥姥不來，到處找也沒找着。還是襲人靈巧，循着隱隱傳的鼾聲，找到了她。姥姥一聽這是寶玉住的地方，嚇得酒也醒了。

住了兩三天，時間雖然不長，姥姥卻把從來沒見過的，從來沒吃過的，從來沒聽過的，都體驗了一遍。臨到走的時候，鳳姐、賈母、丫頭平兒、鴛鴦又送了姥姥許多東西。劉姥姥二進榮國府，真正是滿載而歸了。

鳳姐潑醋

第二十章

　　賈母那天逛大觀園時，吹了涼風，回來後就覺得身上有點不舒服，吃了一兩劑藥，到了晚上也就好了。

　　這一天，賈母打發人來叫王夫人，王夫人連忙和鳳姐過來給賈母請安，順便問候賈母的病。賈母說，喝了鳳姐送來的野雞湯，已經好多了。王夫人笑着說："這鳳丫頭還算孝敬老太太，不枉你平日那麼疼她。"賈母點了點頭說："難為她想得着。"又笑着對王夫人說："九月初二不是鳳丫頭的生日嗎？前兩年事多，不知怎麼就糊裏糊塗地混過去了，今年正巧沒什麼旁的事，人又齊，不如大家樂一樂，為鳳丫頭好好過個生日。"王夫人當然贊成。

　　賈母興致很高，提議說："往常我們過生日都是各送各的禮，這回我們也來點新招，不如每人出一份錢，湊在一塊兒，盡這點錢去辦。"她命人把府裏上至王夫人、邢夫人，下至姑娘們、丫頭婆子們都傳了來，大家坐的坐，站的站，黑壓壓地擠滿了一屋子。聽了賈母的意思，大家都説好。和鳳姐好的，願意湊這個份；那些怕得罪鳳姐的，也想借機討好她。於是，這事就算定了，不管願意的還是不願意的，都回去取了銀子送來。這個十兩，那個二十兩的，丫頭們實在拿不出的，也有給一二兩的。不一會兒，銀子就湊得差不多了。算下來，一共有一百五十兩銀子。賈母高興地説："這些銀子，看一天戲，喝一天酒都用不完。"賈

鳳姐起疑　池沙鴻　畫

母把鳳姐生日的事交給寧國府賈珍的夫人尤氏，由她具體操辦。

　　轉眼就到了九月初二。正是秋高氣爽、滿目金黃的好節氣。花園裏各色菊花爭奇鬥妍，隨風飄來陣陣清香。姐妹們都穿戴得漂漂亮亮，梳理得整整齊齊，準備今兒好好樂一樂。尤氏為操辦這次生日動足了腦筋，除了擺下豐盛的酒席外，她聽鳳姐説自家花錢養着的幾個戲班子唱的戲都聽膩了，於是，特地花錢從外面另請了戲班子，還請了表演雜耍的和説書的女先生。一時間，園子裏唱戲的唱戲，喝酒的喝酒，逗樂的逗樂，好不熱鬧。

賈母因年歲大了，擔心自己體力不支，就沒到園子裏去，只在房裏睡榻上歪着，和薛姨媽一起看戲。她讓人把自己愛吃的點心拿些來放在小茶几上，兩人邊吃邊看邊聊。賈母今兒心情特別好，她吩咐把自己的兩桌席位都讓給大小丫頭們，要她們隨意吃喝，不必拘禮；又把尤氏叫過來，吩咐說：「難為鳳丫頭一年到頭為大家辛苦，你們都替我好好招待她。」賈母的意思，尤氏自然心領神會。她斟好酒，走到鳳姐跟前，笑着說：「難為你一年到頭孝順老太太和太太，我今兒親自斟酒，乘興盡力灌兩盅吧！」鳳姐推不過，只好喝了兩盅。別的姐妹也都學着尤氏的樣兒，紛紛上前來向鳳姐敬酒。鳳姐沒辦法，只好每人的都喝了兩口。她這裏正覺得有些醉意，卻不料鴛鴦等丫頭們也來湊趣，要給她敬酒。鳳姐央求說：「好姐姐們，饒了我吧。」鴛鴦假裝生氣地說：「怎麼，不肯賞我們臉嗎？不喝，我們就走！」說着，真的要走。鳳姐連忙一把拉住她的衣袖，說：「好姐姐，我喝就是了。」說着，拿過酒來，滿滿地斟了一杯，當着鴛鴦等丫頭們的面，喝了下去。

　　幾杯酒下肚，鳳姐覺得有些頭重腳輕，心裏突突地跳得難受，要是再有人來敬酒她可真要招架不住了。於是，她趁人不注意時，對尤氏推說要去洗洗臉，悄悄地溜了出來。鳳姐的丫鬟平兒不放心，也跟了出來，扶着她慢慢走。

　　兩人走着走着，看見鳳姐的一個小丫頭正在不遠處站着。那小丫頭一看見她倆，像是嚇了一跳，回身就跑。鳳姐覺得好奇怪，就在後面叫她。那丫頭假裝沒聽見，還是往前跑。鳳姐和平兒兩人在後面連聲喊叫，那丫頭見逃不過了，只好回來。

　　鳳姐命令那小丫頭跪在院子裏，然後，有點氣急敗壞地對平兒説："叫兩個小廝來，拿着繩子鞭子，把這個眼睛裏沒有主子的小蹄子打爛了！"那小丫頭嚇得魂飛魄散，哭着一個勁兒地磕頭求饒。鳳姐大聲喝問："我又不是鬼，你見了我不規規矩矩地站住，怎麼反倒往前跑？我和平兒扯着嗓子喊你，你聾了嗎？"説着，揚手一巴掌朝她臉上打去，打得那小丫頭一個跟頭跌倒在地；緊接着，"啪"一聲，她另外半邊臉又重重地挨了一巴掌，小臉蛋頓時又紅又腫。鳳姐厲聲問道："你説，到底為什麼跑？再不説，把你的嘴都撕爛！"那小丫頭先還強嘴，鳳姐就叫人去把燒紅了的烙鐵

鳳姐潑醋　池沙鴻　畫

拿來，要燙小丫頭的嘴。小丫頭一見這架勢，知道鳳姐真的動了怒，於是，趕緊知趣地説出了實情。原來是賈璉叫她在那兒望風的，囑咐她一看見鳳姐出來就去報告他。鳳姐一聽，知道這裏面定有文章。為了套出小丫頭的實話，她使出了軟硬兼施的辦法，換上了一副笑臉，口氣溫和地説："他為什麼要叫你看着我呢？你告訴我，我以後疼你。"見那丫頭有些

猶豫，她又把臉一翻，厲聲説：“你要不實説，立刻拿刀子割你的肉！”説着，從頭上拔下一根簪子來，朝那丫頭嘴上亂戳。那丫頭嚇得一邊躲閃，一邊趕緊説：“我説我説。鮑二的老婆在二爺屋裏。”

鳳姐氣得渾身發軟，趕忙立起身來，朝家裏走去。來到家門口，她沒有貿然闖進去，而是先站在窗前悄悄地聽裏面的談話。她聽見鮑二的媳婦説：“什麼時候你那閻王老婆死了就好了。你把平兒扶正，只怕比再娶還好些。”又聽賈璉説：“我怎麼偏碰上這麼個母夜叉！平兒也是一肚子委屈，不敢説。”鳳姐聽到鮑二媳婦咒她死，已氣得渾身發抖，又聽賈璉誇平兒，就疑心平兒平常背地裏也在説她壞話。這麼一想，她氣就不打一處來，借着酒性，先把身邊的平兒打了兩下，然後，一腳踹開門，

鳳姐求救　池沙鴻　畫

138

闖了進去，不容分說地一把揪住鮑二媳婦，劈頭蓋臉就是一頓打。打完還不解氣，又抓過平兒來打了幾下。平兒無辜地挨了打，心裏委屈極了，氣得直哭。她想到鮑二媳婦平白扯上自己，就去打鮑二媳婦。賈璉上前踢罵平兒，鳳姐又逼平兒打鮑二媳婦，平兒被逼得沒辦法，哭着跑出去找刀子要尋死。幾個婆子趕緊攔住她，勸解了一番。

鳳姐借着酒性索性撒起潑來，她一頭撞在賈璉懷裏，大叫："你勒死我吧！"那賈璉剛才也喝了不少酒，本來就有些醉意，被鳳姐這一鬧，血直往頭上湧，也乾脆撒起野來。他把牆上掛着的劍拔了出來，大聲吼叫着："我真急起來，一齊殺了，我再去償命，大家乾淨！"說完，真的擺出一付要殺鳳姐的樣子。鳳姐一看，知道再鬧下去不妥，就一路嚎啕大哭着去找賈母了。

鳳姐一頭撲進賈母的懷裏，哭哭啼啼地說："老祖宗救我！璉二爺要殺我呢！"賈母連忙問怎麼回事。鳳姐可憐兮兮地說："他和鮑二媳婦商量着要拿毒藥給我吃，好把平兒扶了正。"然後，就把事情經過原原本本地告訴了賈母。賈母聽了，鬆了一口氣，說："我當是什麼要緊事，原來又是你們小兩口爭風吃醋。"見鳳姐一臉的委屈，就寬慰她說："你放心，明天我叫他來向你賠不是。"鳳姐點點頭，不再吭聲了。她也明白，老太太能這樣說，已經很賞她臉了。況且，今兒老太太興致勃勃地為自己慶賀生日，要是再鬧下去，豈不掃了大家的興？想那賈璉是賈母的親孫子，她作為孫媳婦的又能把他怎麼樣呢？心裏再不服氣，也只能到此為止了。

鴛鴦抗婚

第二十一章

　　這一天，邢夫人派人來叫鳳姐過去。鳳姐不知出了什麼事，連忙穿戴整齊，坐車到了邢夫人那兒。邢夫人一臉的喜色，等鳳姐坐定後，就把伺候在身邊的丫鬟婆子都打發了出去，關上門，壓低嗓門對鳳姐說：「叫你來不為別的，有一件為難的事，是老爺託我的，我也拿不定主意，想先跟你商量。老爺看上了老太太屋裏的鴛鴦，想討來作妾，我就怕老太太不肯，你可有法子辦這件事麼？」邢夫人說的老爺指的是賈赦。

　　鳳姐一聽，就知道是件棘手的事。鴛鴦是賈母房中的貼身丫鬟，模樣俏麗，心靈手巧，深得賈母的寵愛。鳳姐臉上賠着笑說：「依我說，別碰這個釘子去。老太太離了鴛鴦，飯也吃不下去，哪裏會捨得？」鳳姐見邢夫人不吭聲，又接着說：「太太也該勸勸老爺才是。如今侄子孫子一大羣，還這麼鬧，怎麼見人呢？老太太常說老爺：『如今上了年紀，放着身子不保養，左一個妾右一個妾地放在屋裏，白耽誤了人家女孩兒。'"邢夫人聽着聽着，臉上就不高興起來，她冷笑着打斷鳳姐的話說："別的老爺也都三房四妾的，為什麼偏我們老爺不能？我叫你來，不過商議商議，你先派了一篇的不是！哪有叫你去的理？自然是我去說。"

那邢夫人平時對賈赦言聽計從，家裏的事無論大小，都由賈赦說了算，邢夫人討好他還來不及呢。鳳姐知道再勸也沒用，就語氣一轉，順着她說："太太說的極是。我年輕，知道什麼？

鴛鴦刺繡　戴敦邦　畫

依我說，不如趁老太太高興，今兒就去對老太太說。"邢夫人見鳳姐這麼說，臉上又漸漸地有了笑容，氣也消了，說："我想還是先悄悄地對鴛鴦說。她要是答應了，再去對老太太說，那時，不怕老太太不依了。"鳳姐賠着笑臉，奉承着說："還是太太的辦法好。人，誰不想向上巴結？鴛鴦難道放着半個主子不做，倒願意做丫頭？"

鳳姐嘴上雖這麼說，心裏卻想：鴛鴦是個極有氣性的丫頭，說不定不願意呢。這時，就聽邢夫人對她說："你先過去，我吃了晚飯就到。"鳳姐打定主意，就找了個借口，推脱説："我剛才進大門時，聽説你的車壞了，他們拿去修了，不如坐我的車一起過去吧。"於是兩人一同坐車前去。坐在車上，鳳姐又説："我如果和太太一起進去見老太太，老太太要問起我來做什麼，倒不好。還是太太先進去，我換了衣服再來。"

邢夫人覺得鳳姐説的也在理，就自己先過去見賈母。她與賈母東一句西一句地閒扯了一會兒，假託到王夫人屋裏看看，從後門出去，往鴛鴦房裏去了。鴛鴦正在房裏低着頭作針線呢，看到邢夫人進來，連忙站起身迎上去。邢夫人拿過鴛鴦手裏繡的東西看了看，誇她説："鴛鴦的手藝越來越好了。"説完，就上下打量起鴛鴦來。只見她身段苗條，鴨蛋臉，高鼻梁，兩腮上若隱若現地點着幾顆雀斑，更增添了幾分俏麗。她上身穿着藕色的小襖，下面是水綠的裙子，嬌艷中透着幾分素雅。

鴛鴦見邢夫人兩眼只往自己身上看，倒不好意思起來，又覺得有點奇怪，就問："太太這會兒過來做什麼？"邢夫人把房裏的丫頭都支了出去，拉着鴛鴦的手，臉上堆着笑説："我特來給你道喜的。"鴛鴦一聽，心裏已猜出了幾分，臉上泛起了紅暈，低着頭，一聲不響。邢夫人接着説："老爺跟前沒個可靠的人，冷眼選了半年，這些女孩子裏，就你拔尖，模樣兒好，辦事做人，溫柔可靠。想同老太太説，把你娶過去。"見鴛鴦仍不吭聲，邢夫人以為她願意了，就拉起她的手，一邊往外走，一邊説："現在就跟我回稟老太太去。"

鴛鴦使勁甩開邢夫人的手，站着不肯走。邢夫人以為她害臊，又勸了幾句，見她還是不動，就不解地問："難道你還不願意？"

鴛鴦剪髮　劉旦宅　畫

鴛鴦仍一動不動。邢夫人有些不高興了，說："難道你放着現成主
子不做，倒願意做丫頭？錯過了機會，後悔就遲了。"鴛鴦還是低
頭不吭聲。邢夫人想了想，說："你是有老子娘的，自己不好意思
說，想等他們問你呀？那好，我先找他們說去。"說完，就走了。

邢夫人一走，鴛鴦就離開了自己的屋子。她怕待會兒又不知哪個說客要上門來，就到花園裏散散心。不想一抬頭，正遇見了平兒，平兒見沒人，就笑嘻嘻地說："喲，新姨娘來了！"鴛鴦一聽，就紅了臉，沒好氣地說："原來你們串通一氣來算計我！"平兒見鴛鴦生氣了，趕緊把她拉到楓樹底下的一塊石頭上賠不是，說是剛才鳳姐告訴她的。鴛鴦拉着平兒的手，說："我們幾個從小一起長大，我有話有事也從不瞞你。別說大老爺要我做小老婆，就是太太現在死了，他三媒六證地要我去做大老婆，我也不去！"襲人來了，兩人又勸了鴛鴦一番。平兒沉吟了片刻，說："你不去，那大老爺未必肯罷休，你知道他的脾氣。雖然你是老太太的丫鬟，別人現在不敢把你怎麼樣，可難道你跟老太太一輩子嗎？"鴛鴦冷笑了一聲，說："老太太在一天，我一天不離開她；她如是歸西了，我還要守三年孝呢。到時真把我逼急了，我剪頭髮做尼姑去！不然，還有一死！一輩子不嫁，樂得乾淨！"

　　正說着，就見鴛鴦的嫂子從那邊走過來，襲人悄悄對鴛鴦說："一定是找不到你爹娘，先和你嫂子說了。"說着，她嫂子已經來到了跟前，臉上賠着笑對鴛鴦說："原來姑娘跑這兒來了。我有話要對你說呢，是天大的喜事。"鴛鴦一聽，氣得一下站起身來，朝她嫂子臉上狠狠地啐了一口，指着她就罵："快閉上你的臭嘴，離開這裏。什麼'喜事'！分明把我往火坑裏送！"一面罵，一面傷心地哭起來。她嫂子覺得再說下去也是自討沒趣，就悻悻地走了。

　　賈赦和邢夫人見鴛鴦的嫂子勸不動鴛鴦，只好又把鴛鴦的哥哥金文翔叫了來，要他把鴛鴦帶回去再勸勸。賈赦對金文翔說："她必定是嫌我老了，多半是看上了寶玉或是賈璉。你叫她想清楚，將來不論嫁到哪裏，都難出我的手心！除非她死了，或是終身不嫁男人，要不然，叫她趁早回心轉意。"金文翔回到家裏，把賈赦的話都對鴛鴦說了。鴛鴦聽了，氣得渾身發抖。她想了想，說："就是我願意的話，你們也先得帶我去回聲老太太。"她哥嫂一聽，以為她想通了，回心轉意了，都喜上眉梢，趕緊帶着她去見賈母。

鴛鴦見了賈母，"撲通"一聲跪了下來，一面哭，一面把事情的前後經過對賈母說了一遍，最後說："大老爺說我戀着寶玉，你們大家都聽着，我這一輩子，別說是寶玉，就是寶金、寶銀、寶天王、寶皇帝，我也不嫁！我服侍老太太歸了西，要麼去尋死，要麼就剪了頭髮當尼姑去！"說着，她把挽着的頭髮放了下來，從袖子裏拿出一把剪刀，朝那一頭烏黑亮麗的秀髮"咔嚓"一下剪下去，站在一邊的小丫頭們趕忙上前來拉住，可頭髮已被剪下了半綹。

賈母原先對這事一點都不知道，現在聽鴛鴦這麼說，氣得渾身打顫，哆哆嗦嗦地說："我身邊統共只剩下這麼一個可靠的人，他們還要來算計！"王夫人、邢夫人和鳳姐在一旁趕緊勸慰，賈母怪她們不該瞞着她。鳳姐笑着說："誰叫老太太會調理人？調理得水蔥兒似的，怎怨得人要？我如是孫子，早要了，還等到這會兒呢。"賈母被她逗樂了，氣也消了些，她把邢夫人叫過來說："你去和你老爺說，他要什麼人，我這裏有錢，叫他只管一萬八千地去買就是了。要鴛鴦，不行！"

邢夫人見了賈赦，把賈母說的話對他說了，賈赦雖然仍有些不甘心，但既然賈母已說到這個份上，他也只好放棄鴛鴦，照賈母說的另花銀子到外面去買。後來，他終於用五百兩銀子買了一個十七歲的女孩子，名叫嫣紅，收在自己房裏，才算罷休。

痛打薛蟠

第二十二章

　　這天，賈母的心情很好，就帶了王夫人、薛姨媽和寶玉他們，到管家賴大的花園中去遊玩。那花園雖不及大觀園，卻也十分開闊齊整，園中有泉石林木、樓台亭軒，景色十分宜人。薛蟠、賈珍、賈璉和賈蓉他們也都來了。此外，同來作陪的還有幾位現任官員和幾位大戶人家的公子。柳湘蓮就是其中之一。

　　柳湘蓮原來是世家子弟，因為父母早逝，從小就養成了豪爽無羈的俠義性格。他不愛讀書，卻酷愛耍槍舞劍，吹笛彈箏。平時賭博喝酒，常常醉臥於花間柳下。他最喜歡的是客串演戲，尤其喜歡演那些風花雪月、男歡女愛的戲。因為他年紀又輕，長得又英俊，所以不知道他身分的人往往誤認為他是優伶一類的風流子弟。薛蟠就以為柳湘蓮是那種風流小生，與柳湘蓮會過一面後，一直伺機接近他，只恨沒人引見，不料今天正巧在賴大家相遇，自然樂不可支。

　　柳湘蓮與賴大的兒子賴尚榮素來

交情很好，因此，今天特地請他來作陪助興。賈珍他們對柳湘蓮的串戲也慕名已久，趁大家喝酒喝到興頭上，就請他為大家唱了兩齣。戲剛唱完，薛蟠就醉醺醺地纏住了柳湘蓮，和他坐在一起，問長問短，說東說西。柳湘蓮心裏頓時厭惡起來，他看出了薛蟠的用意，就惱怒地想借故走開。賴尚榮見他要走，就攔住他說：“寶二爺囑咐我：剛才你進門時他就看見你了，因為人多不便和你說話，叫你散的時候別走，他還有話說呢。”他見柳湘蓮執意要走，就又說：“你如果一定要走，就等我把寶二爺叫出來，你們兩個見了面再走。”說

薛蟠調情　杜覺民　畫

着，轉身對身邊一個小廝說：“到裏頭，找一個老婆子，悄悄告訴她去把寶二爺請出來。”那小廝領命去了。不一會兒，果然寶玉出來了。賴尚榮指着柳湘蓮，笑着對寶玉說：“好叔叔，我把他交給你了。”

　　寶玉拉着柳湘蓮到大廳旁邊的書房裏坐下。兩人說着說着就提到了秦可卿的兄弟、已故好友秦鐘。寶玉問柳湘蓮最近有沒有到秦鐘的墓上去看過，柳湘蓮說：“怎麼沒去過？前些天我們出去放

鷹，離他的墳只有二里地。我想，今年的雨水多，怕他的墳被沖壞，就瞞着其他人悄悄過去看了一看，果然被水沖去了一點土。我回家後就弄了幾百錢，第三天一早出去，雇了兩個人，把墳重新收拾好了。"寶玉恍然大悟："難怪呢！上月我們大觀園池子裏結了蓮蓬，我摘了十個，叫人送到他墳上去。回來他們也對我說，墳非但沒有被沖壞，反而看上去更新了些。我就猜想肯定是這幾個朋友去收拾過了。"寶玉又歎口氣說："我真恨我自己，天天被關在家裏，什麼事都做不了主。假如要想做些什麼，很快就會有人知道，然後不是這個攔就是那個勸的。雖說有錢，又不能由自己支配。"柳湘蓮安慰他說："這上墳的事不用你操心，有我呢。你只要心裏想着他就行了。你知道我一貧如洗，就算有幾個錢也都隨手花光了。所以趁空留下這一份，省得事情到了跟前沒法子。"兩人又說了一會兒話，柳湘蓮就起身要走，寶玉依依不捨地說：

怒打薛蟠 杜覺民 畫

"我們難得見一面，晚上再走，好嗎？"柳湘蓮為難地說："只是你那姨表兄薛蟠還是那樣，我再坐下去，怕有麻煩，不如回避的好。"他又告訴寶玉他可能會出遠門，準備到外頭遊逛三年五載後再回來。寶玉聽後，不免傷感，但他知道柳湘蓮素來萍蹤浪跡，留他不住，就無奈地說："你果真要遠行的話，臨行前務必告訴我一聲，千萬別悄悄地走了。"說着，不禁流下淚來。

柳湘蓮出了書房，剛走到大門口，就看見薛蟠迎面過來，邊走邊嚷："是誰放小柳兒走了？"柳湘蓮聽了，氣得直覺眼前火星亂迸，恨不得上前一拳將薛蟠打死，但礙着賴尚榮的面子，只得忍了又忍。薛蟠看見柳湘蓮還沒走，喜出望外，如獲至寶，急忙趔趄着走上去，一把將他拉住，涎笑着說："我的兄弟，你剛才到哪裏去了？你一走，我就沒了興頭。你好歹陪我坐一坐，就算疼我了！"柳湘蓮見他醜態百出，實在不堪入目，心中又恨又惱。他靈機一動，計上心來，連忙把薛蟠拉到一個僻靜的地方，假裝認真地問："你是真心和我好，還是假心和我好呢？"薛蟠一聽這話，早已歡喜得心癢難撓。他乜斜着眼，喜不自禁地說："好兄弟，你怎麼問我這話？我要是假心，立刻死在你眼前！"柳湘蓮見他已上鈎，就說："既然這樣，這裏不方便，我先走，你隨後出來，跟我到我那裏，索性喝一夜酒。你可捨得家？"薛蟠一聽，高興得酒都醒了一半，趕緊回答說："有了你，我還要家做什麼！"那薛蟠只顧高興，醉眼痴迷地看着柳湘蓮，沒起半點疑心。於是，柳湘蓮說他得先走一步，在北門外的橋頭上等薛蟠，免得引起別人的注意。

柳湘蓮趁人不注意時悄悄離開了賴大家，跨馬直出北門，在北門外的橋頭等候薛蟠。不一會兒，薛蟠騎着一匹馬，遠遠地趕了來。他張着嘴，瞪着眼，頭像撥浪鼓一般，不住地左右亂轉，東張西望。他一看見柳湘蓮，不禁高興地說："我知道你不會失信的。"於是，柳湘蓮帶路，兩人一前一後，驅馬繼續往前趕。

走着走着，漸漸人煙稀少，他們來到了一個蘆葦塘邊。柳湘蓮跳下馬，將馬拴在樹上，對薛蟠說："你先起個誓，日後不變心，不告訴別人。"薛蟠連忙下馬，跪在地上就要起誓。不料，他一言未了，只聽"鐺"的一聲，背後好像有鐵錘砸下來。他只覺一陣黑，滿眼金星亂迸，身不由己，就倒在地下了。柳湘蓮一看，知道他不經打，就在他臉上又打了幾巴掌。誰知只用了三分力氣，就將那張臉打得青一塊紫一塊，像五顏六色的果子鋪。薛蟠掙扎着要爬起來，柳湘蓮用腳尖一點，他就又倒了下去了。柳湘蓮厲聲說："你這瞎了眼的東西！我要你認得柳大爺是誰！"說着，舉起馬鞭，又在薛蟠的背上狠狠地抽了三四十下。

薛蟠的酒早已嚇醒了大半，頓時覺得渾身疼痛難忍，不禁"哎喲哎喲"叫出聲來。柳湘蓮一邊冷笑着，一邊拉着薛蟠的左腿，向蘆葦叢中的泥濘地走了幾步，滾得薛蟠滿身泥水。柳湘蓮又問："現在可認得我了？"薛蟠只顧趴在地上哼哼。柳湘蓮放下鞭子，用拳頭在他身上擂了幾下。薛蟠一邊打滾，一邊叫喊："我知道你是正經人，我錯聽旁人的話了！"柳湘蓮依然覺得不解恨，又給了他幾拳，打得薛蟠"好兄弟"、"好哥哥"地亂叫，向柳湘蓮討饒説："好老爺，饒了我這沒眼睛的瞎子吧！從今以後，我敬你怕你了！"柳湘蓮指着蘆葦塘裏的泥水説："你把那水喝兩口！"薛蟠皺着眉説："這水實在太髒，怎麼喝得下去！"柳湘蓮一聽，舉拳就打，薛蟠連忙説："我喝……我喝……"説着，只好低頭在蘆葦根下喝了一口，還沒咽下去，就"哇"的一聲，把肚裏的東西都吐了出來。柳湘蓮厭惡地説："你快把這堆髒東西吃了，我就饒你。"薛蟠一聽，慌忙磕頭不迭，説："好歹積陰德饒了我吧，這東西我是死也吃不下去的。"柳湘蓮實在受不了那令人作嘔的氣味，就丟下薛蟠，獨自驅馬離開了。

那邊賴大家的花園裏，賈珍發現少了柳湘蓮和薛蟠，放心不下，就派人四處尋找。有人説好像看見他們去了北門，大家就出北門下橋，一路尋到了蘆葦塘邊。先是發現了薛蟠的馬，然後就聽到了他的呻吟聲。大家循聲尋找過去，終於找到了被打得衣衫破碎、面目腫破的薛蟠。只見他渾身上下、滿頭滿臉都是泥，像個泥

薛蟠求饒 杜覺民 畫

151

母豬一般。賈蓉心裏也猜出了八九分。大家見薛蟠傷勢過重，不能騎馬，就叫人去雇了一乘轎子，抬他回城，回復賈珍。賈珍也知道是挨湘蓮打的，就又好氣又好笑地說：「他是得吃點虧才好！」

薛姨媽見薛蟠雖然滿身是傷，但並沒傷筋動骨，略微放心了些。她又是心疼，又是氣憤，一會兒罵薛蟠，一會兒罵柳湘蓮，又想叫王夫人派人去把柳湘蓮抓來。寶釵連忙在一旁勸她：「這又不是什麼大事，不過是他們酒後鬧翻臉了。誰醉了，誰多挨幾下子打，也是有的。況且咱們家的無法無天的人，也是人所共知的。媽媽要出氣也容易，等三五天，哥哥好了，我們再把那人叫來，當着眾人的面給哥哥認罪、賠不是就是了。如今媽媽先興師動眾，倒顯得媽媽縱容他惹是生非，依仗親戚的勢力，欺壓別人。」薛姨媽聽了這番話，不禁用讚賞的口吻說：「我的女兒，還是你想得周到。我一時氣糊塗了。」

薛蟠躺在炕上，痛罵柳湘蓮，叫嚷着要叫小廝去拆柳湘蓮的房子，打死他，和他打官司。薛姨媽連忙喝住小廝，並對薛蟠謊稱柳湘蓮酒醒後已後悔不及，現今畏罪逃走了。薛蟠聽了，只好暫時作罷。

香菱學詩

第二十三章

甄士隱的女兒英蓮被薛蟠搶奪到手以後，隨薛家來賈府，改名香菱。

香菱初到榮國府梨香院時，還是一個什麼都不懂的小女孩兒。周瑞家的拉着她的手問她幾歲來這兒的，父母現在哪裏，哪裏人，她都搖搖頭說：「記不得了。」後來香菱長大，又當了寶釵的丫頭，一同搬進大觀園，有了和林黛玉接近的機會。林黛玉對詩歌的愛好，強烈地吸引了這個天真爛漫的少女。

這天吃過晚飯，她就來到瀟湘館，纏住林黛玉，要她教自己寫詩。黛玉也不客氣：「既要學做詩，你就得拜我為師。」香菱愛詩心切，爽氣地答應了，但也提了個條件，不許老師嫌煩。黛玉看她這樣認真，就說：「什麼難事，也值得你去學？不過是起承轉合，當中承轉是兩副對子，平聲對仄聲，虛的對實的，實的對虛的。若是你真的有了妙句，連平仄虛實不對都行。”

香菱恍然大悟，笑着説：“難怪我弄本舊詩，偷空讀了一兩首，有對得極工的，也有不對的，平仄也有錯了的。如今聽你一説，原來這些規矩並不礙事，倒是以詞句新奇為上品。”黛玉見她這樣開竅，點頭説：“正是這個道理。詩的立意是第一要緊。如果意趣真了，連詞句都不用修飾，就已經是好詩了。這叫‘不以詞害意’。”

然後，黛玉一五一十，把學詩循序漸進的過程講給香菱聽。她要香菱先用王維一百首五言律詩、杜甫一百二十首七言律詩和李白一二百首七言絕句打底子，然後再把陶淵明等一些名家的詩看一

香菱拜師 吳山明 畫

看。指點完以後，她鼓勵香菱説：“你是一個極其聰明伶俐的人，不出一年功夫，不 愁 你 不 成 詩 翁了。”香菱聽了，就央求黛玉把書借給她，讓她帶回去，晚上念幾首也好。黛玉聽説，就讓紫鵑把王維的五言律詩拿給香菱，關照她把自己紅圈選的詩，有一首讀

一首，不明白的問寶釵，或者問自己。

　　回到蘅蕪苑，香菱什麼事也不管，只在燈下，一首首詩全神貫注地讀起來。寶釵幾次催她睡覺，她還是沉浸在詩的境界裏。

　　沒過幾天，香菱就笑吟吟地把書送到瀟湘館，要黛玉給她換杜甫的律詩。黛玉看她這麼快就來還書，笑着問她：“共記得多少首？”香菱也笑笑：“凡紅圈選的，我都讀了。”黛玉又問：“可領略了些沒有？”香菱腼腆地笑了：“好像領略了些，只是不知道對不對，說給你聽聽。”見黛玉點頭，香菱笑着說：“在我看來，詩的好處在於有些說不清楚的意思，想想又是很逼真的；看看似乎沒什麼道理，再想想竟是有理有情的。”黛玉讚許地笑笑：“這話有點意思了！但不知道你從哪兒體悟出來的？”香菱略略想了想，

說：“我看王維《塞上》詩有一聯：‘大漠孤煙直，長河落日圓。’粗一想，煙怎麼會直？太陽自然是圓的。這‘直’字似乎無理，‘圓’字又似乎太俗。然而合上書一想，倒像是親眼目睹了這壯觀的景象。要說再找兩個字來換，竟然再也找不出來。再有：‘日落江湖

燈下夜讀　吳山明　畫

白，潮來天地青。’這‘白’、‘青’兩個字也似乎沒什麼道理，可念在嘴裏，倒像含一顆幾千斤重的橄欖似的，真正回味無窮呢！還有：‘渡頭餘落日，墟裏上孤煙。’這‘餘’字和‘上’字，真難為了詩人怎麼想得出來！那年我們上京城途中，一天傍晚挽住船，岸上沒有人，另外有幾棵樹，遠遠地看到幾家人在燒晚飯，那煙就是青青的一道碧色，連着薄薄的雲天。誰想到昨兒晚上看了這兩句詩，倒像我又到了那個地方去了。”

香菱正說得滔滔不絕，寶玉和探春來了。寶玉聽了會兒，笑着對香菱說：“‘會心處不在遠’，你已經得了詩中三昧了。”黛玉又翻出陶淵明詩句“曖曖遠人村，依依墟裏煙”給香菱看。香菱恍然大悟：“原來‘上’是從‘依依’兩字化出來的。”

寶玉怕她學詩鑽牛角尖，趕緊大聲打住她：“不要再講下去了，再講倒又學得離開詩的本意了。你就做起來，肯定是好的。”探春在一旁打趣，説是要補發個請柬，讓她參加海棠詩社。香菱有點不好意思地為自己辯解：“我不過是心裏羨慕，才學着玩玩罷了。”探春、黛玉見她認起真來，趕緊安慰她：“誰不是玩？要説我們這詩，出了園子還真讓人笑掉大牙呢！”偏偏寶玉不以為然，説是她們寫的詩已經有人抄了刻書去了。探春、黛玉不信，寶玉詛咒發誓，説説謊的是架子上的鸚鵡。

香菱又逼着要換杜詩去讀，還求黛玉出個題目給自己去做詩。黛玉想起昨夜當空的一輪清朗皓月，就讓她做一首詠月的詩來。

香菱像撿了什麼寶貝似的，歡天喜地地回屋來。她冥思苦想，要寫兩句詩，又捨不得杜詩，再拿起讀兩首，弄得茶飯不香，坐臥不安。寶釵心疼她：“你何苦自尋煩惱？都是顰兒引的，我找她算帳去！你本來呆頭呆腦，再添上這個，越發弄成個呆子了。""姑娘，別寒磣我。"香菱一把扯住她，讓她看自己的詩。寶釵瀏覽了一下，笑了："不好，不是這樣作法。別害臊，只管拿了給她看，看她怎麼說。"

香菱聽了，就去找黛玉。黛玉看了她寫的詩，笑着點撥說："意思都有了，只是措詞不雅。你看的詩少，被束縛住了。把這首丟開，只管放開膽子再做一首。"

香菱這時已經痴迷地沉浸在詩裏面了，她乾脆連房間也不進，一會兒散步在池邊樹下，一會兒坐在山石上怔怔地出神，一會兒蹲在地上摳摳劃劃，來往的人都感到詫異。李紈、寶釵、探春、寶玉聽到人們議論她，都遠遠地站在山坡上望着她笑。只見她時而雙眉緊鎖，時而嫣然含笑。寶釵悄悄對大家說："這個人肯定瘋了。昨夜就嘟嘟囔囔，鬧到五更才睡下，天一亮又起來了，急急忙忙梳了頭，去找顰兒。回來呆了一天，做了一首，自個兒不滿意，自然現在又另做呢。"寶玉倒是讚許她："我們成天說她俗，誰知道她能有今天這份悟性和刻苦！可見天地還是最公道的。"寶釵見機插入一句："你能夠像她，有份苦心就好了。學個什麼會學不成呢？"一下子倒把寶玉說悶了。

說話間，香菱興沖沖地走了。大家都想看看她寫的詩到底有沒有些意思，就一齊尾隨她，向瀟湘館走來。

黛玉正拿着詩在和她推敲，大家急着問詩做得怎樣。黛玉說："做到這份上也難為她了。只是還不好，過於穿鑿，還得另做。"寶釵拿來一看，發現不像吟月，句句寫的都是月色，看到香菱很失望的表情，就寬慰她："'詩從胡說來'，再過幾天你也會做好的。"

　　香菱自以為她這首詩妙絕，給寶釵、黛玉這麼一評，覺得很掃興，但實在不肯丟掉。她出生以來經歷痛苦坎坷，沒親沒故，還有什麼能像詩這樣解脫她，照亮她呢？大家還在說笑，她就走到台階下的翠竹前，挖心搜膽，耳不旁聽，目不斜視。探春怕她太痴，隔着窗喊她："菱姑娘，你閒閒吧。"香菱怔怔地回答："'閒'字

羣芳讚詩　吳山明　畫

是‘十五刪’，韻腳錯了。"原來黛玉讓做詩的時候限用"十四寒"押韻的。她這一答弄得大家都樂了。寶釵說香菱真成詩魔了，責怪是黛玉引的。黛玉笑着為自己開脫說："聖人說：‘誨人不倦。’她來問我，我豈有不說之理？"大家開了一會玩笑，就分手回家了。

香菱滿心想的都是詩，到了晚上還對着燈出神。三更以後上牀躺下，兩眼睜得大大的，直到五更，才迷迷糊糊地睡着了。

第二天清晨天蒙蒙亮，寶釵醒來，心想香菱折騰了一夜，也不知詩做得怎樣了。這會兒人乏了，暫且別去叫她。猛然，香菱睡夢中笑出聲來："可是了！難道這一首還不好嗎？"寶釵聽了，又是可歎又是可笑。

原來香菱立志學詩，精神全聚在做詩上，白天沒能做出來，終於在夢中得到八句，激動得人一醒就趕緊寫下來，帶到沁芳亭。寶釵正和大家說她夢中做詩說夢話的事。見她來了，大家都爭着要詩看。香菱大方地迎上去，說："你們看這首詩：要行，我就還學；要還是不好，我也就死了這做詩的心了。"黛玉和眾人圍上來看她的詩：

> 精華欲掩料應難，影自娟娟魄自寒。
>
> 一片砧敲千里白，半輪雞唱五更殘。
>
> 綠蓑江上秋聞笛，紅袖樓頭夜倚欄。
>
> 博得嫦娥應自問：何緣不使永團圓。

大家看了，齊聲稱讚："這首詩好，新巧而有意趣。可見俗語說得真對：‘天下無難事，只怕有心人。’咱們海棠詩社一定請你了！"

晴雯補裘

第二十四章

這是一個寒冷的冬夜。寶玉半夜三更起來,要漱口喝茶。丫頭襲人因為母親生病,回家去了,這些事都由晴雯和麝月來做了。麝月服侍好寶玉後,自己也漱了漱口,喝了半碗茶。晴雯撒嬌,也要麝月喂茶,還說明兒晚上也服侍她一個晚上。麝月只好老老實實地喂她喝了茶。那麝月幹完之後,突發奇想,要出去走走。

麝月開了後房門,揭開氈簾一看,好一片清冷透明的月色。晴雯等她出去,就想開玩笑嚇她一下。晴雯平素身體好,不怕冷,外衣也不披一件,穿着件小夾襖,躡手躡腳,跟了出來。寶玉勸她:"算了,凍着了可不是玩的!"晴雯根本聽不進勸,朝身後擺擺手。出了房門,只看見月色如水,銀色的一片透明。耳邊一陣微微的風聲,她覺得那寒意竟浸透肌膚和骨髓,讓人毛骨悚然。心想:難怪人家說熱身子不可以被冷風吹,這一冷果然厲害。但她不肯罷休,要嚇一嚇麝月。這當口上,寶玉在裏面高叫了聲:"晴雯來了!"晴雯沒法惡作劇,只好轉回來，笑着説："你也是，這就會嚇死她了？一副婆婆媽媽的樣子！"寶玉耐心地對她説："倒不是怕嚇壞了她。頭一件你凍着不好；二來她嚇一跳不算，驚醒了別人，不説咱們是玩，倒反怪我們襲人一走就裝神弄鬼。"正説着，麝月慌慌張張推門進來，説外面黑呼呼的，怪嚇人的。問起晴雯，寶玉笑着對

寶玉試裘　趙志田　畫

她説："要不是我嚷得快，你可真要嚇一跳了。"麝月見晴雯捂在被子裏，就問："你剛才沒披衣服出去了？"晴雯點點頭。麝月沒好氣地説："真是尋死也不揀個好日子！你不知道外面冷得把人的皮膚凍裂嗎？"一邊説着，一邊把火盆裏的火添得旺一些，好讓屋裏再暖和一點。

晴雯這一凍果然不輕，整整一個晚上，又是噴嚏，又是咳嗽，到第二天早上，鼻子也塞住了，嗓子也啞了，軟軟地躺在牀上。寶玉心疼地讓她移到自己的暖閣裏睡，又囑咐下人不要聲張。他知道賈府的規矩，凡丫頭們生了重病，都要送出府外，怕萬一患了傳染

病，大家麻煩。寶玉想：襲人剛走，晴雯如果也走了，豈不是更加冷清了？於是，他叫人請大夫，悄悄地從後門領進來。

晴雯睡在寶玉的暖閣裏，咳個不停。幾個婆子見大夫來了，連忙把大紅繡簾放了下來。晴雯從簾後伸出一隻手，讓大夫診脈。大夫診後説："不過是受了點風寒，吃兩劑藥，疏散疏散就好了。"説完，開了藥方。

晴雯吃了幾劑藥，病仍不見好。這一天，寶玉給賈母請安以後，心裏惦記着晴雯的病，早早地就回來了。一進屋，只聞藥香滿室，屋裏靜悄悄的。晴雯躺在那兒，臉上燒得紅撲撲的。寶玉伸手摸摸她的額頭，只覺得燙手。晴雯鼻子塞，寶玉趕緊讓麝月找出自己珍藏的鼻煙盒，拿來給她嗅。那鼻煙盒是西洋貨，稀罕得很，盒身是玻璃的，顯得玲瓏精致，外面還鑲着一顆顆小小的金星。晴雯用力一嗅，只覺得鼻中又酸又辣，一連

晴雯撕扇　劉旦宅　畫

打了五六個噴嚏，眼淚鼻涕一齊流了下來。她不由得笑着對寶玉說：「果然痛快了些。」

眼看快到年底了，深冬的天氣又陰又冷，隨時都有可能降一場大雪。這一天是寶玉舅老爺的生日，寶玉要去給他祝壽。早上，寶玉起來後，感覺外面冷得厲害，就特地穿了一套氈子的厚衣服。小丫頭用茶盤捧了一碗建蓮紅棗湯來，他喝了兩口。麝月又捧過一小碟紫姜來，寶玉揀了一塊放在嘴裏含着。臨出門時，他又問了問晴雯的病，囑咐了她幾句，急忙往賈母那兒去。

賈母知道寶玉今兒要出門，見他穿着荔色的呢箭衣、大紅猩猩氈的褂子，就問：「外面下雪了嗎？」寶玉說：「天陰着，還沒下呢。」賈母把貼身丫鬟鴛鴦叫了過來，說：「把那件孔雀毛的斗篷拿來給他穿吧。」不一會兒，鴛鴦把那件斗篷找了出來。寶玉一看，只見金翠輝煌，碧彩閃爍，好漂亮的斗篷！賈母笑着告訴他，這是俄羅斯國貨，叫雀金呢，是用孔雀毛捻成線織出來的，前天送給寶釵的妹妹寶琴的那件斗篷是用野鴨毛做的。寶玉接過那件孔雀裘，磕頭謝過了賈母，喜滋滋地披上新斗篷去給媽媽看。回來後，賈母叮囑他：「小心點，別糟蹋了，就剩這一件了。」寶玉點頭答應着，蹦蹦跳跳地跑出去了。

寶玉走了以後，只剩晴雯、麝月和幾個小丫頭看家。晴雯雖天天服藥，病卻總也好不徹底。她漸漸地沒了耐心，動不動就拿那些小丫頭們撒氣，再不就是大罵大夫無能。在寶玉身邊的這羣大小丫頭裏，寶玉最寵愛的就是晴雯了。不僅因為她最聰明伶俐，而且也因為她的眉眼長得有點像黛玉。平時寶玉什麼都由着她。有一次，晴雯失手把一把扇子掉在了地上，摔斷了扇骨。寶玉那天正巧心情不好，就説了她幾句。晴雯臉上頓時不高興起來，寶玉好聲好氣地哄了半天，可晴雯仍繃着臉。寶玉笑着説："那扇子原是搧的，你要撕着玩也行，只是別生氣時拿它出氣。"晴雯一聽，臉上頓時笑開了，説："既這麼着，就拿扇子來給我撕，我最喜歡聽撕的聲音。"寶玉笑着拿過扇子來遞給她，她果真"嗤"、"嗤"地撕了一把又一把，寶玉則在一旁喝彩叫好。這晴雯本來就任性，被寶玉這一嬌慣，再加上這幾天被病折磨，脾氣越來越壞。麝月聽她又在罵大夫，就笑着勸她説："你太性急了。俗語説：'病來如山倒，病去如抽絲。'哪有什麼靈丹妙藥！你靜養些日子，自然就好了。"

晴雯補裘　戴敦邦　畫

傍晚時分，寶玉回來了，一進門就又跺腳又歎氣的。麝月連忙問他怎麼回事。寶玉一邊解下那件孔雀裘，一邊説："今兒一早，老太太歡歡喜喜地把這件斗篷送給我，誰知才穿了一天，後襟就燒了一塊。幸好天晚了，老太太和太太都沒注意。"

麝月拿過那件孔雀裘一看，後襟上果然有指尖大的一小塊被燒壞了。她趕忙用包袱把它包起來，叫一個婆子連夜送到織補匠那裏去織補，又關照說：「最好天亮前能補好，千萬別讓老太太、太太知道了。」

不一會兒，那婆子又把斗篷拿回來了，說：「能幹的裁縫、織補匠我都問過了，都說不敢補。」麝月急得直跺腳：「這可怎麼辦呢？」寶玉也急得團團轉：「老太太、太太說了，明兒還叫我穿着去。如果知道頭一天就燒壞了，豈不掃興！」晴雯一直躺在那兒聽着，聽到這兒，她撐着身子坐了起來，說：「拿來我瞧瞧吧！」寶玉不忍心折騰她，可別人又都沒有她手巧，只好萬般無奈地把斗篷遞給了她，又把燈移到她跟前。晴雯湊近燈光細細看了看說：「這是孔雀金線的，咱們也拿孔雀金線來補，說不定能混過去。」麝月趕緊去把孔雀金線找了出來。

晴雯坐正身子，挽了挽頭髮，又披上件衣裳。剛想動手縫，只覺得頭重腳輕，滿眼金星亂迸。她穩了穩神，讓麝月幫着捻線。她先慢慢地用一個繃子繃住破口的背面，然後，咬着牙，一針一針地織補起來。她縫兩針，看一看，縫不了幾針，就要靠在枕頭上歇一會兒。寶玉在一旁一會兒問她要不要喝開水，一會兒又怕她披的衣服太薄，叫人拿來一件灰鼠斗篷給她披上。到自鳴鐘敲了四下的時候，晴雯終於把那個小破口補好了。為了讓人看不出痕跡，她又細心地用小毛刷慢慢地將織補的地方刷得毛茸茸的。麝月拿過孔雀裘來一看，驚喜地叫道：「補得真好！要不留心，還真看不出。」寶玉拿過來瞧了瞧，果然完好如初，天衣無縫，這才鬆了一口氣。

這時，晴雯已精疲力盡，她輕輕地說：「補是補了，到底不像。我也只能補成這樣了。"說完，"哎喲"一聲，就軟軟地倒在了炕上。寶玉急忙讓小丫頭過來給她捶背，天剛蒙蒙亮，又趕緊差人去請大夫。大夫見晴雯的病非但沒好，反倒加重了，就問是不是最近有勞神費心的事。寶玉在一旁連聲自責："這怎麼辦？倘如有個好歹，都是我的罪孽。"從此，寶玉對晴雯更加關懷備至，晴雯的病也漸漸好了。

探春理家

　　榮國府過年，鳳姐裏裏外外、上上下下地忙碌，操勞過度，終於流產，不能管事，王夫人就讓探春協同李紈主持家政。怕她倆照應不過來，又請寶釵來，託她各處小心。大家先聽說李紈一人操持，知道她為人寬厚，好搪塞，心中暗喜。後來又添了探春，大家又以為她年輕，好對付，也不在意；幾件事處理過以後，覺得她儘管言語安靜，心情平和，但精明的地方比鳳姐還有過之無不及。她們兩人每天到小花廳會合，處理榮府事務。寶釵每天晚上帶着上夜人到園裏各處巡視一次。那些下人都暗中抱怨，剛倒了一個"巡海夜叉"，又添了三個"鎮山太歲"，連晚上偷偷吃酒玩兒的機會都沒有了。

　　這天李紈、探春剛坐定，就有吳新登的媳婦來報告說，趙姨娘的兄弟趙國基去世要辦喪事。說完，她垂手站在旁邊，不再多一句話。大家也一聲不吭，看看她們怎麼對付；萬一辦得不妥當，就當作笑料來取笑。吳新登的媳婦也早已打定主意，要是在鳳姐面前，她就會端出一大堆主意和舊例子，讓她選擇。現在她倒是要試試她們的主見怎樣。

探春問李紈，李紈想到幾天前襲人媽死的時候賞銀四十兩，就想當然要賞四十兩。吳新登的媳婦應了個"是"，扭頭就走，卻讓探春叫了回來。探春要她詳細回答不同人家死人賞錢的區別，還要她舉幾個例子來聽聽。吳新登的媳婦尷尬地笑笑，說是忘了，要去查查舊帳。探春嘴角露出一絲笑意："你老辦事了，還記不得，倒來難難我們。要是在你二奶奶面前，你也現查去？還不快找來我瞧！事情辦遲了，人家不說你們粗心，倒像我們沒主意似的。"這番話綿裏藏針，羞得吳新登的媳婦滿面通紅。

吳家的拿了舊帳，探春仔細查看以後，參照比較，讓賞二十兩銀子了事。剛處理好，就看見趙姨娘一把眼淚一把鼻涕地闖進門來嚷着："這會我是連襲人都不如了，我還有什麼臉？連你也沒有面子呀！"探春聽了，拿出帳本翻給趙姨娘看，又一筆筆念給她聽，然後振振有詞地說："這是祖宗手裏的舊規矩，人人都依着，並沒有爭大爭小的，更講不到臉不臉的份上。太太把房子賞給人家，我就有臉了？一文不賞，我也不失什麼面子。我們賞錢，他說好，是祖

探春理家　陳安民　畫

宗和太太的恩典；他説不好，那是他糊塗不知福，也只好由他埋怨。倒是太太還心疼我，你姨娘倒老來找事兒。説實話，我要是個男人，早走了，立一番事業來；偏偏我是個女兒家，一句多餘的話也沒亂説。太太心裏明白，才讓我管家務。如果太太知道我這麼為難，不叫我管，那才真沒臉面，連你也沒臉面呢！"説着，抽抽搭搭地哭了起來。

探春是趙姨娘的親生女兒。因為趙姨娘平時心術不正，專門喜歡勾心鬥角，探春相當反感，反而在感情上傾向了禮法名義上的母親王夫人。她的這番話，也多少透露她內心的複雜和痛苦。

趙姨娘看她這麼不講情面，也扯開了臉面説："你舅舅死了，多給二三十兩銀子，難道太太就不依你？分明太太是好太太，都是你們尖酸刻薄！可惜太太有恩無處施捨！本來還想等你將來出嫁，額外照應我們趙家呢！現在你翎毛還沒長滿，就'揀高枝兒飛'去了。"趙姨娘只顧自個兒絮絮叨叨地沒有完。探春想想生母這麼不理解自己的處境，每隔些日子就要找些事來折騰一下，氣得臉色發白，嗚嗚咽咽地哭起來了。

就在這時，鳳姐打發平兒來傳話，説是趙姨奶奶兄弟沒了，照常例給銀二十兩，現在請姑娘裁定，添些也行。探春早已拭去淚痕，連忙回絕："好好的添什麼？你主子真的倒會討巧：叫我開了例，她做好人。反正太太的錢，不心疼，樂得做人情！你告訴她：我不敢隨便添減，亂出主意。等她好了出來，愛怎麼添怎麼添。"

平兒看到這架勢，心裏已經明白了一半，聽探春對她説吳家媳婦的事，就笑着順她的話回答説："她要有這麼一次對二奶奶，保管腿上的筋早折了兩根。"説着，轉身對門外大大小小的下人正色相告："你們只管撒野，等奶奶大安了，咱們再說。"嚇得門外一伙人連連點頭："姑娘，你是最明白的人，我們並不敢欺瞞主子。"

"哼，"平兒冷笑了一聲，"你們明白就好。"又換一副笑臉對探春說："二奶奶本來事多，照應不過來，你冷眼相看，旁觀者清，或許有該添該減的，二奶奶沒想到，就自己添減：一來對太太有好處，二來也不枉姑娘對我們奶奶的一片情義。"這番話說得既得體又滴水不漏，讓李紈她們佩服不已："好丫頭，怨不得鳳丫頭這樣疼你。聽你這一說，我們倒要找出兩件事來斟酌斟酌了。"

平兒說話時，探春腦子裏已經"斟酌"起來，平兒話一落地，她就當場決定：公子哥兒平時都用月錢，往後讀書不能再另付點心的銀兩。

榮國府的下人平日都狐假虎威，驕縱慣了的。平兒出來就暗裏警告她們："姑娘她撒個嬌，太太也讓她一二分，二奶奶也不敢怎麼樣。你們就這麼大膽小看她，那可是雞蛋往石頭上碰。"大家面面相

刁奴欺主　陳安民　畫

覷，連忙開脫："我們哪兒敢大膽？都是趙姨娘鬧的！""好了，"平兒看她們牆倒眾人推，全怪在趙姨娘身上，就不客氣地說，"你們平時眼裏沒人，心術厲害。幾年下來，難道我不知道！二奶奶要是略差一點兒，也早叫你們這些奶奶們治倒了。三姑娘雖是個姑娘，二奶奶還怕她五分，你們倒不把她放在眼裏！"

正說着，寶玉房裏的丫頭秋紋來領寶玉的月錢。平兒把她拉到外面，好心地告訴她其中原故："現在正要找幾件利害攸關的事和有體面的人來當例子，想法子鎮壓一下，給大家作榜樣呢。你何苦先來碰在這釘子上？你想想，如果拿你們開刀，又礙着老太太、太太的面子；不拿你們做例子，別人又會說她偏一個向一個，仗老太太、太太的威勢的，她就怕得不敢惹，只拿軟的做鼻子頭。實話對你說，二奶奶的事，她還要駁回兩件，壓壓眾人的議論呢！"秋紋伸伸舌頭，道了謝，知趣地走了。

吃完飯，探春的氣才慢慢平下來。她讓平兒趕緊回去吃飯，也聽聽鳳姐的意見。回去後，平兒就向鳳姐詳詳細細地報告了方才的事情經過。主僕二人把一屋子的人議來議去，沒個中用的，也只剩下個三姑娘探春還可以做臂膀。鳳姐平日管人太嚴，結怨很多，心想，探春一出頭料理，大家也就把過去對自己的恨和氣解掉了。她怕平兒不知深淺，又特意叮囑她："探春雖是姑娘家，出言謹慎，但心裏卻事事明白；又比我知書識字，厲害得多。俗話說：'擒賊先擒王。'她要做規矩，一定先拿我開頭。如果她駁回我的事，你可別強辯，而且要越恭敬越說駁得對才好。"不等說完，平兒已經樂了："你現在才關照，我早已經這麼做了。"

吃完飯，平兒趕緊回到探春那兒。探春、李紈和寶釵正在商議

171

家務。探春提出，丫頭們每月有二兩月錢，又有二兩頭油脂粉錢，重複了。而託買辦買的梳妝品又都不是正經貨，沒法用。日子久了，各屋裏姐妹竟有一半拿現錢買這些東西，白費了兩趟錢，東西又浪費了一半。她當場決定免掉買辦這一項的花銷。接着，她又以賴大的小園子一年收入二百兩銀子為例，提議省掉花匠、山匠，揀幾個熟悉園藝的老媽媽收拾園子。這樣，花木有專人修剪，不用臨時忙亂。老媽媽們也有些小進項，還可省去花匠、山匠、打掃人等的工費。拿這些有餘彌補開銷的不足，真是何樂而不為呢！

　　這番精打細算，博得大家的一致贊同。平兒還補充了一句："我們奶奶早有這想法，就是因為姑娘們住着，這話說不出口。"寶釵摸着平兒的臉蛋，讓她張開嘴："我瞧瞧你的牙齒舌頭是什麼做的？從早上到現在，你的話都是一個樣子：也不奉承三姑娘，也不說你們奶奶才短想不到，總是三姑娘想得到的，你奶奶也想到了，只是一定有個不能辦的理由。"聽得

三女主政　戴敦邦　畫

探春也"撲哧"一下笑出聲來："我早起就一肚子氣，見她來了，更生氣：當家人派出一個撒野的人。誰知她避貓鼠兒似的，站了老半天，怪可憐的。接着又說了那些話，不說她主子待我好，倒說'不枉姑娘待我們奶奶平日的一片情義'。不但消了氣，我倒覺得有愧。我一個女孩兒家，沒人疼沒人顧，哪有好處去待人？"說到這兒，暗自傷心，又流下淚來。

大家連忙勸她："趁今天清淨沒事兒，大家商議幾條興利去弊的規矩，也不枉太太委託一場。"平兒馬上接口去回稟鳳姐。老半天她才回來，說："白走了一趟。這樣的好事兒，奶奶豈有不同意的！"探春趕緊和李紈把園裏婆子的名單要來。大家聽了探春的主意，這個爭着要種竹子，那個搶着要去管理稻田。探春、寶釵、平兒三人湊在一起，最後用筆圈出有經驗的老祝媽和老田媽，讓她們分別在園子裏管竹子，種水稻。

這樣七算八算，一年竟然可以省下四百多兩銀子，而且既讓老媽媽得到了好處，安撫了人心，又不失大戶人家的體面。老媽媽們都歡天喜地地保證："姑娘、奶奶只管放心，你們這麼心疼照顧我們，我們再不體察上情，也真是天地不容了。"

賈家的這個三姑娘探春有個混名叫"玫瑰花兒"。瞧她這番作為，還真有點像僕人興兒說的：又紅又香，無人不愛，只是有刺扎手。

紫鵑試玉

第二十六章

這天寶玉去看黛玉，正好黛玉在午睡。寶玉怕驚動她，就轉身問正在回廊裏做針線的紫鵑："林妹妹昨兒晚上咳嗽可好些？"一聽紫鵑説"好些了"，寶玉高興得什麼似的，連連稱"阿彌陀佛"。紫鵑樂了："你也念起佛來，真是怪事。"寶玉自己也笑了："我真是'病急亂投醫'了。"說話間，看到紫鵑穿着薄綾棉襖、青緞夾背心，就伸手在她身上摸了摸，關切地說："穿得這樣單薄，坐在風口。這節氣不好，要是你再病了，咋辦？"紫鵑神色莊重地對他說："咱們從今兒起，只可說話，別動手動腳的。一年大二年小的，叫人看着不尊重。那些混帳們背地裏都在議論你，你還總不留心，還和小時候一個樣兒，這怎麼行？姑娘常常吩咐我們，不讓和你說笑。你近來瞧姑娘，她疏遠你還恐怕疏遠得不夠呢！"說完，拿起針線進别的房裏去了。

寶玉興沖沖地走來，卻被當頭澆了一盆冷水，兩眼直瞪瞪地瞅着竹子發呆。一時他又魂魄失守，隨便坐在一塊假山石頭上出神，不知不覺中淚流滿面。一個人呆了一頓飯的工夫，千思萬想，不知如何是好。正好黛玉的另一個丫頭雪雁打這兒經過，發現他在桃樹下托腮出神，怕他犯病，就關心地問他在這兒做什麼。寶玉頭也不抬說：「你又幹什麼來找我？難道你不是女孩兒？既然她又是防備又是嫌棄，不許你們理我，你這會兒找我，如果讓別人看

紫鵑繡花　程寶泓　畫

見，豈非又生口舌？」說着就趕她回去。

雪雁只當寶玉又受黛玉的委屈，回去就把他坐在沁芳亭後桃花樹下哭的事告訴了紫鵑。紫鵑聽完放心不下，出了瀟湘館就來找寶玉。到了寶玉跟前，她含笑說：「我不過說了那麼句話，為的是大家好。你卻賭氣跑到這風地裏來哭，弄出病來還了得！」寶玉見她誤會了，就破涕為笑，解釋說：「誰賭氣了？你說的有理。我想既然你們這樣說，當然別人也這樣說。將來漸漸地你們都不理我了。想到這，自己傷心起來了。」紫鵑悄悄在他身邊坐下，寶玉一見就

打趣說："剛才你還說要走開，怎麼這會兒又挨我邊上坐着？"紫鵑這才問起他前天與林黛玉說起吃燕窩的事。寶玉告訴她，已經和老太太說了，每天給她們一兩燕窩。紫鵑恍然大悟："我們正疑惑，老太太怎麼忽然想起叫人每天送一兩燕窩來呢！原來是你說的，多謝你費心了！"寶玉說："這要天天吃慣了，吃上三二年就好了。"紫鵑衝了他一句："在這裏吃慣了，明年回家去，哪有閒錢吃這個？"寶玉吃了一驚："誰回家去？"紫鵑直截了當地回答他："你妹妹，回蘇州去。""你又說瞎話，"寶玉笑了，"蘇州雖是原籍，因為姑媽沒了，沒人照看，才來的。明年回去找誰？可見你在撒謊。"紫鵑一聲冷笑："你也太小看了人。你們賈家當然是大族。可除了你家，難道別人都只有一父一母，房族中真的都沒有人了不成？我們姑娘來，原來是老太太心疼她人小，叔伯照料總不如親父母，所以接過來住幾年。大了該出閣時，自然是要送還林家的，難道林家的女兒還在你賈家一世不成？"這紫鵑真是個厲害的丫頭，竟滔滔不絕地往下數落："林家即使窮到沒飯吃，也是世代讀書做官的人家，是斷斷不肯將自家人丟給親戚，讓人

紫鵑試玉　程寶泓 畫

176

恥笑的。所以，早則明年春天，遲則秋天，就是這兒不送去，林家也一定有人來接的。我們姑娘說了，讓你把她小時候送你玩的東西打點一下，還她。她也把你送她的打點好了，放在那兒呢。"這一番話，像在寶玉頭上打了個響雷。紫鵑想聽他怎樣回答，他竟半天不說一句話。正要問時，只見晴雯來找，說是老太太叫她。紫鵑聽說就走了。

晴雯見寶玉呆如木雞，一頭熱汗，滿臉漲得發紫，慌忙把他一直拉到怡紅院。襲人見了這模樣，也慌了起來。開始她還以為是季節變化，寶玉着了涼，沒想到不一會兒他兩個眼珠兒發直，口水從嘴角邊掛下來也不知道。塞他個枕頭就睡下，扶他起來就坐着，倒了茶就張口喝。大家全都着慌了，又怕賈母怪罪，就先差人請李嬤嬤來看看。

這李嬤嬤先用手摸摸他的脈息，又用指甲使勁掐掐他的人中，掐得手指印都出來了，他竟沒有絲毫反應，急得李嬤嬤捶牀搗枕，大哭起來："這可不中用了！我白操了一世的心了！"這李嬤嬤年歲高，見多識廣，她這麼一說，大家也跟着哭了起來。

晴雯看到寶玉不省人事，就如此這般把情況告訴了襲人。襲人聽完就一口氣趕到瀟湘館，看見紫鵑正服侍黛玉吃藥，她也顧不上這許多了，責問紫鵑究竟是怎麼回事兒。旁邊的黛玉見襲人又急又怒，滿臉淚痕，也慌了神，追問襲人出什麼事了。襲人慌不擇言，把實情說了一遍，就聽"哇"的一聲，黛玉把剛吃下去的藥全都嘔了出來，連着咳嗽不斷，喘得連頭都抬不起來，一時臉色潮紅，頭髮蓬亂，青筋暴凸，連眼睛都腫了。紫鵑趕緊給她捶背。黛玉在枕頭上喘息了好一會兒，推開紫鵑，說："你也不要捶了，乾脆拿根繩子勒死我算了。"紫鵑哭着辯解説自己不過是開個玩笑。黛玉情急之下，讓她趕緊去做解釋。

　　紫鵑、襲人急匆匆趕到怡紅院，已經一大羣人在那兒了。賈母一見紫鵑，就眼裏冒火，罵道："你這小蹄子，胡説了些什麼？"誰知寶玉見了紫鵑，竟"嗳呀"一聲，哭出聲了。大家一見，心裏懸着的石頭落了地。賈母以為紫鵑得罪了寶玉，攔住要她賠罪。誰知寶玉死拉住紫鵑，嘴裏只是説："要去，帶我也去。"一細問，大家才知道全是紫鵑一句"要回蘇州去"的玩笑話引起的，這才真正放下心來。正七嘴八舌地商量着怎麼給他治病的事兒呢，有人報告説林之孝家的要來看寶玉。寶玉聽了一個"林"字，又在牀上鬧起來，説是林家人來接她們了，要人快打他們出去。他哭着鬧着："不管他是誰，除了林妹妹，都不許姓林了！"賈母趕忙順着他的話説："林家人都死絕了，沒姓林的人來，凡姓林的都讓我打出去了。"寶玉抬頭看見十錦格子上擺着一隻西洋輪船模型，又指着亂叫起來："那不是接她們的船來了？停在那裏呢！"伸手就要去抓，襲人趕緊遞過去，寶玉把船模一下子掖在被子裏，得意地説："這下可去不成了！"説着，死拉住紫鵑不放。

　　這以後，專門請了醫生給寶玉開了方子。寶玉按方子服了藥，果然人就安靜了下來，只是不管有什麼事，寶玉都不肯放紫鵑走，説是她走了，就要陪黛玉回蘇州去。賈母就讓紫鵑守着他。紫鵑因為是自己惹的禍，日夜服侍，也毫無怨言。

　　看到寶玉神志一天天清醒起來，紫鵑才向他講清了那天自己哄他逗他的原由。寶玉聽完，動情地説："我但願這會兒立刻死了，把心迸出來給你們看，然後連皮帶骨一齊都化成一堆灰，再化成一股煙，一陣大亂風，吹得它頓時散到四面八方。這才好！」説着，眼淚又滾下來了。紫鵑慌忙上來捂住他的嘴，替他擦眼淚。寶玉像發誓般地對她説：「活着，咱們一起活着；死了，咱們一起化灰化煙。如何？」紫鵑看寶玉大體恢復了，提出回去服侍黛玉，寶玉自然同意，她便告別了大家，回到瀟湘館。

黛玉傷情　程寶泓　畫

夜深人靜，紫鵑悄悄笑着對黛玉説：「寶玉的心倒實，聽見咱們要去，就這麼生起病來。」見黛玉沒有答話，停了一會兒又自言自語地説：「人最難得的是從小一塊兒長大，脾氣性情都彼此知道。」黛玉啐了她一口：「這些日子下來還不累，趁這會兒不歇一歇，還嚼什麼蛆！」紫鵑充滿感情地説：「我倒是一片真心為姑娘。你沒父母沒兄弟，誰是你知疼着熱的人？不如趁老太太還明白硬朗的時候，定了終身大事要緊。姑娘你是明白人，難道沒聽俗話説『萬兩黃金容易得，知心一個也難求』嗎？」説得黛玉一愣一愣：「你這丫頭瘋了，怎麼去了幾天，就變了一個人？趕明兒你還退回老太太那兒去吧，我可不敢要你了。」不過黛玉雖然嘴裏這麼説，心裏未嘗不傷感。等紫鵑睡了以後，她竟獨自哭了一夜。

寶玉瞞贓

第二十七章

賈府一年四季喜慶宴請的事特別多，所以在梨香院養了一個戲班子。前不久皇宮裏死了一位老太妃，皇上下令官宦人家停止宴樂一年，賈府就解散了戲班子，讓那些願意留下的小女伶服侍家眷。其中文官由賈母自己使喚，正旦芳官給寶玉，小旦蕊官給寶釵，小生藕官給黛玉，大花臉葵官、小花臉豆官、老外艾官分別給了湘雲、寶琴和探春。

清明那天，寶玉因病未痊愈，沒去祭祀，獨自拄了拐杖到瀟湘館去看黛玉。一路上柳垂金線，桃吐丹霞。假山石後面一棵大杏樹，花已經全部謝落了，稠密蒼翠的樹葉間結了豆子大小的許多杏子。寶玉不覺黯然傷神：病了幾天，倒把花期錯過了。他又想到身邊如花似玉的那班女孩子也終有一天烏髮如銀，紅顏變為素縞，不免對着杏樹歎息。正在胡思亂想的時候，就聽見山後有吵架聲。原來是藕官淚流滿面地蹲在那裏燒紙錢。她的乾媽夏婆子發覺以後大發雷霆，要拉她去見主子。藕官害怕，賴着不走。寶玉心疼這些小女孩，就替她打掩護，謊稱燒的是林姑娘寫壞的紙。藕官見寶玉撐腰，嘴也硬起來頂撞。夏婆子就從紙灰中揀出沒燒盡的紙錢作證據，不許藕官抵賴。寶玉用拐杖一擋：「老實告訴你，我昨夜夢見杏花神向我要紙錢，煩她燒的。我病剛好點，偏讓你衝了。」轉頭關照藕官跟去，照自己的話去說。藕官得勢不讓人，反而拉夏婆子去講理。夏婆子見這副架勢，只好怏怏地走了。寶玉問藕官替誰燒紙錢，藕官讓他去問芳官。

回到怡紅院，正碰上何媽在打芳官，寶玉恨得用拐杖敲打門檻：「你們這些老婆子都是鐵石心腸，不能照看好女兒，反而折磨她們。」晴雯更是大發脾氣：「都攆出去，不要這些中看不中吃的就完了！」這時廚房裏送晚飯來了，寶玉匆匆喝了半碗湯、半碗粥，使了個眼色給芳官。芳官何等伶俐，馬上假裝肚子疼，一個人留了下來。寶玉看看四下無人，才問藕官燒紙錢的事兒。芳官眼圈一紅，說藕官祭的是原先和藕官搭戲的小旦藥官。兩人在戲裏扮夫妻，情感投合，後來就相互疼愛。藥官死了，她哭得死去活來。這些年每逢清明，她都要燒些紙錢祭藥官的。寶玉聽她們這樣有情有義，大為感動，關照她去囑咐藕官，往後切切不可燒紙，只要心誠，焚香就是了。

正是仲春時分，清晨湘雲起來，覺得兩腮癢癢的，懷疑自己桃花癬又犯了，就向寶釵要薔薇硝擦臉。誰知寶釵把自己剩下的全都給了寶琴，就讓鶯兒和蕊官到黛玉那兒去拿一點。一路上兩人有說有笑，鶯兒又隨手採了剛綻綠的嫩柳枝條兒編了一隻精美的花籃，順手插了些路邊的鮮花。

瀟湘館裏，黛玉正在做晨妝。鶯兒、蕊官把花籃送給她，然後說明了來意。黛玉示意紫鵑包了一包硝遞給鶯兒。蕊官想到芳官也犯桃花癬，就向鶯兒要了一些。回到蘅蕪苑，正碰上怡紅院的春

藕官燒紙錢　戴敦邦　畫

燕,就託她帶給芳官。春燕笑她:"還怕那裏沒有?"蕊官説:"她有是她的,我送是我的。好姐姐,求你歹帶給她去!"

春燕回到怡紅院,悄悄把薔薇硝遞給芳官。賈環正好探望寶玉,聞到薔薇硝的清香,就伸手向寶玉要:"好哥哥,給我一半兒。"芳官因為這是蕊官送的,不捨得,就要另外去拿。誰知開盒一看,盒子裏已經空了。麝月叫她隨便包些什麼給他,打發過去就是了,芳官就包了一包茉莉粉。賈環喜得伸手來接,芳官卻是正眼不瞧他一下,往炕上一丟。賈環也不顧臉面,連忙拾起,揣在懷裏,興沖沖地來找彩雲。彩雲打開一看,"嗤"地笑出聲來,問他向誰要來的,賈環説了一遍。彩雲笑着告訴他:"這是人家哄你鄉巴佬呢!這不是硝,是茉莉粉。"賈環這才發現粉和硝紅的深淺不一樣,但聞聞倒也一樣噴香,就勸説彩雲收下來。誰知賈環的母親趙姨娘在一旁看着,忍不住了:"誰叫你去要的?依我,給他劈頭劈腦地摔過去。寶玉是哥哥,不能衝撞也算了,難道他屋裏的狗兒貓兒也不敢去問?"見賈環低着頭,悶聲不響,趙姨娘又指着他罵道:"呸!你這下流沒剛性的東西!平時對我倒會扭頭暴筋瞪眼睛。你沒什麼本事,我也替你恨!"賈環又愧又急,又不敢去,只是把手一摔説:"你這麼會説,你又不敢去!挑唆我去鬧,鬧出事來,我挨了打罵,你不照樣低頭?不怕三姐,你敢去,我就服你!"一句話戳痛了他娘,她一下子跳了起來,拿起那包兒,飛快地衝到園子裏去了。彩雲死死勸説不住,就和賈環一起躲掉了。

那個夏婆子看到趙姨娘眼紅臉青的模樣,有意激激她:"這屋裏除了太太,有誰比你大?只要你撐起來,誰還敢不怕你老人家?你老人家把威風抖一抖,以後也好爭別的。"這番話句句都説到趙姨娘心裏，她仗着膽子衝進怡紅院，把那包粉照着芳官的臉摔了過去，破口大罵："小娼婦養的！你是我們家花錢買來唱戲的，不過是娼婦粉頭之流。寶玉給東西，你攔在頭裏，拿這個哄他，只當他不認得呢！"芳官還是孩子，被她一罵，眼淚頓時掛了下來，邊哭邊説："沒了硝我才給粉的。我就學戲，也沒出去唱呀！我一個女孩子知道什麼'粉頭'、'面頭'的！'梅香拜把子——都是奴才'罷了，何苦來呢！"襲人趕忙拉住她："別胡説！"趙姨娘氣得發怔，奔上去就是兩耳刮子。芳官挨了兩下，便打滾撒潑，又哭又鬧，撞在趙姨娘懷裏，讓她打。藕官、蕊官、葵官、豆官，終究是孩

芳官挨打　戴敦邦　畫

子，光顧情義，一聽芳官被打，就圍住趙姨娘。蕊官、藕官一邊一個，攥住她的左右手，葵官、豆官前後頭頂住，要和趙姨娘拚命，直到探春她們來了，才算把她們喝住。

好容易將氣得話也說不清的趙姨娘勸出來，探春也責備她不自尊，失了體統。事過之後，探春想想生母趙姨娘不爭氣是事實，但她確實受了氣。探春越想越氣，等要查清是誰挑唆的，卻都說是大海裏撈針，什麼也沒查到。只有她身邊的艾官悄悄告訴她，看見夏婆子在和姨奶奶喊喊喳喳地說什麼。可巧另一個丫頭翠墨瞥見這一幕，轉眼傳給夏婆子的外孫女小蟬兒，她也在探春這兒當差。小蟬兒趕緊告訴外婆，讓她提防着點兒。她們兩人正說着，芳官來廚房替寶玉取一份酸味的素菜，看見小蟬兒手裏一碟糕，就要嘗一塊。小蟬兒不肯。管廚房的柳家的媳婦另外端出一盤。芳官把一塊糕湊到小蟬兒臉上說：「你給我磕頭，我還不吃呢！」說着掰了塊糕，扔着逗麻雀玩，氣得小蟬兒咒她：「雷公爺有眼，怎麼不打這作孽的人！」一邊咕噥着就走開了。

柳家的女兒五兒，十六歲了，體弱多病。柳家的巴結芳官，一來想託芳官為女兒在寶玉那兒謀份差事，二來要叫她再弄些玫瑰露讓五兒補補身子。芳官回到怡紅院，寶玉就把剩下的玫瑰露連瓶給了芳官，芳官送到五兒手裏。玫瑰露是稀罕珍貴的滋補品，柳家的也不管女兒反對，又倒了一盞送到哥哥家裏，讓病牀上的侄兒沖服了一碗。她嫂子看她這樣重兄妹情義，投桃報李，也回送了一紙包茯苓霜，說是給五兒去滋補滋補。

時間不早，柳家的趕緊回自己的廚房，正碰到迎春的小丫頭蓮花兒替大丫頭司棋來要燉雞蛋。柳家的心想雞蛋所剩不多，自己侍候頭層主子還來不及呢，哪兒輪得到二層主子？蓮花看她堅決不肯，就添油加醋告訴司棋，挑得司棋到廚房摔碗拍桌。大家連忙蒸上雞蛋，才算了事。

　　鬧騰了半天，柳家的才對五兒說起茯苓霜。五兒要給芳官送一點去，就趁黃昏人少之時來到怡紅院，正好碰到春燕，就託她轉交芳官。五兒回家經過蓼漵，碰上林之孝家的查夜。五兒自幼膽小，被她們一盤問就支支吾吾起來。路過的小蟬兒、蓮花兒趁機挑唆，要林奶奶好好審她。兩人一搭一檔。小蟬兒說："璉二奶奶少了一罐子玫瑰露。"蓮花兒接茬兒說："我倒看見一個露瓶子，在她們廚房裏。"林之孝家的聽說，就帶了這羣人到廚房去搜。這一搜，不但搜到了玫瑰露瓶，還意外搜到了一包茯苓霜。報到鳳姐那兒，鳳姐剛睡下，吩咐平兒嚴屬處置。平兒先把五兒交給守夜的管住，自己找到襲人一問，玫瑰露真是寶玉給芳官的，芳官又給了五兒。這時晴雯也站出來，證明太太那兒的玫瑰露其實倒是彩雲偷了送給賈環了。寶玉一聽就煩了，說："兩件事都我應了，不就完事了？"可是牽涉到賈環就影響到趙姨娘，而且"打老鼠傷了玉瓶兒"，從趙姨娘又影響到探春的威信。但大家又擔心，寶玉把兩件事全擔下來，這賈府裏越發偷的偷、不管的不管了，於是就把玉釧兒和彩雲叫來盤問。平兒當着她們兩人的面說："賊，我心裏明白。只是這做賊的是平常和我要好的一個姐妹。窩主倒是沒關係，可又要傷了一個好人的體面。所以少不得求寶二爺把這事擔下來。你們看怎麼辦？"彩雲挺身而出說："原來就是趙姨奶奶再三央求我，我拿了給環哥哥的。這是真的，冤屈了別人我也心裏不忍。姐姐帶我到奶奶那兒去，承認了完事。"大家看她處事這樣有肝膽，反而來勸她，不如讓寶玉擔當下來，沒外人知道，又體面又乾淨。彩雲低頭想想，難得大家一片心意，只好依允了。

大家談妥，平兒又到上夜房，悄悄告訴五兒，玫瑰露、茯苓霜的事全由寶二爺一人承擔下來，省得再東拉西扯，擴大事態，還牽連到她舅舅什麼的。

一切處理完畢，平兒報告了鳳姐。鳳姐知道寶玉喜歡攬事，別人求他，擱不住兩句好話，什麼事都應承。她主張深入追究下去，說是罰太太房裏的丫頭都膝蓋下墊着碎磁片跪在太陽下，不怕她們不招。平兒勸她：「得放手時須放手，何苦讓人含恨抱怨？再說自己又三災八難的，倒不如趁早兒睜一隻眼閉一隻眼算了。」鳳姐被她這麼一勸，也就隨她便了。

趙姨娘聽說寶玉承認了，才

寶玉瞞贓　戴敦邦　畫

把一顆懸着的心放了下來。倒是賈環一聽，懷疑寶玉是和彩雲好才這樣做的。他威脅彩雲，説是索性告訴二嫂，就説是彩雲偷來，自己沒敢要。他把彩雲送給他的東西都拿出來，一古腦兒朝彩雲臉上摔去。彩雲沒想到賈環這麼不近人情，哭得淚人兒似的。一氣之下，她把那些東西統統包起來，趁別人沒看見，來到園中，扔到河裏。那些七七八八的小玩意兒，順着水流沉的沉，漂的漂……

平兒饒人　戴敦邦　畫

湘雲眠芍

時間過得真快，轉眼間又到了寶玉的生日。王夫人不在家，生日不免辦得冷清些。可巧寶琴、岫煙、平兒也同一天生日，榮國府的各位姐妹就自己忙碌開了。大家湊了份子，探春讓管家柳家的媳婦在紅香圃準備了酒席。主桌是壽星寶琴、岫煙、平兒和寶玉，探春、鴛鴦作陪。剛才他們四人互相打躬作揖地拜壽，樂得湘雲咧嘴大笑，要他們對拜一天才好。西邊一桌是寶釵、黛玉、湘雲、迎春、惜春，還有香菱、玉釧兒。三桌是尤氏、李紈、襲人、彩雲陪坐。四桌是紫鵑、鶯兒、晴雯等丫頭團團坐。

席間大家要行酒令取樂，就抓鬮決定行什麼令。平兒抓了個"射覆"，就是用古詩舊典猜謎。寶釵要另拈一個雅俗共賞的，襲人去抓，抓了個"拇戰"(猜拳)。湘雲朗聲笑着："這個簡單爽氣，合我的脾氣。我不行這個射覆，讓人垂頭喪氣，怪悶人的。我只猜拳去了。"探春見她亂來，讓寶釵罰她酒。寶釵也是不容分說，笑着灌了湘雲一杯。

那邊大家文文雅雅、煞費苦心地猜着謎。湘雲早已經不耐煩了，和寶玉兩個"三"呀"五"呀亂叫一氣，猜起拳來。這湘雲在大觀園的女兒輩中是第一等天真豪爽的人，搜腸刮肚做文謅謅的事，卻不在行。她喜歡猜拳，可輸拳喝酒的卻老是她。大家要她出個酒令，她當場胡謅了幾句算是酒面："奔騰澎湃，江間波浪兼天湧，須要鐵索纜孤舟，既遇着一江風，不宜出行。"亂七八糟，説得大伙兒都笑了："真謅斷她腸子了。出這個令存心惹我們笑。"又催她亮出酒底兒來。湘雲喝了一口酒，夾了塊鴨肉，又呷了口酒。一眼看到碗裏還有個鴨頭，又夾出來吃鴨腦。這酒面原是瞎謅的，哪來的酒底兒？大家催促她："別只顧吃，快說呀！"她心裏一急，靈機一動，舉着筷子夾的那隻鴨頭説："這鴨頭不是那丫頭，頭上哪有桂花油？"弄得一輩丫頭哄堂大笑，要她給每人一瓶桂花油擦擦。寶玉和寶釵兩人射覆，湘雲胡亂插嘴，又罰了一杯。就這樣來者不拒，她乾了一杯又一杯。

要説這湘雲，算得是賈府女孩子中最頑皮最淘氣的一個了。那年三、四月裏，她住在賈府，套着寶玉的袍子，穿着寶玉的靴子，繫着寶玉的帶子，猛一瞧除了耳邊多了兩隻耳墜，活脫脫就是一個賈寶玉。她一聲不吭地站在椅子後面，哄得老太太心疼地直喚："寶玉，你過來，當心頭上掛的燈穗子招下灰來，迷了眼睛。"樂得她在邊上得意地抿着嘴兒笑，大家忍不住都"撲哧"一聲笑出來。老太太才發現自己看花了眼，樂得什麼似的，還稱讚她："扮作小子的樣兒，更好看了！"她說話行事大大咧咧，從不拖泥帶水。這裏的女孩頭一回見了寶玉，誰都有點羞羞答答的，只有她像沒事似的，大說大笑地問個好，就完事了。再說黛玉，喜歡耍個小性子，大觀園裏人人都讓着三分，獨獨她敢和黛玉開個玩笑，鬧點情緒。那次黛玉取笑她說話咬舌頭："偏是咬舌子愛說話，連個'二'哥哥也叫不上來，只是'愛'哥哥'愛'哥哥的。"湘雲立刻笑着回她："我這一輩子自然比不上你。我只保佑明兒有一個咬舌兒的林姐夫，讓你時時刻刻耳邊聽的都是'愛'呀'厄'呀的！"羞得黛玉面孔通紅，滿屋子追她。

不過粗枝大葉的湘雲也自有細心重情的時候。就說她那回探親回來吧，見了寶玉就打聽："襲人姐姐好？我給她帶了好東西呢！"原來，她和襲人以前一個屋裏住過，得過襲人的照顧。她一邊說，一邊拿出一個挽了結的絹綢包來。寶玉以為是什麼珍奇，就說："又是什麼好東西？你倒不如把以前送的絳紋石戒指兒帶兩個給她。"湘雲神情得意地一笑："這是什麼？"打開小包包，果然是四個絳紋石戒指。

黛玉笑着對她說："你們瞧瞧她這個人！前天打發人送戒指給我們的時候，把這些一起帶來，豈不省事？你呀，真正是個糊塗人。""你才糊塗呢，"湘雲自有她的道理，"我把這理說出來，大家評評誰糊塗。給你們送東西，即使來的人不說話，也知道是送給姑娘們的。可是給她們的，我就得告訴來人，這是哪個女孩兒的，那是哪個女孩兒的。來人明白還好，再糊塗些，名字又多，記不清楚，混說一氣，連你們都要攪混了。偏偏前些日子，你們打發來的又是小子，怎麼說清楚那些女孩的名字呢？還是我自己給她們帶來，清清楚楚。"說着，把戒指一放。原來襲人、鴛鴦、金釧兒、平兒各一個。

大家聽了都笑了：“果然清楚。”連寶玉也讚不絕口：“還是這麼會說話，得理不讓人。”

說完，湘雲就要帶丫頭翠縷去找襲人。走過薔薇花下，就看見地下金晃晃的一個東西，是一隻金麒麟，正好是寶玉丟的，就還給了寶玉。寶玉自然歡喜不盡。

襲人一看到湘雲，就嗔怪她：“先前，姐姐長，姐姐短，哄着我替你梳頭洗臉，做這個，弄那個。現在拿出一副小姐的款兒來了。你這麼拿款，我敢親近嗎？”“阿彌陀佛，冤哉冤哉！”湘雲大喊冤枉，“我要這麼着，就立刻死了。你瞧瞧這麼大熱的天，我來了就先來看你。不信，問縷兒，我哪回在家不時時刻刻在想念你？”

襲人、寶玉聽了，趕緊勸她：“開個玩笑，何必認真？”還責備她太性急。湘雲打開絹包，把戒指遞給襲人。其實這戒指前些日子送那些小姐們的時候，襲人已經得到了一個，今天看湘雲又親自送來，感動地說：“你真的沒忘了我。一枚戒指能值多少，可見你真心。”

話又回到寶玉

湘雲罰酒　王慶明　畫

的生日。賈母和王夫人不在家，這些人沒了管束，呼三喝四、喊七叫八地盡情玩樂。一時間怡紅院裏紅飛翠舞，玉動珠搖，熱鬧非凡。玩了一回兒，正要散席，才發現湘雲不見了。只當她在外頭，待一會兒就會來的，誰知越等越沒影兒。大家就分頭到各屋裏去找，一時間哪裏找得着？

大家還記得，一個冬天的清晨，窗外一片耀眼。原來是下了一夜的雪，積了尺把厚。天上雪花仍飄飄揚揚，像搓棉扯絮似的。遠遠有一股寒香撲鼻，櫳翠庵十來枝紅梅斜出牆來，像胭脂一般，映着茫茫雪色。雪壓蘆葦，籠蓋着傍山臨水的沙灘。這兒賈母已經專門為兒孫們準備了新鮮的鹿肉。湘雲又來了新鮮的招兒，和寶玉商量：「咱們不如要塊新鮮鹿肉，拿到園子裏自己弄，又吃又玩。」

等大伙兒到的時候，湘雲、寶玉已經到雪地裏去了。李紈和大伙兒也趕去，警告説：「你們兩個要吃生的，我送你們去老太太那裏吃，哪怕一隻生鹿，撐病了也不和我相干。這麼大的雪，怪冷的，還是進去吧。」兩人死活不肯。老婆子們已經拿了鐵叉、鐵爐、鐵絲網來了。李紈見勸説無效，只好自個兒進去了。

可巧平兒也來了。她也是個好玩的主兒，平時就跟着鳳姐到處轉悠，現在看見這樣有趣的事兒，退下手上鐲子，三個人圍着火，又是烤又是吃。香氣四溢，探春聞到了，也禁不住吃去了。一會兒李紈又來問湘雲：「你們還沒吃夠嗎？」湘雲樂呵呵地説：「我吃這個才愛吃酒，吃了酒才有詩。不然，今兒斷斷不能作詩。」寶琴披着鳧靨裘站在一邊「吃吃」地笑，湘雲招呼：「傻子！你來嘗嘗！」寶琴皺皺鼻子：「怪腌的。」寶釵鼓勵她：「你嘗嘗，好吃得很呢！你林姐姐體弱，吃了不消化。不然，她也愛吃的。」寶琴

193

試了一塊，果然味道好，也大膽吃起來了。

等等平兒老不回來，鳳姐也披好斗篷找了過來。她一見鹿肉就饞了：「吃這麼好的東西，也不叫我一聲。」說着也湊上去嚼起來。黛玉看着她們狼吞虎嚥的模樣，取笑說：「哪裏找這一羣叫花子去！罷罷罷！今天蘆雪庭遭劫，活生生讓雲丫頭作踐了。我為蘆雪庭一大哭！」湘雲冷冷一笑：「你知道什麼！‘是真名士自風流。’你們都是假清高，最討厭了。我們這會兒腥的膻的大吃大嚼，回來換得一片錦心繡口，華彩文章。」吃完，大家把手洗乾淨，又回屋作詩。

誰知這一回湘雲又不見了。大家猜想她又野到外面去了。忽然一個小丫頭笑嘻嘻地走過來，扯着嗓子嚷着：「姑娘們快去瞧！雲姑娘吃醉了，圖涼快，在假山後面那塊青石板凳上睡着了！」大家一聽，輕聲笑笑：「快別嚷嚷！」說着，躡手躡腳走過去，果然看見湘雲滿臉飛紅，衣裙飄零，斜臥在假山下一個僻靜處的石凳上。她香夢沉酣，四面芍藥花飛了一身，頭上、臉上、衣襟上都飄灑着散亂的紅瓣香花。手中的扇子掉在地上，早被落花掩埋了，一羣蜜蜂、蝴蝶鬧嚷嚷地圍着飛舞。她頭下枕着用鮫帕包的一包芍藥花瓣，酣夢中嘴裏還在嘟嘟嚷嚷地喊着酒令：「酒泉香列……扶醉歸，宜會親友。」大家看了，又是愛又是笑，趕緊推醒她：「快醒醒，吃飯去。這麼潮濕的石凳上要睡出病來呢。」

湘雲慢慢睜開眼，迷迷糊糊地望望大家，再低頭看看自己，才明白剛才多罰了兩杯，本想出來找個安靜的地方納涼的，卻嬌娜不勝，竟醉得睡着了。她連忙起來，重新勻了臉，收攏鬢髮。探春又讓她喝了兩杯濃茶和一些酸湯，這才覺得好些。

醉眠芍藥 劉旦宅 畫

怡紅夜宴

第二十九章

　　這回寶玉生日，因為王夫人不在家，就顯得比往年冷清。寶玉覺得不過癮，回來就和襲人商量，晚上再和各位姐妹另聚一次。襲人讓他放心，晴雯、麝月、秋紋和她每人攤五錢銀子，芳官、碧痕、春燕、四兒每人攤三錢銀子，共三兩二錢，早已收好交給廚房裏的柳嫂；另外還搞了一壇陳年的紹興酒。八個人再給他過一次生日，寶玉高興得什麼似的，只是不好意思地說："她們哪裏有錢？真不該叫她們出。"晴雯衝了一句："她們沒錢，難道我們是有錢的？這原是各人的一片心意。哪怕她偷的呢！只管領她的情就是了。"寶玉點頭稱是。襲人笑了："你一天不挨她兩句硬話，就不知日子怎麼過下去。"晴雯也笑了："你也學壞了，專會調三窩四。"說着，大家都笑了。

　　到了掌燈時分，就聽見門口一陣嘈雜的腳步聲。不一會兒，只見前面一盞大燈籠引路：
是林之孝家的查
夜來了。她發現
寶玉還沒睡，就
關切地説："現
在天長夜短，早
點兒睡。不然明
天起來遲了，人
家會笑話你不像
讀書上學的公

怡紅行酒　郎承文　畫

子，倒像累得起不來的挑腳夫了。"寶玉説自己每天都睡得早，今
兒因吃麵怕停食，所以多玩一會兒。大家有一搭沒一搭地説了一會
兒話，林之孝家的才起身到別處查夜去了。

　　她們前腳走，晴雯她們後腳就關了門。大伙兒吭吭吭吭地把一
張花梨圓炕桌抬到炕上。屋裏燒着火盆、火炕，寶玉讓大家脱了外
套。大家説，要脱你脱，我們還要輪流給你敬酒行大禮呢。寶玉最
怕這些俗套，而且每人輪流來一遍，恐怕也就五更天了，要大家免
了這些繁文縟節。一聲"依你"，大家就卸妝更衣了。

　　大家吃了喝了玩了一會兒，覺得還不帶勁，寶玉提出行酒令
玩。襲人提醒説："玩得文雅一點，別大呼小叫，讓人聽見。不過
我們不識字，可不要文謅謅的。"寶玉提議占花名，晴雯也同意：
"我早就想弄這玩意兒了。"襲人覺得好是好，但人少了沒趣。丫
頭春燕出主意説："咱們悄悄地把寶姑娘、林姑娘請來玩一會兒，
到二更天再睡也不遲。"襲人有點兒擔心："開門合戶地鬧，如果

碰到巡夜的查問呢？"寶玉説："怕什麼？咱們三姑娘也會喝酒，乾脆一起請來。"三姑娘就是探春。春燕、四兒正巴不得呢，連忙一溜煙去請了。

晴雯、襲人怕她們小丫頭面子不夠，決定親自出馬，死活拉了來。一到那兒，果然寶釵推説夜深了，黛玉推脱身體不舒服。晴雯、襲人再三央求好歹給點面子，稍微坐坐回來也成，她倆才答

應。倒是探春爽氣，一口應允。但她和李紈一起管家，少了李紈總覺得不妥，兩人又差人去請了李紈、寶琴。襲人又死活拉了個香菱，就是當年薛蟠鬧出人命搶來的英蓮。於是熱熱鬧鬧，又添了張桌子，紛紛入座。

黛玉覺得這事挺有意思，就對李紈、探春、寶釵説："你們天天説人家晚上聚一塊賭博喝酒，今兒我們自己也這樣，往後怎麼去説別人？""這有什麼關係？"李紈笑笑，"一年之中不

羣芳賭酒 郎承文 畫

過生日如此，又不是天天如此，這倒也不怕人家説閒話。”正説着，晴雯拿了一個竹雕的筒子，裏面插着象牙做的花名籤子，搖了搖，放在當中；又拿過骰子來，盛在盒子裏，也搖了搖，揭開一看，是六點。她從頭數起，第六個正好是寶釵。寶釵大度地一笑：“我先抓，也不知抓出個什麼來。”説着，拿起竹筒搖了搖，伸手抽出一根籤。大家探頭一看，籤上畫着一支牡丹，題着“艷冠羣芳”四字。下面又刻着一行小字，是一句唐詩：“任是無情也動人”。註腳寫的是：“在席共賀一杯”云云。大家看了都笑了，説：“巧得很，你本來就配牡丹。”説完，大家端起酒，一飲而盡。隨後寶釵按註腳的提示，請芳官唱曲。芳官唱了支拿手的題為《賞花時》的曲子。

黛玉抽籤　郎承文　畫

按遊戲規定，由寶釵擲骰子，一擲擲了個十六點，數到探春。探春隨手抽出一根籤，一看，臉就漲得通紅。她把籤子朝桌上一扔，佯作生氣地說："不該行這個令！這是外頭男人行的令，上頭許多混帳話。"襲人連忙拾起來，一看，籤上一支杏花，紅字寫着"瑤池仙品"。題詩是："日邊紅杏倚雲栽。"註解是："得此籤者，必得貴婿。大家恭賀一杯，再同飲一杯。"大家也笑了起來："我們以為是什麼呢，這籤原是閨中取笑的。我們家已經有了個王妃，難道你也是王妃不成？大喜，大喜！"哄鬧了一番，大家都向探春敬酒。探春哪裏肯依？但仍然被湘雲、香菱、李紈強死強活地灌了下去。探春還掙扎着要廢掉這一籤，大家斷然不肯依她，硬抓着她的手強擲了一個十九點來，就輪到李紈抽籤了。李紈也搖了搖，還沒看完就抿嘴笑了："好極了！你們瞧瞧，我這勞什子還有那麼點意思。"大家目光都湊上來，籤上畫一枝老梅，寫着"霜曉寒姿"四個字，也有一句舊詩："竹籬茅舍自甘心。"註解是："自飲一杯，下家擲骰。"李紈也不管別人，自己喝了一杯，把骰子給了黛玉。黛玉擲出十八點，輪到湘雲。湘雲又是伸拳頭又是捋袖子，大大咧咧地抽出一根籤。籤上畫的是一枝海棠，題詞是"香夢沉酣"，題詩是："只恐夜深花睡去。"反應敏捷的黛玉馬上建議把"夜深"改成"石涼"。大家知道她打趣湘雲大白天醉酒的事，都笑了。湘雲也不買帳，指着十錦架上的西洋船說："快坐船回去罷，別多話了。"原來註上寫的是要上下兩家各飲一杯。恰好寶、黛兩人是上下家。寶玉喝了半杯，半杯遞給芳官喝了；黛玉根本沒喝，她把酒全倒進了漱盂中。

麝月、香菱抽完，輪到黛玉。黛玉默默為自己祝願："最好還有什麼好籤讓我抽到。"她挑了一根籤，籤上畫着一枝芙蓉，題着"風露清愁"，題詩是："莫怨東風當自嗟。"這籤和黛玉自艾自憐，婷婷裊裊，孤身隻影，鬱鬱寡歡的形象倒是很般配。註解是："自飲一杯，牡丹陪飲一杯。"大家異口同聲地說，除了寶釵，別人真還不配呢。黛玉也笑了，於是喝了酒，擲了個二十點，該着襲人。襲人不假思索，伸手就抽出一支，是桃花，題着"武陵別景"幾個字，一句詩是"桃紅又是一年春"。註解要求杏花、同姓、同歲的人各陪一盞。大家拍着手歡呼起來："這下可熱鬧了！"人羣中站起了四人：香菱、晴雯、寶釵三個與她同歲，黛玉和她同一時辰。正愁沒有同姓的，芳官站出來。大家斟好酒，黛玉扭頭轉向探

醉酒酣眠　郎承文　畫

春："你是杏花，命中還要招富貴的夫婿。快喝了，我們好喝。"探春拉起李紈的手，要大嫂子順手給她一巴掌。李紈也樂了："人家得不到貴婿反挨打，我也不忍心。"大家都笑了起來。

襲人喝完要擲骰子，就聽有人敲門，接黛玉回去休息。已是二更時分，黛玉也覺得有點撐不住，要回去吃藥了。來的幾位客人也都說："夜太深了不好，這已是破例了。"就起身告辭。襲人一直送她們過了沁芳亭才回來。

關了門，大家餘興未盡，繼續行令喝酒。喝到四更時分，酒壇也空了，人都有了三分酒意。芳官可好，吃得兩腮像塗了胭脂，紅紅的一片，眉梢眼角倒增添了許多風韻。她喝得連身子也挪不動了，就睡在襲人的身上。襲人怕她嘔吐，把她扶正了躺下。大家就這樣橫七豎八地躺了一夜。

第二天醒了，寶玉還在遺憾：昨兒晚上鬧得正有趣時，偏偏一壇酒喝完了。襲人說："這才有趣呢，盡興了反沒味道。昨兒連晴雯都不害臊，還唱了一支曲兒。"四兒提醒她："姐姐你忘了，你自己還唱了一支呢！在座的誰沒唱過！"想到昨天的醉態，大家互相取笑着，紅着臉，都有點害羞了。怡紅院中一時洋溢着一片歡笑聲。

三姐飲劍

第三十章

　　寧國府的賈敬一味信奉道教，喜歡按秘方煉製一些丹藥來吃。不料有一天，他吃了丹藥竟一命歸天了。他的兒子賈珍、兒媳尤氏和孫子賈蓉忙着為他操辦喪事，遠親近朋們也紛紛前來吊孝。尤氏辦喪事，不能回家，就接來繼母尤老娘看家。尤老娘趁便把兩個未出嫁的女兒、尤氏的同父異母妹妹尤二姐、尤三姐帶來一起住。在奔喪的親戚中，這母女三人特別惹人注目，尤其是那兩個女兒，長得如花似玉，美艷俏麗，引得賈府裏那些不安分的公子哥兒們個個心旌搖蕩。

　　賈璉因為幫着賈珍料理喪事，常常出入寧國府，對尤二姐、尤三姐的美色不禁垂涎三尺，時常找機會撩逗姐妹倆。尤三姐對賈璉總是冷冰冰的，不理不睬；尤二姐卻對賈璉十分有意，只是眼目眾多，兩人只好心領神會。

　　為賈敬出殯，寧國府裏的人大多隨棺去了郊外的鐵檻寺，家裏只剩尤老娘、尤二姐和尤三姐，還有幾個下人。賈璉覺得是個好機會。正巧賈珍吩咐賈蓉回府去湊銀子，賈璉連忙説：「昨天我剛得了些銀子，不如我這就去取來，添上一起用吧。」賈珍有些猶豫，説：「只是又要勞你跑一趟，我心裏倒不安了。」賈璉笑笑説：「自家兄弟，有什麼關係呢！」説完，就和賈蓉一起備馬，直奔城裏而去。

一路上，賈璉、賈蓉叔侄倆邊走邊聊。賈璉有意提到尤二姐，一會兒説她人長得如何標致，一會兒又説她如何舉止大方，言語溫柔，説着説着，不禁歎一口氣説：「你二姨真讓人覺得又可敬又可愛。人人都説你鳳嬸子好，依我看，還不及你二姨一個零頭呢。」賈蓉從他的話裏揣測出了他的意思，就順水推舟地説：「叔叔既然這麼喜歡我二姨，我來做個媒，叔叔把她收作二房如何？」賈璉一聽這話，正中下懷，不禁喜形於色，但隨即又皺起了眉頭，説：「只是我聽説你二姨已有了人家，恐怕不行。」賈蓉説：「聽我娘説，二姨曾許配給一戶姓張的人家，是指腹為婚。那張家後來打官司敗落了，我娘要給她退婚，父親也要給她另找人家呢。」見賈璉仍緊鎖眉頭，賈蓉又説：「退婚很容易，找到張家，給他些銀子。想那張家窮得很，見了銀子，還會不願意退婚？」賈璉覺得他説得也在理，就託他去辦理退婚的事。兩人又商量如何瞞着鳳姐，先在外面另找房子，等生米做成熟飯，逼鳳姐認了這門親。叔侄倆越談越投機，不覺就到了寧國府。賈蓉很知趣，他知道賈璉想單獨去會尤二姐，就找了個借口走開了。

賈蓉按照賈璉的吩咐，拿着銀子找到了張家，逼張家退婚。張家迫於賈家的權勢，不得已只好寫了一張退婚文約。賈蓉一邊替賈璉在府外的小花枝巷置辦好了房子，一邊又花言巧語地徵得了尤老娘的同意。於是，擇了個好日子，瞞着鳳姐，由賈蓉做媒，賈璉就偷偷地娶尤二姐過了門。三姐也隨母親和二姐一同搬到小花枝巷住。

這一天，賈珍來看望她們母女，同時也想趁賈璉不在時，借機與兩個漂亮的小姨調調情。尤老娘準備了酒菜，和二姐、三姐一起陪他喝酒。二姐只陪了一會兒，估摸着賈璉快回來了，就回自己房裏去等候。不一會兒，賈璉回來了，二姐就悄悄和他商量：「我算是有倚有靠了，將來我妹子怎麼辦？要想個長久的法兒才好。」賈璉早就看出賈珍想娶三姐作偏房，就説：「依我看，不如叫三姨兒也和大哥成了好事吧。」二姐搖搖頭説：「三妹脾氣不好，也怕大爺臉上下不來。」賈璉很有把握地説：「沒關係。我這會兒就去説。」

賈璉來到廳裏，與賈珍互相行

偷娶二姐　楊宏富　畫

了禮，然後坐下來，笑嘻嘻地說：「我敬三妹和大哥一杯。」三姐本來對不懷好意的賈珍已感到厭惡，現在見又來了一個嬉皮笑臉的，她心裏的火「騰」地冒了上來。心想：今天如果不撕破臉皮給他們點屬害看看，難免被這哥倆欺侮。於是拿起酒杯，自己先喝了半杯，然後一把揪住賈璉就要往他嘴裏灌：「我還沒和你哥哥喝過，今兒倒要和你喝一喝，咱們也親近親近。」賈璉嚇得連酒都醒

三姐言志 吳大成 畫

了，尷尬地連連躲閃。三姐把臉一沉，指着賈珍、賈璉罵道：「你們哥倆花了幾個臭錢，就想拿我們姐妹倆取樂，真是打錯了算盤！」賈珍、賈璉沒料到三姐這樣厲害，竟被她這一席話說得啞口無言。三姐是一不做二不休，打定主意要好好捉弄一下這哥倆。於是，她索性脫了外衣，露出裏面穿的蔥綠色內衣和一雙鮮艷的小紅鞋。她忽起忽坐，忽喜忽嗔，只顧

高談闊論，由着性子拿他兄弟二人嘲笑取樂。賈珍、賈璉呆呆地看着，一句話也說不出來，想親近又不敢，想離開又捨不得。等三姐把他倆耍夠了，也不管他們願不願意，就把他們轟出了門，弄得他倆十分狼狽。

尤二姐聽說此事後，知道妹妹是斷然不肯嫁給賈珍了，那麼，她究竟中意誰呢？二姐決定問一問妹妹。這一天，她特地準備了酒菜，把三姐請到自己的房裏。三姐也猜到了姐姐的意思，不禁眼淚湧了上來，她含着淚說：「我知道你們都有了安身的地方，也想給我找個歸宿。如今要辦正事，必須由我找一個平日可心如意的人才行。」入睡後，二姐盤問了一夜，才知道那個人原來是戲班子裏唱小生的柳湘蓮。三姐曾聽過他的戲，對他的人品才貌十分欣賞，早就默默地傾心於他了。第二天，二姐就把三

三姐殉情 戴敦邦 畫

姐的心事告訴了賈璉。兩人合計了一下，也只有依了三姐。正說着，三姐走進來，當着二姐的面，取下頭上的玉簪，把它掰成兩截，說：「我如今非此人不嫁。我說話如有一句不真，就和這簪子一樣！」

賈璉打聽到柳湘蓮正在平安州唱戲，就趕到那裏找到了他。湘蓮正想找一門好親事，聽賈璉一說，就欣然應允了。賈璉要湘蓮給他一件東西作為定情信物，湘蓮就把隨身佩帶的傳代之寶鴛鴦劍解下來，交給賈璉帶回去。三姐見到寶劍，心裏暗自歡喜。她把寶劍小心地收藏好，盼着和柳湘蓮早日見面。

過後湘蓮把這門婚事顛來倒去想了又想，總覺得有點費解：為什麼這尤三姐偏偏看上了我這戲子？他對賈府裏那些風流韻事也略有所聞，覺得整個賈府除了那兩個石獅子是乾淨的，其他都是骯髒的。這樣想着，湘蓮對自己這麼倉促地定親不禁後悔起來。

過了幾個月，湘蓮來到京城，去小花枝巷看賈璉和尤老娘，想把這門親事退了。大家見面後寒暄了一陣。見只剩下自己和賈璉兩人時，湘蓮就把悔婚的意思婉轉地對賈璉說了。賈璉着急地說：「婚姻大事，怎麼可以這樣隨便的？這無論如何不行。」湘蓮口氣堅決地說：「我寧願受罰，但婚姻的事恕我不能從命。」三姐一直在裏間聽着兩人的談話，本來柳湘蓮的到來使她高興萬分，卻做夢也沒想到湘蓮會提出悔婚。她不由一下子涼到了心裏。她猜想湘蓮可能聽到了一些傳聞，把她也當成了放蕩的人。她想：也許只有死才能證明自己的清白了。於是她取出那對定情的鴛鴦劍，右手將一把雌劍藏在肘後，滿懷悲憤地看着柳湘蓮，左手將雄劍和劍鞘遞給湘蓮，說：「還你定禮！」說完，冷不防右手回肘，果斷地往脖子上一抹。

　　湘蓮沒料到賈府中還有三姐這樣可敬的、剛烈的女子，他後悔自己平白無辜地冤枉了她。但一切都太遲了。三姐倒在了血泊中，香魂隕滅。這真是：揉碎桃花紅滿地，玉山傾倒再難扶！

二姐吞金

　　賈璉瞞着鳳姐，偷偷地娶了尤二姐作二房，新房就在賈府外小花枝巷的一所院落裏。平時，他對鳳姐謊稱要去寧國府辦事，就悄悄溜到小花枝巷，與二姐尋歡作樂。他滿以為這事神不知鬼不覺，卻不料還是讓鳳姐聽到了風聲。

　　依鳳姐的脾氣，哪裏容得了這種事！她一開始簡直火冒三丈，把幾個知情不報的丫鬟、小廝叫來狠狠地教訓了一頓；然後，又強壓住心頭怒火，把事情的來龍去脈仔細地盤問了一遍。等弄清楚了事情的原委，她就讓丫鬟們都退下，自己一個人躺在牀上，靜靜地想對策。鳳姐處事向來果敢潑辣，而且工於心計。不一會兒，她就想出了一條妙計。

　　過了幾天，賈璉要到平安州去辦事，鳳姐暗喜這是個好機會。等賈璉上路，她就吩咐人把東廂房的三間屋子收拾出來，裏面的陳設全部和自己正房裏的一樣。然後，帶了幾個丫鬟，悄悄地出了府，直奔小花枝巷。

　　當丫鬟進來通報說"大奶奶來了"時，尤二

姐着實吃了一驚，她萬萬沒想到鳳姐會在這時候親自找上門來。她趕忙草草整理了一下衣服，迎了出來。兩人相互行了禮，鳳姐親熱地拉着二姐的手，一起進了屋。坐定後，鳳姐一臉委屈的樣子，說：「都怪二爺，這樣正經的大事，卻不曾跟我說。其實我早風聞了，怕二爺誤會我，不敢先說。可巧他不

迎候鳳姐　傅伯星　畫

在，我就親自來拜見了。我可不是吃醋的人，求妹妹起動大駕，進去和我同住，就是叫我服侍妹妹，我也願意。」起先，二姐忐忑不安地坐着，以為鳳姐會大鬧一場，沒想到她說出話來竟這樣通情達理，根本不像丫鬟們平時議論的那樣潑辣狠毒，懸着的心也就放了下來。她本來就是個隨和溫順的人，見鳳姐說得這樣誠懇，就答應隨鳳姐一同進府去。

到了府裏，鳳姐把二姐的住處安頓好以後，就把二姐的丫鬟全

都辭了，把自己屋裏一個名叫善姐的丫鬟送給她使喚。過了些日子，鳳姐又帶二姐去見了賈母，賈母見鳳姐這樣賢惠大度，又見二姐溫順柔美，自然高興。二姐對鳳姐更是感激不盡，心甘情願地聽從鳳姐的安排。她安下心來，準備在府裏住下去，壓根兒也沒想到鳳姐背地裏正悄悄地幹着一樁見不得人的勾當。鳳姐派人去找到了張華。這張華原本和二姐指腹為婚，後來，在賈璉和賈蓉的威逼下，不得已退了婚。鳳姐派人給了他二十兩銀子，要他寫一張狀子，告賈家依勢仗財，強逼退親，還向督察院提出討回原妻。張華收了銀子，就按照吩咐做了。鳳姐又另花銀子買通督察院，照鳳姐的意思判維持原配婚姻，讓張華娶回尤二姐。

沒過幾天，張華要領回尤二姐的消息就傳遍了賈府上下。鳳姐假裝成剛聽説這件事的樣子，風風火火地去找賈母商量。賈母責備二姐的同父異母姐姐尤氏退親的事辦得不妥。尤氏分辯説，張華連退親的銀子都收了。賈母不耐煩地擺擺手説：「叫鳳丫頭去料理料理。」鳳姐本來想借賈母的口把二姐趕出去，現在見賈母又把事推給了自己，反倒難辦了，只好按捺住心中的不快，另想辦法，見機行事。

二姐自從搬進賈府後，孤單單一人總覺得寂寞。賈璉還沒回來，鳳姐又忙得不見人影，只有丫頭善姐和她為伴。但善姐似乎並不把她放在眼裏，見二姐軟弱好欺，就常常不聽她的使喚。二姐的頭油用完了，要她去告訴鳳姐一聲，她就沒好氣地説：「你怎麼不知好歹，我們奶奶這麼忙，你怎麼好意思為這點小事去煩她？」又説：「你又不是明媒正娶的，我們奶奶賢良才這樣待你。如果差一些的，你又敢怎麼着呢？」二姐不敢和她爭辯，只好忍氣吞聲。漸漸地，那善姐連飯都懶得端來給二姐吃，即使端來，也都是些剩的。二姐説過她幾次，她反倒瞪着眼睛把二姐訓了一頓。二姐怕鬧大了別人反説她不安本分，只好忍着。

賈璉從平安州回來，先急匆匆趕到新房，沒想到門上掛着一把大鎖。院裏靜悄悄的，只有一個看房子的老頭兒；一問，才知道二姐已經隨鳳姐住進了賈府，急得他直跺腳。他垂頭喪氣地回到府裏，按規矩先去見父親賈赦。賈赦看要他辦的事都已辦妥，一高興就把自己一個十七歲的丫頭秋桐賞給賈璉做妾，賈璉不禁喜出望外。鳳姐知道後，心裏酸酸的，很不是滋味。她想，這真是一刺未除又添一刺，但表面上還是裝出一副很賢惠的樣子，馬上叫人把秋桐接了過來。賈璉見鳳姐與秋桐及尤二

二姐飲恨　戴敦邦　畫

姐相處得如親姐妹一般，不禁感到納悶：平時最喜爭風吃醋的鳳姐怎麼竟這樣大度？他哪裏知道，鳳姐自有鳳姐的打算。她見秋桐性子暴，心胸狹，必定容不得尤二姐，就想借刀殺人，先借秋桐除掉二姐，然後再對付秋桐。

秋桐自恃年輕貌美，又最得賈璉寵愛，連鳳姐、平兒都不放在眼裏，哪兒還容得下先姦後娶、沒人抬舉的二姐？丫頭、媳婦們對二姐說三道四，指桑罵槐，鳳姐聽了心裏暗暗高興。她裝病躺在房裏，也不出來干預。二姐原指望賈璉回來後自己可以有個依靠，不料想賈璉又新娶了秋桐，而且對秋桐百般寵愛，對自己卻日見冷淡。她生性軟弱，既不敢與秋桐爭高下，也不敢在賈璉面前訴苦，只是躲在沒人的地方暗自落淚。

有一次，二姐和秋桐一起去給賈母請安，賈母見二姐眼圈紅紅的，就問是怎麼回事，二姐也不敢說。秋桐走到賈母身邊，湊近賈母的耳朵悄悄說：「她專會這樣作死作活的，沒事找事，整天哭哭啼啼，背地裏咒我和二奶奶早點死。」賈母聽秋桐這麼一說，對二姐就有些反感。這賈府上下盡是些勢利小人，見賈母不喜歡尤二姐，就更不把她當回事了，連丫鬟、婆子們也都隨意怠慢她，糟踐她，弄得她求生不得，求死不能。她那嬌弱的身子怎經得起這般折磨？不久，二姐就病倒了，每天茶飯不思，神情懨懨的，臉也漸漸黃瘦了。

一天，賈璉到二姐房裏來探視，二姐見了他，心裏的委屈都湧了上來，終於忍不住哭出了聲。賈璉也陪着流了幾滴淚，又安慰了她幾句。二姐流着淚對賈璉說：「我可能已有身孕，如果老天可憐我，把孩子生下來還好，不然，我自己的命都難保，更何況孩子呢？"賈璉一聽二姐有孕，不禁喜出望外。鳳姐這些年來一直不孕，他正盼着有個兒子呢，於是，忙不迭地說："你只管放心，我請名醫來醫治。"

一位姓胡的太醫很快就被請來了，他草草診視了一下，就說是經水不調，需要大補。賈璉在一旁提醒說："她常反胃，嘔酸水，恐怕是胎氣。"那胡太醫卻肯定地說："不是胎氣，是淤血凝結。"說完，開好藥方，就匆匆告辭了。

尤二姐喝了胡太醫開的藥，不久就感到腹部劇烈疼痛。她掙扎了一會兒，腹內便有東西被打下來，定睛一看，竟是一個已成形的男胎！二姐血流不止，疼得昏了過去。賈璉氣得大罵胡太醫，差人把他立即抓來。誰知那胡太醫聽到風聲，早就溜走了。

鳳姐裝出很傷心的樣子，對賈璉說："我們命中無子，好容

秋桐罵街　傅伯星　畫

215

易有了一個，偏又碰上這麼個沒本事的大夫。"她天天燒香拜佛，求尤二姐的病快好，再懷一胎；又讓人送湯送水去給二姐補身子。旁人見了，沒有不誇鳳姐賢良的。這一天，鳳姐請來個算命的，要他為二姐算一卦。算命的說，這次衝了二姐胎氣的人是屬兔子的。大家挨個排了排，只有秋桐一人是屬兔子的。秋桐氣得又哭又罵："睬那個雜種亂嚼舌頭！"她特意走到二姐的窗戶前大罵："我還要問她呢，到底哪裏來的孩子？也不知姓張還是姓王呢！"

尤二姐被胡太醫這一折騰，已經氣血大虧，奄奄一息，聽秋桐這樣污辱她，心裏更是又羞又惱。本來指望賈璉能給她些安慰，誰知到了晚上，賈璉又到秋桐房裏去睡了。她獨自一人躺着，默默地流着眼淚。夜，靜悄悄的。她感到萬念俱灰，不如死了倒也乾淨。她

吞金自逝　傅伯星　畫

聽人說過，金子重，吞下去會墜死人，就掙扎着爬起來，從箱子裏翻出一塊金子來。她捧着金子，又傷心地哭了一陣，然後把衣裳首飾全部穿戴整齊，一咬牙，硬是把一大塊金子吞入口中，幾次伸直脖子，才把它咽了下去。第二天早上，丫鬟們發現她穿戴漂亮、神態安詳地躺在炕上，死了。賈璉得到消息，急忙起來，摟着屍體大哭不止。鳳姐假惺惺地哭了一場。

賈璉想到和二姐往日的恩愛之情，想把喪事辦得體面些，鳳姐卻冷冷地推說沒有銀子，又說賈母吩咐的，抬出去燒掉，或隨便埋在哪個土堆上算了。賈璉沒有辦法，只得借銀子為二姐草草打了一副棺材，把她和她妹妹尤三姐葬在了一起。

禍起繡囊

在榮國府裏，賈赦的妻子邢夫人一直對王夫人和王熙鳳獨攬府中大權，心懷不滿，處心積慮地伺機向她們發難。

一天上午，大家到賈母那兒，商議整頓園子裏下人晚上聚眾賭博的事兒，直到中午賈母要休息了，大家才散。邢夫人在王夫人那兒坐了一會兒，就自個到園裏散心去了。剛到園門前，只看見平日服侍賈母的小丫頭傻大姐，笑嘻嘻地迎面走來，手裏拿着個花花綠綠的東西只管低頭玩賞，就叫住了她："傻丫頭，又得了什麼好東西？拿來我瞧瞧。"

這傻大姐年方十四，長得粗手大腳，體肥面闊，是新近挑來專給賈母幹打水掃地一類粗活的。她幹活爽快，但天性愚笨，常説些沒規沒矩的話，引人發笑。賈母心裏悶的時候，常常拿她來逗樂。賈母喜歡，給她起名"傻大姐"。平時沒事也沒人管她，讓她自個兒到花園裏去玩。今天，她正在花園裏一個人捉促織，卻不料在山石背後撿到一隻五彩的繡春囊，上面繡着兩人赤條條相抱的圖像。這丫頭懂事晚，左看右猜弄不懂，正打算拿給賈母去看，聽到邢夫人問就遞上去，想知道個究竟。邢夫人一看到這污穢不堪的圖畫，嚇得緊緊攥在手心，追問她是哪兒來的。傻大姐照實説了，她連忙關照説：「快別告訴別人！這不是好東西，讓人知道了，連你也要打死呢！」嚇得傻大姐

誤拾繡囊　韓碩 畫

臉也變了色，磕了個頭，神色呆板地走了。邢夫人看身邊全是女孩兒，不便再細看這繡春囊，就把它塞在袖子裏。她心裏納悶：這東西是從哪兒來的？但她表面上並不動聲色，第二天打發人把繡春囊封好交給王夫人。

這天，鳳姐正和平兒在房間裏説話，丫頭來報告：「太太來了！」鳳姐十分詫異，不知有什麼重要的事竟然需要王夫人親自來，連忙和平兒一起迎出來。只見王夫人一改平時的祥和仁慈，神

態嚴肅，一語不發，帶着一名貼身丫頭，直衝到裏間來。她一坐下就喝令："平兒出去！"平兒一看這架勢，也着了慌了，立刻帶着丫頭們退了出去。她索性把門也關了，自己坐在門口台階上，不許任何人進去。房間裏鳳姐不知底細，也着了慌。王夫人眼裏含着淚，從袖籠裏擲出一隻香袋子。鳳姐一看，也嚇了一跳，問王夫人："哪兒來的？"王夫人聽見她問，更是淚如雨下，連聲音也打顫了："你問我！我天天關在屋子裏，拿你當個細心人，把家交給你，自己偷個閒。誰知你也和我一樣！這樣的東西，大白天丟在花園裏。我倒是問你，這東西怎麼會丟在那兒的？"鳳姐一聽這話也急了："太太怎麼知道是我的？""你反問我？你想，這一家子除了你們小夫小妻，餘下的都是老婆子，要這東西有什麼用！女孩子們是從哪裏得來的？自然是從璉兒那不長進的下流種子那裏弄來的。你還和我賴！"王夫人又是哭泣又是歎息，"要是讓外人知道了，這性命臉面是要還是不要？"說得鳳姐又急又愧，頓時漲得臉色青紫，"撲通"一聲雙膝跪在地下，含着眼淚申訴："太太說得當然有理，但我還是要求太太細想一下：這香袋是外頭市場裏賣的。我雖年輕不尊重，也不肯要這東西。再說，我即使有，又怎敢帶在身邊到處走？讓姐妹們或是奴才們看見，成何體統？當然在主子中我是年輕的，可是奴才中比我更年輕的又不止一個，怎麼知道一定不是她們掉的？而且，丫頭中年紀大些的也開始懂事，從外頭拿進來也說不定。這事不但我沒有，連平兒也不會有的。我可以擔保。"這番話說得入情入理，王夫人聽了連連點頭，但鳳姐的婆婆邢夫人把這繡春囊給她，又怎麼處置呢？鳳姐一番撇清，擺脫了干係，就為王夫人出主意，以查賭為借口，把那些年紀大些的難纏的丫頭，拿個錯兒攆出去。

　　王夫人覺得有理，就讓鳳姐叫來周瑞家的等五家陪房。正嫌人少，碰巧邢夫人陪房王善保家的來打聽這事，就讓她也一塊來處理這件事。這王善保家的因為平時園裏丫鬟不把她當回事，又找不到她們的錯，心裏一直不自在，現在王夫人委託她，正中她的下懷。她討好地説：“這個容易，早就應該嚴嚴地管一下了。這些丫頭一個個都像受皇上封誥似的，成了千金小姐。太太不知道，頭一個是寶玉屋裏的晴雯，仗着自己模樣標致，生了張巧嘴，天天打扮得西施似的；又爭勝要強，不把人放眼裏，一句話不投機，就豎起兩隻

鳳姐哭訴　彭本人　畫

眼睛罵人，妖裏妖氣，實在不成體統。"王夫人聽了，猛然觸動往事，轉身問鳳姐："是不是上次碰到的水蛇腰，削肩膀，眉眼有些像你林妹妹，正在那裏罵小丫頭的那個？"鳳姐回答說："太太說的倒很像她，只是我忘了那天的事，不敢亂說。"王夫人見鳳姐吃不準，又怕真是晴雯，會勾引壞了寶玉，就讓人去把晴雯找來。

晴雯知道王夫人最討厭濃妝艷飾、語言輕薄的女孩，所以很少在王夫人面前露面。這些日子她身體不適，也沒什麼化妝，自以為不礙事，就遵命來到鳳姐那兒。王夫人看她一副鬆鬆散散的樣子，很有點貴妃醉酒、西施捧心的遺風，一辨認，恰恰就是自己上回碰到的那個人，不由得勾起一肚子火來，冷笑一聲說："好你一個美人兒！真像個病西施呀！你這副輕狂的樣兒給誰看？你幹的事，以為我不知道呢，先放着。寶玉今天好些了嗎？"晴雯聽王夫人這麼一說，

晴雯抱屈　呂清華　畫

知道有人暗算了她。她本來就是個聰明絕頂的女孩，聽到王夫人問寶玉可好些，就不肯實話相告，只說自己不大進寶玉房間，很少和寶玉在一塊。她解釋說，寶玉的飲食起居，上有老奶奶老媽媽，下有襲人她們，自己閒着還要為老太太做點針線活兒，寶玉的事留心很少。王夫人信以為真，這才放下心來。"你不接近寶玉是我的造化。既然是老太太把你給寶玉的，我還是請老太太攆你走。"說到這兒，王夫人大喝一聲，"出去！我看不慣你這副放浪的樣子！誰許你這麼花紅柳綠地妝扮？"晴雯氣得非同小可，出了門，再也忍不住，拿手帕捂着臉上的淚水，跌跌撞撞地回去了。

這裏王夫人還在怨恨自己這些年精力不濟，許多事照顧不到，連這種妖精似的東西竟沒有看見。一怒之下，她決定明兒全園子裏認真查它一查。鳳姐看到王夫人盛怒，又怕王善保家的是邢夫人的耳目，會在邢夫人面前播弄是非，話到嘴邊又咽下去，只是低頭答應着。王善保家的正想拿個把柄，煞煞這些丫頭的威風，就一臉諂笑地說："太太養息身體要緊，這些小事只管交給奴才。要查這些事也挺容易，晚上關了園門，內外不通風，我們給她們個冷不防，帶人到各處丫頭們房裏搜尋。恐怕不單有這個，還會有別的東西。到時候，翻出別的來，自然這個也是她的了。"王夫人點點頭："這倒也是。如果不這樣，還真不能弄明白。"她扭頭問鳳姐，鳳姐只好答應："太太說的是，就這樣做吧。"

第三十三章

檢抄風波

晚飯過後，等賈母睡了，王善保家的才請鳳姐和她一起去大觀園。她進了園，一聲大喝，命令把園子正門兩側的邊門都上了鎖，然後從值夜的那些老婆子那兒開始抄檢。抄查了一會，不過抄查出些平時多下來的蠟燭、燈油之類不值錢的東西。王善保家的命令：“這也是贓物，不許動，明兒稟告了太太再動。”

接着，她們來到怡紅院，也喝令關了門見晴雯不自在，又見這幫人直撲丫頭們的房就迎着鳳姐問原因。鳳姐搪塞説，丟了一件的東西，恐怕丫頭中有人偷了，所以查一查除懷疑。王善保家的裏裏外外讓丫頭們本人箱子一隻隻打開，親自搜查。襲人見晴雯神態異常，猜想事情蹊蹺，就主動打開自己的箱子、匣子，任憑王善保家的抄檢。依次搜過以後，王善保家的指着還有一隻箱子，問：“這是誰的？怎麼不打開讓我們檢查？人剛想代為打開，就看見晴雯挽着頭髮闖來，“豁 ”一聲把箱子掀開，兩手提着箱底地下一倒，所有的東西全都倒了出來，弄得

善保家的漲紫了臉，連忙說是奉太太的命令來搜查的。晴雯頂了一句：“我還是老太太打發來的呢，就沒見過你這麼個有頭有臉的大管事奶奶！”鳳姐喝住了晴雯，又勸止了王善保家的。王善保家的見沒有什麼可疑的東西，就要往別處去，鳳姐特意關照說：“你可要仔細些查。這回查不出來，難向太太交代的。”

晴雯倒箱 戴敦邦 畫

她們一邊說一邊來到瀟湘館。黛玉已睡了，大家照樣抄檢了一遍，發現紫鵑那兒有不少寶玉的東西。王善保家的很得意，居然在黛玉的丫頭那兒找到這些玩意兒，連忙請鳳姐來驗視。鳳姐一看就樂了：“這當然是寶玉的舊東西。寶玉從小和她們一起廝混了好幾年，這也不算什麼稀罕事，到別的地方去吧！”王善保家的聽鳳姐這麼一說，只好作罷。

她們又到探春住的院子裏。誰知早有人把正在抄檢的事報告了探春。探春猜想肯定有原故，才這樣興師動眾，於是命令丫鬟點了蠟燭開了門，等候她們來。探春看見她們過來，就故意問鳳姐什麼事。鳳姐輕描淡寫地說："丟了件東西，查不出人來，恐怕旁人誣賴這些女孩子，大家搜一搜，省得人懷疑。倒也是為她們洗刷的好法子。"探春冷笑一聲："我們的丫頭自然都是些賊，我就是頭一個窩主。既然如此，先來搜我的箱柜，她們偷來的，都交給我藏着呢。"說着，指揮大小丫鬟把箱子、鏡奩、妝盒、包裹全部打開，請鳳姐抄查。弄得鳳姐只好賠着笑臉解釋，自己不過是奉命而來，不要錯怪；又讓丫鬟們趕快給探春把箱子什麼的關上。

探春看見

探春陳情　馬小娟　畫

她們收場，又厲聲說："我原來就比別人歹毒。凡丫頭的東西，我都知道，都在我這裏間收着，她們可是一針一線都不敢藏的。所以要搜就來搜我，該怎麼處治，我自己去領。早上大家還議論人家，盼着抄家呢，果然真抄了。要知道這樣的大族人家，如果從外頭殺來，一時是殺不死的。就像古人說的，'百足之蟲，死而不僵'。必須先從家裏自殺自滅起來，才會一敗塗地呢！"說到動情處，探春聲淚俱下。鳳姐只看着那些媳婦們，不做聲。周瑞家的趕緊打圓場："既然這樣，奶奶請到別處去吧，也好讓姑娘早些休息。"探春看她們要撤，就說："你們仔細搜明白了！如果明天再來，我就不依了。"鳳姐尷尬地笑了笑："既然丫頭們東西都在這兒，就不必搜了。"探春語帶嘲諷地說："你果然倒乖！連我的包袱都打開了，還說沒翻。明天還敢說我護着丫頭，不許你們翻了。你趁早明說，如果還要翻，不妨再翻一遍。"鳳姐領教過探春的厲害，賠着笑臉說："連你的東西都搜明白了。"探春又轉身向鳳姐身邊的人："你們也搜明白了？"大家也都賠笑說："明白了。"

只有王善保家的不知深淺。她想，探春逞八面威風，只是因為大家沒膽量罷了。一個年輕姑娘，況且又是小老婆趙姨娘生的，她敢怎麼樣？自己是邢夫人的陪房，王夫人也另眼相看，何況別人？又想，探春和鳳姐鬥氣，與自己無關，就借勢給自己撐面子。她一步跨出人羣，拉起探春的衣襟，故意往上一掀，嬉皮笑臉地說："連姑娘身上我都翻了，果然沒有什麼。"鳳姐看她這樣，知道不妙，拉了她一把："媽媽走罷，別瘋瘋癲癲的。"一語未了，只聽"啪"的一聲，王善保家的臉上早挨了探春一巴掌。"你是什麼東西，敢來拉扯我的衣裳！我不過看着太太的面子，你又有幾歲年紀？叫你一聲‘媽媽’，你就狗仗人勢，天天尋事，在我們跟前逞威風了，」探春勃然大怒，指着王善保家的鼻子罵道，「現在你真不得了了，索性跟我動手動腳。你搜查東西我不氣惱，你不該拿我來取笑兒！」說着就要解紐子，讓鳳姐仔細地翻，省得叫奴才來翻。

鳳姐、平兒連忙幫探春整好衣裙，又喝令王善保家的：「媽媽吃了兩口酒，就瘋瘋癲癲起來。快出去，別再爭臉面了！」一邊又再三勸說探春，平息她的火氣。探春冷笑着說：「我要生氣，早一頭撞死了！不然怎麼許奴才來我身上搜贓呢！明兒一早，我告訴老太太、太太，再過去給大娘賠禮。」

王善保家的丟了面子，躲在窗外，訕訕地說：「罷了，罷了！

幸災樂禍　潘裕鈺　畫

這也是頭一趟挨打。我明兒回了太太，還是回老娘家去。這條老命還要它幹什麼！"探春喝命丫頭："你們就這麼聽着她說話，還等我去和她拌嘴不成？"丫頭侍書連忙跑出去說："媽媽，你也給我們省一句吧。你真回老娘家去，倒是我們的造化了。只怕你還捨不得呢！你去了，叫誰去討主子的好，挑唆着查問姑娘，折磨我們呢！"鳳姐佩服地說："好丫頭，真是有其主必有其僕。"探春不以為然，輕輕一笑："我們做賊的人，嘴裏都會三言兩語的，就是不會背後挑撥主子。"大家橫勸豎勸，才算服侍探春去睡覺。

接着到暖香塢李紈那兒，查了一遍，也沒有什麼，就到惜春那兒。惜春人小，嚇得不知怎麼是好。誰知還真的在惜春的丫頭入畫的箱子裏找出三四十個銀錁子，還有玉帶上裝飾的玉板和一包男人的靴襪。一問，原來是賈珍賞給入畫的哥哥，她哥哥讓人悄悄帶進來，叫妹妹收着的。鳳姐料定入畫不敢撒謊，但這麼多東西可以瞞着帶進來，還有什麼不會帶來？就追查是誰傳遞的。惜春膽小，急着要為自己撇清，說："嫂子別饒她，就是你依她，我也不依。要說傳遞，一定是後門的老張。"那王善保家的和老張原是親戚，新近鬥嘴結了怨，就趁機挑唆鳳姐："這可事關重大，奶奶不可不問。"鳳姐冷冷地看了一眼，說："我知道，不用你說。"

說話間又到了迎春那兒。鳳姐見迎春已睡着，就吩咐："不必驚動姑娘。"大家直奔丫鬟們的住處來。鳳姐知道丫頭司棋是王善保家的外孫女，就特意留神看她搜查。王善保家的先從別人那兒搜起，都沒有贓物。等檢查司棋的箱子，她隨手一掏，就說："也沒有什麼東西。"才要關上箱子，周瑞家的發話了："這是什麼話？有沒有，總要一樣看看才公道。"說着，就伸手從裏面抓出男人用的一雙棉襪、一雙綢緞鞋子，還有一個小包袱。打開包袱一看，裏面放着一個同心如意和一封大紅雙喜的信帖。鳳姐一看信帖，原來是司棋的表弟潘又安給司棋的一封情書，她不由得得意地笑了起來。王善保家的不知道司棋有這麼一段風流故事，一見男人的鞋襪已經有點慌了神。鳳姐不動聲色，把那信帖從頭到尾念了一遍，大家聽了都嚇了一跳。

這王善保家的一心要抓別人的錯兒，不想到頭來，反拿住了自己的外孫女，又是氣又是臊，恨不得有個地洞鑽下去。周瑞家的一旁又吐舌頭，又搖頭："王大媽聽見了？怎麼辦呢？"鳳姐只瞅着王善保家的，抿着嘴幸災樂禍地笑："這倒也好，不用她老娘操一點兒心，就給弄了個好女婿來。"大家也一起笑着湊趣兒。王善保家的無處出氣，只好打着自己的耳光，罵道："老不死的，怎麼造下孽了！說嘴打嘴，現世現報！"大家見她這樣，要笑又不敢笑。

一夜檢抄，鬧得大觀園雞飛狗跳。那些平常一直天真自傲的丫頭們，從此人人如履薄冰，失去了往日爛漫的笑聲。

晴雯屈死

第三十四章

　　轉眼間，過了中秋。那天沒事，王夫人突然想起前些日子檢抄的事兒，就把周瑞家的叫來詢問。周瑞家的就照事先和鳳姐商議的一套，把司棋和其他丫頭的事兒，一字不落地稟報了王夫人。王夫人讓周瑞家的去處理司棋的事，回頭再查辦自己家裏的那些丫頭。

　　周瑞家的帶了一羣人來找迎春，把王夫人要將司棋趕出大觀園的意思，一一告訴了迎春。迎春含着眼淚，雖捨不得跟隨多年的司棋離開自己，但她為人耳軟心活，語言遲慢，而且事關風化，也無可奈何。司棋見她這樣，跪在地下哭着說："姑娘好狠心！怎麼連一句話也沒有？"迎春手裏拿着一本書正看呢，聽了這話，書也不看，話也不答，神情木然地坐在那兒。周瑞家的在一旁惡狠狠地催逼着："自己做的事還不知道？你還敢緊緊纏磨姑娘！"倒是迎春冷靜："你瞧人家入畫，也來了好幾年，怎麼說去就去了？想想吧，這園子裏凡年齡大的都要去的。依我說，將來總有

231

一散，不如各人去吧。"司棋知道一切都已沒法挽回，含淚給迎春磕頭，站起來對迎春耳語說："好歹我日後受罪，替我說個情，也不枉咱們主僕一場！""放心。"迎春也含淚回答。

周瑞家的一幫人帶了司棋出去，沒走幾步，只見後面丫頭繡橘匆匆趕來。繡橘擦着眼淚，遞給司棋一個絹的包袱，說："這是姑娘給你的。主僕一場，如今分離，給你做個紀念。"司棋接過來，兩人哭得淚人似的。周瑞家的心如鐵石，在一旁不斷催司棋。司棋還想和相好的姐妹道別，就苦苦哀求周瑞家的。周瑞家的惡狠狠地對她說："你別拉拉扯扯的了！誰是你一個娘胎裏出來的？你不過挨一會是一會，難道挨過就算了？快走吧！"

一羣人走到門口，正碰上寶玉。

司棋泣別 戴敦邦 畫

寶玉見了心軟，想為司棋說幾句話，卻被周瑞家的打斷，她越發兇狠地對着司棋吼：「要再不聽，我就要打了！一個小爺們見了面，也拉拉扯扯的，什麼意思！」不由分說，推搡着司棋就往外走。

寶玉氣得兩眼圓睜，直瞪瞪地望着她們。看着她們走遠了，指着她們的背影忿恨地罵着：「怎麼這些人，只要一嫁了漢子，染了男人的氣味，就這樣混帳起來，比男人更加該殺了！」

寶玉發狠之際，怡紅院裏已經亂作一團。原來王夫人親自來處置晴雯了。晴雯正發高燒，四五天水米未沾。她蓬頭垢面，被人從炕上拖下來。王夫人滿臉殺氣，厲聲吩咐：「把她貼身的衣服撂出去，其餘的留下來，給那些好的丫頭穿。」她手一揮，兩個女人把晴雯攙架着出去了。然後，又關照把丫頭全部叫來，當場一一過目，生怕她們教壞了寶玉。看完之後，王夫人問她們：「誰是和寶玉同一天生日的？」見沒人回答，李嬤嬤把蕙香、四兒指了出來。

王夫人細打量了一下，冷冷一笑：「這也是個沒有廉恥的貨色！背地裏說同一天生日就是夫妻。」她指指四兒：「這可是你說的？打量我隔得遠，都不知道呢！我就一個寶玉，就放心這樣讓你們勾引壞了？」四兒聽王夫人把她平常和寶玉私下說的話也說了出來，羞得滿臉通紅，低頭流淚，站在一邊。王夫人命令立即把她家人叫來，領出園子去嫁人。然後，又讓人把那些去年分給姑娘的唱戲女孩子趕出大觀園。王夫人又滿屋子搜查寶玉的東西。凡略略有點眼生的物件，就全部捲起來拿走。臨走，她又警告襲人她們小心，再有意外事情發生，決不輕饒。

寶玉從來沒見過母親這樣發怒，嚇得一個字也不敢多說。王夫人一走，他就倒在牀上嚎啕大哭起來。襲人知道晴雯在他心中的地位，過來勸他："哭也不中用，倒不如等太太氣消了，再去求太太，放她回來。"誰知寶玉竟另有疑問："怎麼人人的不是，連我們私下開玩笑的話，太太都知道了，單單不挑你的毛病？晴雯就是生得強一些，性情爽快，說話露鋒芒，可也沒有妨礙什麼，得罪哪一個呀！"襲人心裏一動，知道寶玉在懷疑自己，也不便再多說了。寶玉左思右想，那晴雯平時在這兒嬌生慣養的，哪裏受得起一點委屈？現在一身重病，裏頭一肚子悶氣，又沒有親爹娘，只有一個醉泥鰍一樣的姑舅哥哥，就像一盆才透出嫩箭般花葉的蘭花栽到豬圈裏，真不知她怎麼活下去。他越想越心痛，越想越坐不住，立馬要把晴雯的東西整理好送回去。乖巧的襲人見機，就對他說："這話還要你說，我早打點好了，晚上悄悄讓人送去就

晴雯被逐　呂清華　畫

是了。"

　　寶玉實在放心不下，又死活央求了一個老婆子，帶他去看晴雯。

　　晴雯被攆出大觀園後，住在姑舅哥哥家。她哥哥、嫂子根本沒有心思照管她。寶玉掀開門簾，就看她獨自一人睡在外間一張蘆蓆上，心如刀絞，不知怎麼辦才好。他含淚走上前，拉住她枯瘦的手，輕輕地喚了兩聲。晴雯着了風寒，又不斷聽哥哥、嫂子的冷言冷語，因而病上加病。她咳嗽了一天，才矇矓睡下，忽然聽到有人喚自己，勉強睜開眼睛，迷糊中一見是寶玉，真是又驚又喜，又悲又痛。她死死攥住寶玉的手，哽咽了半天，才從喉嚨裏迸出一句話："我真以為再也見不着你了！"說完就大聲

探視晴雯 呂清華 畫

地咳嗽起來。她讓寶玉給自己倒半碗茶來。寶玉順着她指的方向，只見爐台上有一隻黑煤烏嘴的吊子，哪像什麼茶壺？無奈之下，只好到桌上去拿個碗。他把那碗洗了兩次，又用手帕擦乾，聞了聞，還是去不掉一股難聞的氣味。他提起吊子斟了半碗，碗裏一片暗紅，也不像是茶。晴雯看他一臉困惑，吃力地扶着枕頭說：「快給我喝一口吧。這就是茶了。哪裏能比得上咱們喝的茶呢？」寶玉嘗了一口，鹹澀不堪，並沒有茶的味道，但也只好遞給晴雯。只見她竟像得了甘露一樣，一氣灌了下去。寶玉看着，眼淚情不自禁地直流下來，問她還有什麼要說。晴雯嗚咽着說：「有什麼可說的！只是有一件事，我死也不甘心！我雖然生得比別人好些，但並沒有什麼私情勾引你，怎麼一口死死咬定我是個狐狸精！」說到這兒，她氣往上堵，話也說不出來，兩手冰涼。寶玉又急，又害怕，就歪在蓆上，一手攥着她的手，另一隻手輕輕地給她捶打。他想叫又不敢大聲地叫，真真是萬箭鑽心了。晴雯大口大口地喘了好一陣子，才哭喊出來：「你今天這一來，我就是死了，也不枉擔虛名了！」

這時寶玉發現窗外有動靜，又看她情緒激動，就退了出來。回家後，他發了一晚上的呆，習慣地喚着晴雯的名字，竟忘了她已離去。當夜，寶玉在夢中又看見晴雯像往常一樣從外面走進來，對他說：「你們好好過吧，我從此就和你們永別了！」說完，轉身就走。寶玉大叫着醒來，哭着對襲人說：「晴雯死了！」

沒過幾天，寶玉從兩個丫頭嘴裏得到了晴雯去世的消息：那天，她直着脖子叫了一夜娘，第二天早上閉上了她美麗的眼睛，帶着無限的忿恨和冤屈，離開了這個容不得她的世界。為了安慰寶玉，另一個丫頭竟編了一個謊話，說是晴雯臨死還拉着她的手問寶玉哪裏去了，直到告知了實情，晴雯才歎口氣説："再也不能見了！"園子裏滿池塘盛開芙蓉花，這丫頭就胡謅説，晴雯告訴她，自己去做專管芙蓉的花神了。寶玉陷在一片深情之中，不以為怪，反以為真。

當晚，寶玉又獨自一人來到園子裏。晚風颯颯，好不淒楚。猛然看見池塘裏滿是風中搖曳的荷花，滿心的酸楚頓時湧起。他突然想做一篇誄文祭奠晴雯，就用楷書在晴雯平常最喜歡的冰鮫上寫了一篇《芙蓉女兒誄》。全篇文辭淒婉，字字血，聲聲淚，表達了他對晴雯的一片深情和無限思念。

黃昏人靜的時候，他準備了四樣晴雯生前愛吃的食品，放在芙蓉花前，行了祭祀的大禮，然後把誄文掛在芙蓉花枝上。晚風掀起誄文，一飄一飄，就像潔白的靈幡，在召喚遠去的靈魂。

撰誄祭芙蓉　呂清華　畫

瀟湘驚夢

一天，薛寶釵打發她們院裏的一個老婆子，來給林黛玉送一瓶蜜餞荔枝。那老婆子才來大觀園不久，平常只在薛姨媽院裏看屋子，很少跟太太、姑娘們出去。她第一回來瀟湘館，只是覷着眼睛瞧黛玉，一時看得黛玉臉上不好意思起來。老婆子把瓶子遞給丫頭雪雁，又回頭看看黛玉，笑着說："怪不得我們太太說，你們林姑娘和寶二爺是一對兒。原來真是天仙似的！"雪雁見她說話造次，連忙打岔："媽媽，你乏了，坐坐吃茶吧。"那婆子笑嘻嘻地回答說："這兒還有兩瓶荔枝，姑娘叫給寶二爺送去呢。"說着，顫巍巍地走了。

黛玉雖然有點惱火這老婆子說話莽撞，但因為是寶釵派來的，也不好對她怎麼樣。看她出門，才說了一聲："給你們姑娘道聲費心了。"豈料那老婆子還只管嘴裏咕咕噥噥地說："這副好模樣兒，除了寶玉，還有什麼人配受得起！"黛玉只好裝着沒聽見。這時雪雁拿瓶子來給黛玉看。黛玉心思根本不在這兒，說："我懶得吃，拿去擱起來吧。"

當晚，黛玉走進房間，猛抬頭看見荔枝瓶，不禁又想起白天老婆子的一番混話。黃昏人靜，千愁萬緒一時竟堆上心來。她想：自己身體瘦弱，年紀又不小了。看看寶玉的樣子，心裏雖沒有別人，但是老太太、舅母那兒不見有半點意思，真悔恨當年父母在時，沒有早早地定了這門婚姻。轉念又想：萬一父母在時，做主在別處定了婚姻，又怎麼去找寶玉這樣出眾的人材、這樣善良的心地？倒不如現在這樣，還有機會去爭取。她心裏一上一下，輾轉纏綿，竟像轆轤打水一般七上八下，於是，長長地歎了口氣，掉了幾點淚，沒情沒緒，和衣躺下了。

迷迷糊糊中，只見小丫頭前來報告，説是賈雨村老爺來請姑娘。黛玉心想：自己雖然跟他讀書，但總不比男學生，有什麼可見的？就讓丫頭回覆，身上有病，不能出來見面，代自己請安道謝算了。小丫頭卻神秘兮兮地説："只怕是要給姑娘道喜，南京還有人來接呢！"

這時，又看見鳳姐和邢夫人、王夫人、寶釵一起笑着來道喜、送行。黛玉慌忙追問："你們在説什麼話？"鳳姐不相信地問："你還裝什麼呆呀？難道你還不知道，你父親新近升了官，娶了個稱心滿意的繼母？他們覺得把你擱在這裏不好，就由你繼母作主，託你老師賈雨村做媒，把你許給了你繼母的一個什麼親戚，還説是續弦，所以特意派人到這裏來接你回去。大約一到家裏，就要過門的。怕一路上沒人照應，還關照你璉二哥哥送你呢！"這席話説得有根有據，聽得黛玉一身冷汗。

恍惚之中，黛玉仿佛看到父親真的一副大官模樣，可心裏急，還硬是不肯承認："沒有的事，都是鳳姐混鬧。"邢夫人向王夫人使了個眼色："她還不信呢！咱們走吧。"黛玉只好含着淚哀求兩位舅母坐坐再走。大家都不睬她，冷笑着走了。

黛玉這時心裏着急，嘴上又說不出來，哽哽咽咽，仿佛又和賈母在一起。不過她總算還明白，心想，這事也只有求老太太，或許還有救。於是立馬兩腿跪下，死死抱着賈母的腿不放："老太太你救救我！南邊我是死也不去的。繼母又不是我的親娘，我情願一輩子跟老太太在一塊。"賈母板着臉："這個不關我的事。想開些，續弦還多出一份嫁妝呢。再說，做了女人總要出嫁的。你孩子家不知道，這兒到底不是你的最後歸宿。"黛玉見賈母毫不動心，只好

黛玉驚夢　楊沛璋 畫

哭着苦苦哀求："我在這裏情願當奴婢過日子，自做自吃，只求老太太做主。"見賈母總是不說話，黛玉嚎啕大哭起來，滿心的委屈不知從何說起："老太太！你向來是最慈悲的，又是最疼我的，到了這緊急的時候，怎麼全不管？你別說我是你的外孫女，隔了一層；可我的娘是你親生女兒，看我娘份上，也該庇護我些。"說着，一頭撞在賈母懷裏痛哭。"鴛鴦，"賈母喚身邊的鴛鴦，"你來送姑娘出去歇歇，我倒被她鬧乏了。"

黛玉叫天天不應，叫地地不靈。心想：人活到這個份上，不如尋個短見，自己死掉算了。她深深為自己少年就失去親娘而悲痛。外祖母、舅母和姐妹們平時待自己何等好，要緊時候卻這樣無情無義，可見都是假的。現在唯一能救自己的，也許只有寶玉了。只見寶玉就站在她面前，笑嘻嘻地給她道大喜。黛玉越發着急了，緊緊拉住寶玉："好啊，我今天才知道你是個無情無義的人了！"寶玉反問："我怎麼無情無義了？你既有了人家，咱們各自幹各自的了。"氣得黛玉哭着拉住寶玉的手直叫："好哥哥！你叫我跟了誰去？"寶玉心也軟了下來，說："你要不去，就在這裏住着。你原來是許了我的。我待你怎麼樣？你也想想。"

黛玉這才轉悲為喜，口氣堅決地說："我死活打定主意了，你到底叫我去不去？""我叫你住下。你不信我的話，就瞧瞧我的心！"寶玉用小刀在胸口一劃，殷紅的鮮血直流出來。他義無反顧地對黛玉說："別怕！我把心拿出來給你看。"一邊就用手在劃開的地方亂抓，嚇得黛玉抱住寶玉痛哭起來。寶玉大叫一聲："不好，我的心沒有了，活不了了！"說着，兩眼往上一翻，"咕咚"一聲就倒在地上。

黛玉拚命放聲大哭。忽聽耳邊有人直叫喚："姑娘，姑娘！快醒醒！"黛玉一翻身，原來是一場惡夢。她喉嚨還在抽噎，心口還在亂跳，枕頭已經濕透，只覺得身上冰冷。她想起夢中情景，真的寶玉死了，自己無倚無靠，可怎麼是好？一時痛定思痛，神思都亂了。她又哭了一會兒，渾身微微出了點細汗，勉力掙扎起來，脫了外衣，讓紫鵑蓋好被子，又輕輕躺下去。她翻來覆去，哪裏睡得着？只聽見外面淅淅颯颯，又像風聲又像雨聲。紫鵑已睡着了，遠遠傳來時重時輕的呼吸聲。她怎麼也睡不着，掙扎着爬起來，圍着被子，倚着牀背，坐了一會兒，就覺得窗縫裏透進一縷冷風，直吹得汗毛直豎，只好再躺下去。她正要睡着，又聽到竹林枝頭一羣麻

夢求賈母　楊沛璋 畫

雀啾啾唧唧，叫個不停。薄薄的清光漸漸透過窗紙，天就要亮了。

黛玉醒了，兩眼炯炯發亮。她覺得胸口堵得慌，劇烈地咳嗽起來，把紫鵑也咳醒了。紫鵑輕聲勸慰她："姑娘，你還沒睡嗎？歇歇兒罷，養養神，別盡想長想短了的了。"黛玉説："我何嘗不要睡？就是睡不着。你睡你的吧。"話沒説完，又大聲咳了起來。

早晨，紫鵑去倒黛玉的痰盒子，只見痰裏有點血絲，不覺失聲叫了出來。黛玉追問她痰裏有什麼，紫鵑一面説沒什麼，一面卻心裏一酸，眼淚刷刷地流下來，聲音也變了調。黛玉這些日子喉嚨裏有甜腥味，早有疑惑；再看紫鵑悲楚的樣子，心裏已對自己的病情明白了八九分。紫鵑知道她的心思，關切地安慰她："姑娘身上不大好，依我説，還得自己想開些。身子是根本。俗話説，留得青山

惡夢驚魂　楊沛璋　畫

在，依舊有柴燒。況且從老太太、太太起，哪個不疼姑娘？"一句話，又觸動黛玉的心事，她想起自己昨日的夢來，只覺得心頭一撞，眼前一黑，神色都變了。紫鵑連忙端來痰盒，雪雁幫她捶背，老半天才吐出一口痰來，還夾着一縷暗紫色的血，把她倆臉都嚇黃了。兩人不敢怠慢，小心翼翼地守着，直到黛玉昏昏地躺下，紫鵑才努努嘴，讓雪雁叫人去。

黛玉閉着眼躺了半天，哪裏睡得着？平時只是覺得這園子有點寂寞，現在躺在牀上，偏偏靜謐中風聲，蟲鳴聲，鳥語聲，人走的腳步聲，遠處隱隱傳來的孩子們的啼哭聲，紛擾淒涼。這日子真度日如年一樣地難挨呀！

這陣子寶玉身子骨也不好。消息傳到賈母那兒，弄得她心煩意亂："偏偏這兩個'玉'兒多病多災！明兒讓大夫來給他們瞧瞧。"

那王大夫果然醫道高明，先給寶玉瞧了，説是沒什麼要緊，開了方子；又給黛玉診了好一會兒，告訴紫鵑，這病是平時心情鬱悶不解，多疑多懼，心氣衰弱引起的，也開了方子。黛玉按王大夫的方子服藥，病體也日漸一日地好了起來。

黛玉絕粒

　　不知不覺已經到了十月。這天黛玉閒來沒事，正要拿本書看，就聽到園裏秋風從西邊直透到東邊，穿過樹枝，稀裏嘩啦不停地響。雪雁進來伺候，她轉身就問：“天氣冷了，我前些日子讓你們把那些小羊毛衣裳晾晾，晾了沒有？”雪雁回説：“晾了。”黛玉要她拿件來披披，擋擋風。雪雁抱來一包衣裳，讓黛玉自己挑。誰知衣裳堆裏夾着一個小包，包裏布是當年寶玉生病時送來的絹子。打開來，裏面包的是剛來賈府和寶玉使小性子時剪破的香囊、斷成兩三截的扇袋，還有鉸拆了的寶玉通靈玉上的穗子。那兩方舊手帕上，還依稀印着昔日的淚痕。上面題着兩句詩：“失意人逢失意事，新啼痕間舊啼痕。”黛玉不看則已，一看自己也呆了：當年一時好，一時惱的情景就像發生在昨天！往事一一湧上腦海，她不覺眼淚簌簌地滾了下來，好似當年自己題的那兩句詩就是為自己今天的心境而寫的。紫鵑在一旁再三勸慰，黛玉才把手帕摺下。她悶悶不樂，披上皮衣，走到外間，濡墨揮毫，賦成短詩四首，譜上曲子，又調上弦，獨自一人對着滿窗月色操起琴來。夜深了，她才放下琴，叫紫鵑收拾睡覺。

正巧寶玉送園中女尼妙玉回櫳翠庵。走近瀟湘館時，一陣陣叮

寶黛論曲 張培成 畫

叮咚咚的琴聲隨風飄來，他們猜想是黛玉在那裏撫琴，就坐在山石上側耳傾聽。那音調先是清切，繼而在淒清中含着憂思，最後竟充滿悲傷，音韻淒厲，簡直可以迸裂金石。妙玉大驚失色：「音調太過激烈了，恐怕難以持久。」話音未落，就聽到「嘣」的一聲，弦斷了。寶玉本來就不太懂音樂，請教妙玉，她竟自顧自走了。

過了兩天，寶玉特地來瀟湘館問黛玉曲子轉調是怎麼回事。黛玉解釋說：「這是人心自然流出的聲音，彈到哪裏就到哪裏，原本就沒有一定的。」寶玉十分感歎：「原來如此。可惜我不懂音樂，白白聽了一會兒。」黛玉不以為然地說：「從古到今，真正懂得音樂的人能有幾個呢？」

寶玉一聽這話，隱隱感到自己剛才說話太冒失。他心裏本來有許多話，但怕不小心寒了黛玉的心。黛玉剛才的話其實也是衝口而出，現在回想起來，也似乎太冷淡了一點。兩個人彼此望望，都不敢多講話了。寶玉眼見場面尷尬，就告辭了。

黛玉將寶玉送到房門口，回來悶悶地坐着。她苦苦尋思：寶玉近來說話半冷半熱，忽吞忽吐，也不知是什麼意思。紫鵑提醒她該抄經了，她已沒了興致；問她要不要喝茶，她也擺擺手，一個人到裏屋牀上歪着。

紫鵑躡手躡腳走出來，看見雪雁一個人在那兒發呆。她奇怪了：「怎麼，你也有了什麼心事了嗎？」雪雁被她突如其來地一問，嚇了一跳：「你別嚷嚷。今天我聽到一句話，我告訴你，你可別說。」說着，朝裏屋努努嘴。兩人走到門外，雪雁悄悄問紫鵑：「你聽見了嗎？寶玉定親了。」這回倒是紫鵑嚇了一大跳，追問說：「這是哪來的話？恐怕不是真的吧？」雪雁就把事情原委一五

247

一十告訴了紫鵑。

　　原來雪雁那天到三姑娘探春那兒去，丫頭侍書悄悄對她說的。侍書說，對方是什麼知府家，家境好，人品也好。媒人王大爺又和賈府沾親帶故，所以一說就成了。她還告訴雪雁，這是老太太的意思。

雁鵑悄語　張培成　畫

正說着，裏屋傳來咳嗽的聲音，像是黛玉起來了。紫鵑怕她聽見，連忙搖搖手，止住雪雁再說下去。看看沒動靜，她才又問雪雁："這事怎麼家裏沒人說起？"雪雁解釋說："大家擔心一說起，寶玉野了心。侍書也是千關照萬關照，不可露出風聲。今天是你問起，我也犯不着瞞你。"她們自以為兩個人說悄悄話，沒人聽見；誰知隔牆有耳，黛玉早已偷聽到了七八分，頓時人就像掉在大海裏一樣孤獨無援。她想，這倒真的應驗了前些日子的夢境。思前想後，與其等到那一天意外的事情降臨，自覺沒趣，倒不如早些死了乾淨。從此，她打定主意，開始一天天糟塌自己的身體。她竟被子不蓋，衣服不添，閉着眼睛裝睡，連晚飯也不吃。點燈以後，紫鵑掀開帳子，見她已經睡着，被子都蹬在腳後跟，怕她着涼，輕輕替她蓋好。黛玉也不動，等她一走，仍然把被子蹬掉。

第二天一早，黛玉起來，也不叫人，獨自一人呆呆地坐着，對着鏡子，眼淚簌簌地直往下掉。紫鵑在一旁也不敢多勸，生怕說話不當心更勾起她的滿腹心事。又坐了一會兒，黛玉提出要抄經。紫鵑怕她太勞神，要她歇歇。黛玉一副自暴自棄的樣子："不怕，早完了早好！以後你們見了我的字跡，就算見了我的面了。"說着，眼淚像泉水一樣湧了出來。聽了這話，紫鵑不但沒法勸，連自己也撐不住流下淚來。

打這以後，黛玉更有意糟塌自己，不思茶飯，進食一天比一天少。寶玉放學，也常抽空過來問候。但黛玉滿腹心事，萬語千言，卻再也不能像小時候那樣柔情萬種地傾吐。寶玉想用實實在在的體己話安慰她，又怕她生氣，更加重了病情。兩個人見面，只好用空空泛泛的客套話來應酬，真正是"親極反疏"了。賈母、王夫人雖

黛玉絕粒 楊沛璋 畫

說疼她，也不過是請醫生給她調理治療，哪裏知道她的心病。紫鵑她們雖然已經覺察，卻也不敢挑明。黛玉進食一天天地減，腸胃也一天比一天差，半個月以後，連粥也不能吃了。黛玉聽聽賈府上下說的話，看看賈府上下做的事，似乎都是寶玉娶親。薛姨媽來，也沒見寶釵跟着，她就更加疑心了，索性不讓人來看，也不吃藥，一心只想快點死。一天，她竟顆粒不沾，連粥也不吃一口，奄奄一息，生命垂危。

紫鵑料定沒指望了，守着她哭了一陣，偷偷出來對雪雁說："你進屋好好兒看着她，我報告老太太、太太和二奶奶去。"

雪雁還是個孩子，看到黛玉昏昏沉沉，和死了差不多，心裏着實害怕。就在這時，簾子一掀，進來了丫頭侍書，原來探春打發她來探望黛玉。看到黛玉形銷骨立，呼吸微弱，她也嚇壞了。雪雁打量黛玉已沒什麼知覺，就問起寶玉定親的事來。侍書說："這是哪門子的事？全是一班門客在討老爺的喜歡，拉攏老爺的意思。而且二奶奶也發過話，寶玉的事老太太眼裏早就有了人，就在咱園裏住的。誰來說親都不中用。"雪雁聽得出了神，恍然大悟地感歎說："這怎麼說呢！白白送了我們這一位的命了！"侍書一臉疑惑，雪雁告訴她，是前些日子自己和紫鵑說到寶玉定親的事，讓黛玉聽見了，她就弄到了今天這步田地。她們倆正説得來勁，紫鵑一步跨了進來：「這還了得！你們有什麼話不能出去説，非在這裏説！索性逼死她算了。」

三個人正在嘀嘀咕咕，聽到黛玉又咳嗽了一聲。紫鵑快步跑到炕沿前，問她要不要喝水。黛玉微微睜開眼睛，點點頭。雪雁連忙倒了半杯白開水，在紫鵑的服侍下，黛玉喘着氣，艱難地喝了兩口水。原來黛玉雖然病重，心裏卻還明白。剛才她模模糊糊聽了侍書、雪雁的對話，才知道前頭的事雖然議論過但並沒有成功；又聽侍書説，老太太的主意，親上加親，又是園子裏住的，不是自己又是誰？頓時精神清爽了許多。她心裏的疑團一消，也就不再尋死尋活了。賈母、王夫人、李紈、鳳姐來探望，她雖然身體虛弱，精神不足，也願意勉強地應答一兩句了。

鳳姐看黛玉的病情並不像紫鵑説得那樣嚴重，就怪紫鵑嚇唬人。紫鵑心裏也奇怪，剛才還命如琴弦的樣子，怎麼一下子竟然好了許多。

私下裏她和雪雁都納悶，黛玉這病來得奇怪，好得也奇怪。她們想，那年説黛玉要回南方去，差點沒把寶玉急死；如今一句話又把這一個弄得死去活來。也許寶、黛兩人也真正「是姻緣棒打不回」，竟是天配的呢。紫鵑和雪雁抿着嘴偷偷笑了一陣子。雪雁想想還有點後怕，發誓説：「以後就是親眼看見寶玉和別人家的姑娘成親，我也不敢多露一句話了。」

黛玉的身體真的好了。賈府上下都覺得奇怪，三三兩兩地議論不休，連鳳姐和邢、王二位夫人都有些疑惑。倒是賈母畢竟見多識廣，略略猜着了八九分。

寶玉失玉

　　時值深秋，寶玉閒着沒事，穿着皮襖在家裏歇息，忽然聽説賈母要到園子裏來觀賞那株在十一月開的海棠花，趕緊換了外套去迎接，匆忙中，沒有來得及掛上那塊"通靈寶玉"。賈母走了以後，回來換衣服，襲人看他脖子上沒有掛着玉，就問："那塊玉呢？"寶玉這才想起，剛才忙亂換衣，把玉放在炕桌上，沒有戴。襲人回頭看桌上，根本就沒有那塊玉，四下裏找了一遍，一點蹤影也沒有，嚇出一身冷汗。寶玉卻是滿不在乎："不用着急，肯定在屋子裏，問問她們就知道了。"

　　襲人猜想一定是麝月她們藏着嚇嚇他玩的，就半真不假地笑着教訓她們："小蹄子們！玩也得有個玩法。你們把這東西藏哪兒去了？別真弄丟了，那可大家都活不成了！"麝月她們一聽襲人這話，都一本正經地對她説："玩是玩，笑是笑，這事兒可非同兒戲。你再想想擱在哪兒？別胡亂賴到我們了。"

寶玉胸前的這塊玉實在是非同小可。他一生下來嘴裏就銜着這塊玉，從此，朝夕佩帶，從不離身。賈府上上下下，也都把這塊玉看成是寶玉的命根子，看得比什麼都重，真要是丟了，那可比丟了寶玉本人還要緊呢！

大家再問寶玉，寶玉想了想說："我記得明明放在炕桌上的。你

寶玉失玉　張青渠 畫

們給我找呀！"大伙一聽，真急了，翻箱倒柜，角角落落，屋子裏能找的地方都找遍，就差沒揭地磚了，就是沒有。襲人說，會不會是小姐妹和小丫頭們藏着鬧着玩呢？就讓大伙分頭到各處去查問。誰知都一問三不知。這下連寶玉也嚇怔了。襲人急得只是乾哭，找沒處找，講又不敢講。一時間，怡紅院裏的人，嚇得就像一具具泥塑木雕。探春得到消息就趕來，吩咐關了園門查找，找到有重賞。大家想擺脫干係，又想得到重賞，不要命地亂找了一番，連廁所裏都找了。誰知這塊玉就像丟落大海裏的一枚繡花針，毫無着落。

事情弄到這地步，李紈是什麼也顧不得了，決定叫丫頭、老婆

子脱了衣服，搜身。大家都想撇清，由平兒開始，一個個脱衣，讓李紈搜查了一遍。倒是探春心裏明白，説是即使有人偷了也不會藏在身上，況且這東西在家裏是個寶，拿到外面去不知道的也只當它廢物，偷了也沒用。她估計一定是有人促狹，捉弄人。

這麼一來，大家都想到了賈環，昨天是他滿屋亂竄。李紈讓平兒去哄他把玉交出來。

賈環來了，話還沒聽完，臉就漲成了豬肝色，瞪大眼睛叫着："人家丟了東西，你們憑什麼懷疑我？我是犯過案的賊嗎？玉在他身上，該問他，怎麼問我呢？你們都捧着他，得了什麼不問我，丟了東西就來問我！"他倒了一肚子委屈，轉身就走。

這一來，寶玉倒真急了："都是這勞什子鬧事！我也不要它了，你們也不用鬧了。環兒一走，肯定嚷得滿院子都知道了。"事已至此，大家就想着怎樣先瞞過賈母再説。大家七嘴八舌，胡思亂想地編織着謊話。誰知忙中添亂，賈環的母親趙姨娘帶着賈環哭喊着進來，為賈環叫起冤枉來："該殺該剮，隨你們罷。"説着，把賈環一推："你是個賊，快快招呀！"正巧王夫人來了，她只好收斂起來，暫不做聲。

王夫人看見大家一副驚慌的神色，才相信園子裏聽來的話，就問："那塊玉真的丟了嗎？"大家誰都不敢吱聲。寶玉恐怕襲人她們沉不住氣把實情説出來，就稟告王夫人："這事和襲人她們不相干，是我前幾天聽戲路上弄丟了。"王夫人根本不相信。她心想手巾、荷包丟了，還要弄個明白，何況這玉不見了呢？李紈、探春只好老老實實説出了事情的真相。

鳳姐在病中也得到了寶玉丟失玉的消息，就扶了丫頭平兒一起來和王夫人商量對策。王夫人提出要稟告老太太，全園上下認真查一查。還是鳳姐心細，提醒王夫人說："偷玉的人，明知叫太太查出來，死無葬身之地，一着急就會將玉毀掉滅跡。照我的糊塗想法，我們就說寶玉本來就不喜歡那玉，弄丟了也沒什麼要緊。讓大家口風緊一點，別叫老太太、老爺知道。同時，暗地裏派人到各處察訪，哄騙出來。那時候玉找到了，罪名也好定下來。"

王夫人聽鳳姐說得有理，就轉身嚇唬賈環："你二哥哥玉丟了，問你一句你就亂嚷。要是嚷得人家急了，把玉毀了，我看你還活得活不得！"嚇得趙姨娘、賈環母子倆哪裏還敢多說一句話。

後來請算命先生測字，說是這塊玉要到當鋪裏去找。於是賈府上下，又在園子裏找尋，又到當鋪去查問，一連幾天，也沒個眉目。慶幸的是，賈母、賈政還不知道。

寶玉自從丟失玉以後，好幾天不上學，成天懶得走動，只是怔怔的，說話也糊塗了，有時候還吃吃地傻笑。每日茶飯，端到他面前就吃，不端來也不要。他不發燒，也不疼痛，一副喪魂落魄的樣子，煎藥吃了好幾劑，病情反倒重了。

襲人看寶玉這模樣，偷空要紫鵑請黛玉開導開導他。誰知黛玉一心想着她和寶玉的親事，羞羞答答，不好意思。她心想，寶玉要是來了，大家從小在一塊兒長大，很難不理他；自己去找他，卻是斷斷使不得的。襲人背地裏又去央求探春，哪知探春這些日子看到海棠花深秋開得怪異，寶玉失玉更奇怪，接着元妃姐姐去世，心裏老是疙疙瘩瘩的，哪有心思去勸寶玉？況且兄妹間男女有別，也不肯常來。寶釵也知道了失玉的事，但前些日子母親答應了老太太把自己許配給寶玉，有了這層關係，自然羞得連"寶玉"兩字也不敢提了。現在聽説失玉，雖然心裏驚疑，但外表竟裝得像和自己不相干一樣。

　　儘管大家把失玉的事瞞得好好的，可老太太還是知道了。那天賈母惦記寶玉，親自到怡紅院來看他。襲人攙着寶玉出來迎接，賈母看他還是從前的模樣兒，也就放心了；等進屋坐下，問他話，卻是襲人教一句他説一句，簡直跟一個傻子似的。賈母發現他病得果然不輕，就追問起原因來。王夫人知道事情瞞不住，再看襲人一副可憐兮兮的樣子，只好依寶玉先前的説法，把他聽戲丟玉的經過説了一遍。賈母聽了，急得眼淚直流："這玉是寶玉的命根子，玉丟

寶玉瘋癲　戴敦邦　畫

了，他才這麼失魂落魄的。這還了得！"説着，就叫人重金懸賞：撿到送來的，給銀子一萬兩；提供線索找到的，給銀子五千兩。她到底還是心疼寶玉，吩咐讓寶玉搬到她那兒去住。

　　當天晚上賈政回來，聽説街上貼了懸賞的招貼，覺得太失體統，知道是老太太的主意，又不敢違抗，只好叫人偷偷地去揭。誰知早有那些遊手好閒的人把招貼揭掉了。

過了些日子還真的有人到榮國府送玉來了。賈母連忙讓賈璉將玉拿過來看。賈璉打開那人遞上的紅綢子小包包一看，可不是那塊晶瑩的美玉嗎？急急忙忙送到裏屋，請賈母、王夫人辨認。

　　鳳姐看見賈璉進來，劈手將玉奪了過去，不敢先看，立刻送到賈母手裏。賈璉悻悻地訕笑着：“這麼點兒事，還不叫我獻功呢。”賈母打開一看，就覺得玉的光彩不如從前。她讓鴛鴦給自己戴上眼鏡再仔細瞧瞧，發覺形狀還像，只是裏面的光澤都沒了。王夫人看了一會兒，也認不準。再讓鳳姐看，她也感到顏色不大對。襲人在一邊，也覺得不是從前的那塊，只是盼玉心切，也不敢說出

個“不像”來。於是，鳳姐就把玉拿過來，讓寶玉自己辨認。寶玉睡覺才醒，正眼瞧也沒瞧，就朝地上一摺：“你們又來哄我了。”說完，只是冷笑。王夫人說，這玉是胎裏帶來的古怪東西，寶玉不認，自有道理。想來是人家照招貼上的樣子做的了。

　　大家一聽這樣性命攸關的大事，還有

寶玉識假　戴敦邦　畫

人來鬼混，就要狠狠地拿他是問。倒是賈母心腸慈軟，說是窮極沒法的人才會做出這種事體來，倒不如把玉還給他，賞他幾兩銀子，讓外頭的人相信賈府找玉的誠意。賈母說：“要是難為了這一個人，就有真的，人家也不敢拿出來了。”說着，就讓賈璉去處理。

賈璉本來就不是個辦事有心眼的人，一頓臭罵，嚇得那個人面如土色，跪在地上像搗蒜似的連連磕頭求饒，如實招出了自己窮極無奈，借錢做假玉的經過。賈璉啐了那人一口，把他轟了出去。

一時間，街頭巷尾轟動了。人們都在議論：“賈寶玉真的弄出塊‘假寶玉’來了！”

調包奇謀

第三十八章

　　自從丟了那塊通靈寶玉以後，寶玉的病情一天天嚴重起來：整天不是瘋瘋傻傻，就是不言不語；讓他住到賈母那兒，請醫生，服湯藥，也沒什麼起色。賈母心裏焦急，無奈之下，請人給寶玉算了命。算命的說要娶一個命裏有金的人幫他一把，冲冲喜，才能轉危為安，否則，恐怕性命難保。賈政就要到外地去任職，賈母就喚他一起來商議。「我今年已經八十一歲了，心疼的只有寶玉，偏偏他又病成這樣。」賈母說着，不禁傷心地流下淚來。王夫人說：「薛姨媽那兒是早已答應了。」賈母又對賈政說：「寶丫頭是明白人，家裏襲人也是個妥妥當當的孩子。說不定，寶丫頭的金鎖倒會引出那塊玉來呢！」賈政不敢違抗，就當場指定將榮禧堂後面王夫人內屋旁的二十來間房子給寶玉辦親事用，其他的事都由老太太決定。

　　這時，襲人正在裏間陪着昏睡的寶玉，她把這一切聽得清清楚楚。心想：上頭眼力果然不錯。這也是自己的造化。寶姑娘來了，自己也可以卸掉一些擔子。細一想，又覺得有些不妥當。這一位心裏只有一個林妹妹，幸虧他沒聽見，要是他知道了，還真不曉得鬧到什麼份兒上呢。老太太和太太哪兒知道他的心事？如果讓他和薛姑娘成婚，只怕不能沖喜反倒催命了。那不是一害害了三個人嗎？主意打定，襲人走到外間，悄悄地請王夫人出來。賈母以為是寶玉有話，並不在

密設奇謀 李儒光 畫

意，照舊議論寶玉結婚的事。

襲人同王夫人到了後間，跪在地上就哭了起來。王夫人一時丈二和尚摸不着頭腦：「好端端的，有什麼委屈起來說。」「寶玉的親事，老太太、太太定了寶姑娘，自然是極好的一件事，」襲人稍稍遲疑了一下，又說，「只是奴才想，太太看上去，寶玉是和寶姑娘好，還是和林姑娘好呢？」王夫人想了一想說：「寶玉和黛玉從小在一起，他們倆自然好些。」襲人加重語氣說：「不是好些。」接着，就把寶玉和黛玉的事兒細細說了一遍。王夫人邊聽邊點頭，這些事大都是她親眼看到的。襲人接着又說：「還有夏天的事我還從來沒敢跟人說呢！」原來那年夏天，寶玉向黛玉傾訴衷腸，黛玉走了，他還呆在那裏出神，竟把襲人當成黛玉，向她掏出「睡裏夢裏也忘不了你」的心裏話，窘得襲人又急又臊。王夫人知道了底細，也有點着急起來，吩咐等稟告了老太太再說。

賈母正和鳳姐在商議，見王夫人進來就問襲人鬼鬼祟祟說了什麼。王夫人將寶玉的心事細細說了一遍。賈母聽了，不言不語，半天才歎了口氣說：「別的事都好說。林丫頭倒沒什麼，要是寶玉真的那樣，可叫人為難了。」鳳姐想了想，說：「難倒也不難。依我看，只有一個掉包的法子。」賈母連忙問她怎麼掉包。鳳姐說：「現在不管寶兄弟明白不明白，大家都嚷嚷起來，說是老爺作主，把林姑娘許配給他了。看看他的神情怎樣。要是他全不當回事，這個包也就不用掉了；要是他有些喜歡的意思，這事就要大費周折呢。」說完，分別走到王夫人和老太太面前，如此這般地耳語了一陣子。賈母聽了笑着稱好，只是覺得太苦了寶丫頭，林丫頭知道了也不好辦。鳳姐打保票說：「這話本來就是說給寶玉聽的，外頭一概不許提起。"

一天，黛玉吃好早飯，帶着紫鵑到賈母這邊來，剛出瀟湘館，沒走幾步，忽然發現忘帶手絹，就叫紫鵑回去拿，自己慢慢地走着等她。剛走到沁芳橋假山背後當年自己同寶玉一起葬花的地方，就看見一個濃眉大眼的丫頭在那兒哭。黛玉好奇，問她哭什麼。她說，丫頭們說她講錯了話，打了她。黛玉問她的名字，她抽抽噎噎地回答說："我叫傻大姐兒。"黛玉笑了笑，又問："為什麼打你？你說錯了什麼話了？""為什麼呢？"傻大姐嘟囔着，"就為我們寶二爺娶寶姑娘的事情。"這句話如同五雷轟頂，黛玉只覺心頭亂跳，人晃了晃，好不容易才定下神，勉強站住。她把傻丫頭領到園角自己葬花的僻靜地方，哄她把事情詳盡地告訴自己。傻大姐就把這些日子自己聽到要娶寶釵給寶玉沖喜，然後再給黛玉找婆家的事兒，一一抖了出來。黛玉已聽得呆住了，她還挺委屈地向黛玉訴苦："我就和襲人姐姐說了句：'今後又是寶姑娘，又是寶二奶奶，可怎麼叫呢？'她們就給我一個嘴巴，說我胡說，不遵照上頭的話，要攆我出去。我又不知道上頭為什麼不讓說，她們也沒告訴我，就打我。"說着，又傷心地哭起來。

黛玉這時心裏已經是油、醬、糖、醋攪在一起，甜苦酸鹹，說不出什麼味兒來了。停一會兒，她顫顫巍巍地叫傻大姐別亂說，揮揮手讓她回去了。她感到自己的身子就像有千斤重似的，兩腳像踩着一團棉花，早已軟了。紫鵑拿了手絹回來，看她臉色慘白得像一張紙，眼睛直直的，一個人晃晃悠悠地東轉西轉又看見一個丫頭匆匆離去的模糊背影，心裏十分驚訝。黛玉說要去問問寶玉，紫鵑不禁擔心起來：一個瘋瘋傻傻，一個恍恍惚惚，見了面還不知會說出些什麼不成體統的話來。誰知兩人見了面，寶玉只是瞅着黛玉嘻嘻地傻笑，黛玉也瞅着寶玉悶悶地笑。他們也不問好，也不說話，也不推讓。猛然黛玉問了句：「你怎麼病了？」寶玉笑笑：「我為林姑娘病的。」說完，兩人又不說話，仍舊面對面傻笑起來。襲人見黛玉也神志恍惚，就和丫頭秋紋攙起黛玉回去歇歇。

回家路上，黛玉根本不讓紫鵑和秋紋攙扶，一個人走得飛快。眼看離門口不遠，紫鵑鬆了口氣：「阿彌陀佛，可到家了！」話還沒完，只見黛玉身子往前一栽，「哇」地一聲，一口血直吐出來，幾乎暈倒，大家趕緊把她扶到屋裏躺下。

過了好一會兒，黛玉才漸漸蘇醒過來，看到紫鵑、雪雁圍着自己在抹眼淚，便慘然一笑：「我哪裏就會死呢！」原來剛才她聽到寶玉、寶釵的事，

寶黛痴情　馬小娟　畫

263

激起了多少年鬱結在胸中的那塊心病，一時氣急，迷失了本性。吐了這口血以後，她心裏倒明白了許多，現在反而不傷心，只想快點結束自己的性命，了卻這段情債。

秋紋回來，把剛才的事情向賈母報告了一遍。賈母大驚失色："這還了得！"鳳姐說自己都囑咐過了，不知是誰大膽走漏了風聲。賈母要她先別管那些，瞧人要緊。

賈母帶着王夫人、鳳姐等來到黛玉牀頭，只見黛玉臉無血色，氣息微弱，神志昏沉，吐出的痰裏都帶血。一見賈母，黛玉氣喘吁吁地吐出一句話："老太太，你白疼我了！"賈母聽了，心裏好一陣難過，拍拍黛玉說："好孩子，你養着罷，不怕的。"黛玉微微一笑，又把眼睛閉上了。

賈母看黛玉病成這樣，出來就對鳳姐說："這孩子的病，不是我咒

借鎖沖喜　彭本人　畫

她，只怕難好。你們也該預備預備，給她沖一沖。"鳳姐點點頭。賈母心裏納悶，孩子們從小在一起玩，要好一點是有的。如今大了，懂得男女交往的分別，才是女孩子的本分，自己也才疼她。要是她心裏另有念頭，成了什麼人了呢？可真是白疼了她了！回到房間裏，賈母又把襲人叫來問明情況，隨後對大家說："咱們這種人家，心病是斷斷要不得的。林丫頭如果有心病，不但治不好，我也沒心腸了。"鳳姐看賈母愁眉百結，就勸慰說："林妹妹的事，老太太倒不必張羅，橫豎有大夫。倒是姑媽那兒的事要緊。"當下決定，第二天就請薛姨媽過來商量。

第二天一早，鳳姐就來試寶玉，走進裏間向寶玉祝賀吉日娶親的大喜，問他："給你娶林妹妹過來，好不好？"寶玉點點頭，大笑起來。鳳姐一時吃不準，他這是明白還是糊塗，就故意急急他："如果你還是這麼傻，就不給你娶了！"寶玉忽然正色說："我不傻，你才傻呢！"說着，就要去找林妹妹，讓她放心。鳳姐一把扶住他："林妹妹早知道了。她要做新媳婦了，當然害羞，不肯見你的。"鳳姐嘴裏說着，心裏卻在打鼓：這掉包計能不能成功呢？洞房花燭夜，新娘不是林妹妹，會出現什麼後果呢？她實在沒把握。

這時，寶玉指着心口又說："我有一顆心，前兒已交給林妹妹了。她要過來，橫豎給我帶來，還放到我胸口裏。"鳳姐聽這話還是瘋話，就出來笑着告訴賈母。賈母聽了，又是笑又是疼。

當天晚上，鳳姐請來薛姨媽將老太太的想法告訴她：一是要讓老爺到外地上任前看到寶玉完婚成家，好放心去。二是借寶釵的金鎖給寶玉壓壓邪，沖沖喜。薛姨媽心裏願意，只是覺得有點委屈了寶釵，但也沒有其他辦法，只好一口答應下來。賈母還特地關照，要和寶釵說明原故，不要叫她受委屈。大家當場議定鳳姐夫婦作媒人，就散了。

薛姨媽回去就把大家商量的事詳詳細細對寶釵說了一遍。寶釵開始低着頭不吱聲，後來就獨自抹眼淚。薛姨媽安慰她幾句，自己回房間去了。

接着，幾百件彩禮繞過黛玉住的瀟湘館，悄悄送到了寶釵住的蘅蕪苑。上上下下沒人提名說姓，誰也不敢走漏風聲。寶玉信以為真，心中快樂，精神也好了一些。

焚稿斷情

　　自從知道寶玉、寶釵的親事後，黛玉的病就一天比一天重了。紫鵑她們再三苦勸說，寶玉大病未好，沒法成親，要她自己保重身體。黛玉總是淡淡一笑，再不答話。紫鵑看她每次咳嗽就要吐出好些血來，奄奄一息，骨瘦如柴，知道勸不過來，只好守着她流淚。紫鵑天天三四趟找鴛鴦，把黛玉的病情告訴她。鴛鴦看賈母忙着寶玉、寶釵的婚事，不像從前那樣疼黛玉，也不常去稟告。

　　黛玉以前有點病，上自賈母下到姐妹們和她們的丫頭，不斷來問候，現在睜開眼只有紫鵑一個人，就感到滿心淒涼。她掙扎着對紫鵑說：“妹妹，你是我最知心的。雖然是老太太派你來服侍我，我是拿你當作親妹妹的……”說到這兒，早就上氣不接下氣。紫鵑聽了，一陣心酸，也哭得說不出話來。過了好久，黛玉一定要坐起來。紫鵑勸不住，只好和雪雁把她扶起，兩邊用軟枕頭讓她靠住。黛玉哪裏坐得住？她狠命地撐着，吃力地對雪雁說：“我的詩本子……"雪雁知道是要她前幾天整理的詩稿，馬上拿了過來。黛玉又咳嗽起來，吐了口血，然後用紫鵑給她擦血的手絹，指指箱子。雪雁打開箱子，拿出塊潔白的綢絹給她。黛玉瞧了，往邊上一撂，一字一頓，使勁説："有、字、的！"紫鵑這才明白她要那塊題了詩的舊手帕，就讓雪雁找來遞給黛玉。黛玉接來就撕，但那雙手只是打顫，哪兒撕得動？紫鵑知道她恨寶玉，又不敢説破，只是勸她："姑娘，何苦自己又生氣！"

黛玉微微點了點頭，讓她們將火盆挪到炕上來，自己欠起身子，瞅着那火點點頭，把手裏的絹子往上一撂。紫鵑嚇一跳，想要去搶，兩手扶着她，又不敢動彈，眼睜睜看着那絹子燒着了，成為一堆灰燼。黛玉回頭又拿起詩稿，看了一眼又扔下。紫鵑怕她再燒，用身體擋住，同時騰出手去拿詩稿，黛玉一把拾起來，撂在火上。紫鵑手夠不着，只能乾着急。雪雁進來，急忙去搶，那稿紙沾火就着。雪雁也顧不得燒手，一手伸到火裏，抓起詩稿撂在地下，用腳亂踩一氣，卻已燒得所剩無幾。多少年感情和心血凝成的詩稿，一瞬間變成了灰燼。黛玉兩眼一閉，身子朝後一仰，差一點把紫鵑壓倒。兩個丫頭急得心裏突突亂跳：想叫人吧，天已經晚了；不叫吧，又怕出事。好不容易熬了一夜。

第二天一早，紫鵑就到賈母的上房去。誰知那兒冷冷清清的，外屋沒見着賈母，裏屋找不到寶玉，問問老媽子和丫頭，都説不知道。她來到怡紅院，又聽丫頭墨雨説寶玉今夜成親。紫鵑想想人竟然會這麼狠毒冷淡，一氣之下，回到瀟湘館。她見黛玉肝火上升，兩邊顴骨一片潮紅，情急之中，想到只有李紈孀居，回避寶玉親事，就立刻打發人去請她。

李紈聽丫頭報告"林姑娘不好了"，站起身就走。她心想：也偏偏鳳姐想出這樣偷樑換柱之計。黛玉這樣小小年紀就朝黃泉路上走去，真真是可憐可歎。她一邊抹眼淚，一邊三步並作兩步走進屋子。黛玉已不能說話，李紈輕輕叫了兩聲，黛玉微微睜開眼睛，嘴唇稍稍牽動了一下，卻是一滴淚都沒有了。李紈連忙找紫鵑打聽詳情，只見紫鵑在外間空牀上躺着，臉色青黃，眼淚打濕了被子。李紈輕聲責怪她："傻丫頭，都什麼時候了，還只管自個兒哭！林姑娘的衣裳呢？難道你還讓她個女兒家赤身露體，精着來，光着去嗎？"話還沒完，兩人都痛哭起來。

再說寶玉，聽到要娶黛玉，心想這真是從古到今天上人間第一件稱心滿意的事了，身體也頓時健旺起來，巴不得立刻看到黛玉，今天就結婚。他一個勁地

焚稿斷情　戴敦邦　畫

催襲人："林妹妹怎麼還不來呢？"問得襲人抿着嘴笑："等好時辰呢！"這時，一頂紅色大轎從大門口抬進來，這裏一班絲竹管弦迎了上去，十二對宮燈依次排着進來，倒也喜氣洋洋。儐相請新人出轎，寶玉見新人蒙着頭蓋，喜娘和雪雁一人一邊扶着，不覺心頭一疑：為什麼紫鵑不來？轉而一想，是了，紫鵑是我們家的人，雪雁是黛玉從南邊帶來的。因而看到雪雁，寶玉就像看到黛玉本人一樣感到親切、歡喜。接着，儐相唱禮，新人拜天地，給賈母磕拜，

釵玉完婚　戴敦邦　畫

請賈政夫婦登堂，行好禮，送進洞房。新人坐上牀沿，寶玉就要掀頭蓋。鳳姐早已防備好了，讓賈母、王夫人進去照應。寶玉到底有些傻氣，着急地問新人："妹妹身上可好了？好些天沒見了，蓋着這勞什子做什麼！"上前就要去揭，把賈母急出一身冷汗來。他忽然轉

念一想，林妹妹是愛生氣的，不可造次。他又等了好一會兒，畢竟按捺不住，就上前一撩。喜娘接過頭蓋，雪雁走開，寶釵的丫頭鶯兒上來伺候。寶玉睜眼一看，好像是寶釵，心裏不相信，一手舉着燈，一手直擦眼睛，看來看去，可不是寶釵麼！你看她一身的盛妝艷服，鮮艷耀眼，豐滿圓潤的肩膀，低垂油亮的鬢髮，就像垂着露珠的嫩荷，又像煙雨滋潤過的杏花。寶玉發了一會怔，反而以為自己是置身夢裏了，呆呆地只管站着。大家接過他手裏的燈，扶他坐下，只見他兩眼呆滯，半句話也沒有。賈母恐怕他再發病，親自過來招呼。鳳姐她們請寶釵到裏間坐下。寶玉定了定神，見賈母、王夫人還坐在那兒，就輕輕地問襲人：“我是在哪兒呢？這不是做夢吧？”“你今天好日子，什麼夢不夢的胡說！老爺可在外頭呢。”襲人嚇唬他。寶玉悄悄用手朝裏指了指：“坐在那的這位美人兒是誰？”襲人捂着自己的嘴，笑得說不出話來，老半天才說：“是新娶的二奶奶。”大家也扭過頭去，忍不住吃吃地笑。寶玉又問：“好糊塗，你說‘二奶奶’到底是誰？”襲人答道：“寶姑娘。”“林姑娘呢？”“老爺作主娶的是寶姑娘，你怎麼胡說起林姑娘來？”寶玉固執地說：“我剛才明明看見林姑娘了麼，還有雪雁呢，怎麼說沒有？你們這都是開的什麼玩笑！”鳳姐走上來，輕輕對他說：“寶姑娘在屋裏坐着呢！別亂說。得罪了她，老太太可是不依的。”寶玉這回聽了，可是更糊塗了。他本來就迷迷糊糊，今晚這神出鬼沒的光景，更沒了主意，乾脆什麼也不顧了，只是口口聲聲地要找林妹妹去。賈母她們上前安慰，無奈他只是聽不懂；寶釵又在裏面，沒法對他明說。知道寶玉舊病復發，誰也不敢挑明，只好滿屋點起安息香，定住他的神，扶他睡下。大家鴉雀無聲，不多一會兒，寶玉就昏昏沉沉地睡着了。

寶玉成親的那一天，黛玉白天已經昏厥了過去，只有微弱的氣息像一線游絲還勉強支撐着她的生命，把個李紈和紫鵑哭得死去活來。直到晚上，黛玉才緩過氣來，微微睜開眼睛，好像要喝點湯水什麼的。李紈雖然知道這是回光返照，料想還有半天好拖，就先回稻香村去料理事情去了。

黛玉睜開眼睛一看，身邊只有紫鵑、奶媽和幾個小丫頭。她死死攥着紫鵑的手，吃力地説："我是不中用的人了。你服侍我幾年，原來指望咱們兩個總在一起的，沒想到我——"話沒説完，大口大口地喘了好一陣子，閉上眼睛歇着。紫鵑看她這樣緊攥着自己不肯鬆手，也不敢挪動。她原來以為黛玉的病情好了些，還有生的指望，聽了這話，心又寒了半截。老半天，黛玉又輕聲關照她：

香消玉殞　李儒光　畫

272

"妹妹！我這裏沒有親人，我的身子是乾淨的，你好歹叫他們送我回去。"說到這裏，又合上眼睛不說話了。她的手漸漸攥緊喘成一團，已經是出氣大入氣小，急促得很了。

紫鵑看這情景，不覺心裏慌了，趕忙讓人去叫李紈。可巧探春來了，紫鵑悄悄對她說："三姑娘，瞧瞧林姑娘吧！"話剛完，淚水就像雨注般地流了出來。探春過來，摸摸黛玉的手，已經涼了，目光也都散了。兩人哭着叫人端水來給黛玉擦洗。這時李紈趕到了，三個人顧不得說話，就一起忙了起來。剛擦身，猛然聽到黛玉拚盡全身最後一點氣力，淒厲地叫了聲："寶玉！寶玉！你好——"說到"好"字，渾身冷汗如注，再不出聲了。紫鵑急忙扶起她，那汗越出越多，她的身子就漸漸地冷了。探春、李紈手忙腳亂，讓人給黛玉攏頭髮，穿衣裳，只見黛玉兩眼一翻，氣絕身亡。嗚呼！香魂一縷隨風散，愁緒三更入夢遙。漫漫長夜，無情地吞沒了一個孤高美麗的靈魂。

黛玉氣絕，正當寶玉娶寶釵的時辰。紫鵑和幾個丫頭都失聲痛哭起來。李紈、探春想到她平日孤寂可疼，今天更加淒涼可憐，也傷心地哭了。瀟湘館裏哭作一團，但因遠離新房，那兒並沒有聽到。大家痛哭了一場，只聽到遠遠飄來一陣音樂聲，側耳再聽，卻又沒有了。探春、李紈走到院子外細細再聽時，哪有什麼管弦，只有竹林梢頭清風拂動，月亮的影子輕輕移過花牆。這月夜真是好淒涼好冷寂啊！

第四十章

寶玉哭靈

寶玉娶寶釵的當天，黛玉在淒清苦寂中氣絕身亡。探春、李紈趕緊叫來大管家林之孝家的，將黛玉停放好，派人看守，第二天天亮才報告鳳姐。

賈母、王夫人正為寶玉的病忙亂不堪。鳳姐擔心她們這時得到黛玉的凶信，愁苦交加，會急出病來，只好一個人親自前往。到了瀟湘館，她觸景生情，想想當年姐妹一場，不免哭了一通。哭完之後，她又覺得十分為難：這麼大的事，不說吧，怎麼瞞得過去；說明了吧，又怕老太太承受不了。倒是李紈還冷靜，在一邊提醒她最好相機行事，該說的時候再說。

鳳姐回到寶玉那兒，正好大夫在給寶玉看病。賈母、王夫人聽大夫說寶玉的病還不礙事，才略略放下心來。鳳姐趁機背着寶玉，慢慢地把黛玉的事一五一十稟告了她們。賈母和王夫人聽到都嚇了一大跳。賈母一邊哭，一邊輕輕捶着胸，後悔莫及地說：“是我弄壞了她了。但這個丫頭也太傻氣了！”說着就要到園子裏去哭黛玉，可又放心不下寶玉。王夫人她們見賈母這樣，只好強忍住悲痛一起勸說賈母：「不必過去，老太太身子要緊。」賈母無可奈何，只好叫王夫人自己去。她吩咐王夫人：「你替我告訴黛玉的陰靈：『並不是我忍心不來送你，只是實在有個親疏啊！你是我外孫女兒，是親的了；可是和寶玉比起來，寶玉比你更親些。萬一寶玉再有個三長兩短，我怎麼見他的父親呢？』」說着又哭了起來。王夫人她們連忙勸她：「林姑娘是老太太最疼的。現在人已經死了，也沒有什麼法子盡心意了，只是葬禮要上等的發送。一來是盡盡咱們的心，二來也讓外甥女的靈魂好好安息。」誰知賈母聽到這兒，哭得越加厲害了。

鳳姐怕老太太過分傷心，心想反正寶玉神志不清，就偷偷讓人撒謊說：「寶玉那裏找老太太呢！」賈母也不知道寶玉那兒出了什麼事，就扶着丫頭顫顫巍巍地過去，鳳姐也跟在後頭。走到半路，遇上王夫人，王夫人就把黛玉的事一一稟告了賈母。賈母因為要到寶玉那兒，只好含着眼淚，忍着悲傷，關照王夫人：「由你們辦吧。我看了心裏也難受，只是別委屈了她就是了。」看到王夫人、鳳姐一旁連連點頭，她才放心地到寶玉那邊去了。見了寶玉，老太太就問：「你做什麼找我？」寶玉痴痴地一笑：「我昨天晚上看見林妹妹來了，她說要回南邊去。我想沒人能留得住她，還得靠老太太給我留一留她。」賈母聽了，心裏真是說不出的難受：黛玉去了，寶玉病卻並不見好，還一心繫在黛玉身上。怕寶玉知道實情承受不住，她嘴裏還是滿口答應：「使得使得，你只管放心吧。」襲人隨即扶着寶玉躺下了。

賈母出來，就到寶釵那兒。照舊時習俗，姑娘出嫁，三天後要由新郎陪同回娘家，叫"回門"。有當天就回婆家的，也有住九天才回的，所以又稱"回九"。回九以後，新娘才真正算是婆家人了。寶釵和寶玉結婚，還沒到回九的日子，所以一看到賈府的長輩，還有些害羞。現在她看賈母滿面淚痕，就端上茶來。賈母招呼她坐下，她就側身陪着坐下，開口問道："聽說林妹妹病了，不知是不是好些了？"賈母聽她一問，又止不住簌簌地流着眼淚説："我的兒啊！我告訴你，你可別告訴寶玉。都是因為你林妹妹，才讓你受了多少委屈！你現在當媳婦了，我才告訴你：你林妹妹已經沒了兩三天了，就是娶你的那個時辰死的。現在寶玉這番病也還是為了這個。你們先前都在園子裏，自然是明白的。"寶釵聽了，臉上一片飛紅，想到黛玉的死，一時又止不住眼淚落了下來。賈母又拉拉扯扯地嘮叨了一會，就回去了。

轉眼就到了回九這天。寶玉的病一點不見好轉，事情倒有點叫寶釵左右為難了：要是不回去吧，母親臉上過不去；要是回去吧，明明知道寶玉這個樣子，全是因為黛玉的緣故；而且還擔心把事情挑明了，寶玉會氣急發病。王夫人、鳳姐幾個人聚在一起商議：寶玉魂不守舍，但起來動動是不要緊的，乾脆用兩乘小轎子，讓人抬着，從園子裏過去，應了"回九"的習俗；以後再請薛姨媽過來安慰寶釵，大家一心一意地調治寶玉。大家都覺得好，就這樣糊弄過去算了。寶釵心裏只是埋怨母親辦事糊塗，但事已至此，也只好悶在肚裏不吭一聲。倒是薛姨媽看到寶玉這般光景，心裏懊悔，只好草草讓寶釵"回九"完事。

回家以後，寶玉的病更加沉重了。薛姨媽請遍了城裏的名醫，也沒看出個所以然。最後還是城外破廟裏一個姓畢的窮醫生診出一點名目，說寶玉是大悲大喜，傷了內心，開了張藥方，當夜給他服了。二更以後，寶玉果然神志清楚了些，還要喝水。賈府上下這才放下心來。

　　寶玉現在片刻清醒，看見房間裏就襲人一個，就把她喊到跟前，拉着她的手哭着說："我問你，寶姐姐是怎麼來的？我記得老爺給我娶的是林妹妹，怎麼讓寶姐姐趕出去了呢？她為什麼霸佔這裏？我要說呢，又恐怕得罪了她。"頓了頓，突然想起什麼，他又問了一句："林妹妹哭得怎麼樣了？"襲人不敢明說，只好搪塞："林妹妹病着呢！"寶玉聽說就要起身去看她。誰知這麼多天沒有好好進食，身子軟得根本動彈不了，只能哭着哀求襲人："我要死了！我有一句心裏話，只求你稟告老太太：橫豎林妹妹也是要死的，我如今也保不住。兩個地方兩個病人，都要死的，倒不如騰一間空房子，趁早把我和林妹妹兩個抬在那裏：活着也好一塊醫治、服侍，死了也好一塊停放。你依我這話，也不枉了我們幾年的情分。"

寶釵勸玉　戴敦邦　畫

這些話恰好全讓寶釵聽在耳裏，她耐心地好言勸他說：「你放着病不保養，何苦說這些不吉利的話呢？老太太一生疼你一個，如今八十多歲的人了，雖然不圖你封官，但你將來成了人，讓老太太看着樂上一天，也不枉老人家一片苦心。太太更是不必說了，一生的心血精神，撫養了你這一個兒子，要是你半途死了，將來靠誰？我雖然命薄，也不至於落到這個地步。就憑這三條，你就是要死，天也不會容許你死的。」寶釵這番話說得入情入理，寶玉一時竟不知該怎樣回答。半晌，他才不真不假地痴痴笑了起來：「你好些日子沒和我說話，這會兒說些大道理的話給誰聽？」

寶釵深知寶玉的病實在是因為黛玉得的，與其長期瞞瞞騙騙，不如趁勢把黛玉的死訊對寶玉講明，讓他狠狠痛一下，徹底斷了對黛玉的念頭，也許還有治好的可能。現在聽了寶玉這番話，就斬釘截鐵地說：「實話告訴你吧，那兩天你不省人事的時候，林妹妹已經亡故了。」寶玉忽然坐了起來，詫異地大聲追問：「果真死了嗎？」「果真死了，」寶釵毫不含糊地回答，「哪有紅嘴白舌咒人死的呢！老太太、太太知道你們和睦，你聽見她死了自然也要死，所以不肯告訴你。」

寶玉放聲大哭，倒在牀上，忽然眼前一黑，昏迷過去。賈母、王夫人不理解寶釵的良苦用心，見寶玉不省人事，就責怪她處事魯莽。後來，寶玉清醒過來，大家才放心，立刻請畢大夫來診視。畢大夫診了脈，連叫「奇怪」：「這回脈氣沉靜，神安鬱散，明天再服點調理的藥，就可以好了。」

襲人在一旁嘴裏不說，心裏卻埋怨寶釵不該把這事告訴寶玉。鶯兒背地裏也說寶釵：「姑娘太性急了。」寶釵生氣了：「你知道

寶玉哭靈　劉旦宅　畫

什麼！好歹有我呢。”這些日子寶釵也不介意別人的指責，只是不
斷窺察寶玉的心病變化，暗下針砭。這樣，寶玉雖然有時想起黛玉
還有些糊塗，但神志卻慢慢安定下來。襲人也不斷用話勸解寶
玉：“寶姑娘為人寬厚，林姑娘秉性古怪，怕她早夭。老太太怕你

不知好歹，病中着急，才叫雪雁過來哄你。"寶玉總是傷心落淚，想去尋死，又恐怕老太太、太太不得安生；再想想黛玉死也死了，寶釵又是這樣溫柔體貼，自己與寶釵"金石姻緣"，原是命中注定，也就解脱些了。只要寶玉不舒服，寶釵就用"養身要緊，你我既是夫婦，又哪在乎一朝一夕"的話來安慰他。慢慢地，寶玉也就把原先愛慕黛玉的那分心移到了寶釵身上。

寶玉的病一天比一天好了，但他痴心不改，一定要親自去黛玉靈前哭一場。大家怕他病根沒除，不許他胡思亂想；只有大夫主張讓他去，把愁思驅散了再用藥調理，倒會好得更快。於是賈母就叫人用竹椅抬寶玉去。寶玉一踏進瀟湘館，就想到沒生病之前，常來這裏，兩小無猜，何等親密；現在屋在人亡，不禁放開嗓子，嚎啕大哭。大家都來勸他節哀，他已經哭得死去活來，在場的人無不為之動容，紛紛掉下淚來。

寶玉堅持把紫鵑叫來，追問林姑娘臨死時說了些什麼話。紫鵑本來把寶玉恨得咬牙切齒，現在看到他哭得這樣，就有點回心轉意；再看賈母、王夫人都在，也不敢冷落寶玉，就把黛玉怎麼生病，燒燬手帕，焚化詩稿，臨終又說了什麼話，一五一十都告訴了寶玉。寶玉邊叫邊哭，哭得氣也噎住了，嗓子也乾啞了，死活不肯離開，還是賈母逼着，他才勉強回自己的房間。

寶玉回到房間裏，寶釵知道他一時肯定割捨不下，也不勸慰，只是諷刺他。寶玉怕寶釵多心，慢慢停止抽泣，歇了一夜。第二天一早，大家來看他，雖然還氣虛體弱，心病倒好像去了幾分。經過加意調養，人真的漸漸好起來了。

痴情餘哀

　　林黛玉死了以後，賈寶玉一直悶悶不樂，身體也是時好時壞。這天晚上，想起黛玉，他又流了好多眼淚。回到房間裏，見寶釵正和襲人說話，他就借口要"定定神"，一個人坐在外間納悶。過了一會兒，他壓低聲音，讓襲人去叫紫鵑。

　　原來紫鵑長期服侍黛玉，親眼看着黛玉在寶玉成親的喧鬧之中，滿含悲憤離開人世，也就把個寶玉恨得要死，看到他就板着臉。寶玉今晚正巧有點空閒，心裏不好受，一定要把紫鵑叫來，問個明白。他見襲人似乎不太願意，就着急地說："你還不知道我的心嗎？都為的是林姑娘。我如今叫你們弄成了一個負心的人了！"他指指裏間又輕聲說："她是我本不願意的，都是老太太她們捉弄的，好端端把個林妹妹害死了。就是她死，也該叫我見見，說個明白，她自己死了也不抱怨我。聽說她臨死時怨恨我，連紫鵑也恨我恨得不得了。"他滿腹委屈地歎了一口氣，反問襲人："你想，我是

281

個無情的人嗎？晴雯是個丫頭，她死了，我還做了篇祭文祭她。如今林姑娘死了，我連祭都不能祭，她想起來不更要怨我麼？"襲人衝了他一句："你要祭就祭去，誰攔着你呢！"

然而，寶玉現在也已今非昔比，要寫一篇祭文，竟沒有一點兒靈感。他想，要是祭別人，馬馬虎虎寫一篇還能湊合，祭黛玉卻是斷斷粗糙不得半點兒的。他認定，要祭黛玉，只有叫紫鵑來，才能打聽出黛玉當時的心情。看襲人沒有動靜，他又滿臉疑惑不解："你説，林姑娘既然念着我，為什麼臨死時把詩稿燒了，不留給我做個紀念？好姐姐，你無論如何替我把紫鵑叫來吧！"襲人知道他痴病又犯了，就勸他："她就是來了，見你也不肯細説。還是等我找機會慢慢問她，或許倒可仔細些，空閒時再慢慢告訴你。"寶玉想想，實在沒有辦法，也只好這樣了。

過了幾天，寶玉獨自一人，悄悄來到大觀園。一進院門，真是滿目淒涼。當年繁茂的花木都枯萎了，華麗的亭館幾經雨打日曬，色彩也已剝落。倒是遠處一叢翠竹，望過去還有些生氣：那就是瀟湘館。想想自己幾個月沒來，昨日的盛會華宴、歡顏笑語，還歷歷在目，瞬息就變得這樣荒涼，心裏説不出的難過。襲人怕他見了瀟湘館，想起黛玉，又要傷心，就騙他説已經過了瀟湘館。但寶玉根本不聽她的，一心只在瀟湘館上，直往裏走。襲人追上去，只見他一個人愣愣地站着，似有所見，若有所聞。他説他聽到瀟湘館裏有哭泣的聲音。襲人怕他觸景生情，神志恍惚，聽到他問瀟湘館有沒有人住，就勸他不要疑心生暗鬼："你平時來這兒，常常聽見林姑娘傷心，所以如今還覺得有人在哭。"寶玉聽她提到林姑娘，頓時流下淚來："林妹妹啊林妹妹！好好兒的，是我害了你了！你別怨我，只是父母作主，並不是我負心啊！"他越説越傷心，捶胸頓足，嚎啕大哭起來。襲人生怕寶玉哭出事來，也不管他哭得淚人兒似的，死命把他拉出了園子。

寶玉回到家裏，寶釵知道了，裝作和襲人閒談，把話説給寶玉聽："人在世上，有情有意；到了死後，各自幹各自的去了，並不是生前怎樣，死後還是怎樣。活人雖然有痴心，死的竟一點也不知道。況且大家都説林姑娘是仙去，怎麼還肯混在世上？"襲人心領神會，順着寶釵的意思説："如果林姑娘的魂靈還在園子裏，我怎麼沒有夢見過一次？"

寶玉想想，這倒也是。林妹妹死了以後，他哪一天不想幾遍，怎麼從來

瀟湘聞鬼 戴敦邦 畫

沒夢到過她？但他還不甘心，心想自己今天從園子裏回來，黛玉應該知道自己的心，或許會在夢中和他見上一面。主意一定，他就決定當晚一個人睡在外間，然後，關上門，輕輕躺下，暗暗在心裏祈禱了幾句。不料第二天天亮起來，他擦了擦眼睛，坐在牀上，反反覆覆地追憶，昨晚竟沒有做什麼夢。想到這兒，他深深歎了口氣，兩句詩脫口而出："這正是'悠悠生死別經年，魂魄不曾來入夢'！"接連兩個晚上，寶玉都獨自一個人睡覺，可夢中都沒有黛玉。他想，這也許真是仙凡路隔了。

他心裏一直牽掛着黛玉，一想到黛玉，就想去找紫鵑，向她盡情地傾訴一番。黛玉死後，紫鵑就住在西廂房。這天晚上，寶玉

情釋舊憾　戴敦邦 畫

瞅着空兒就找她去了。

他悄悄走到紫鵑的窗下，見裏面燈光還亮着，就用舌頭舔破窗紙。透過小洞，他看見紫鵑獨自坐在燈前，呆呆的，不知在幹什麼，就小聲問："紫鵑姐姐，還沒有睡麼？"紫鵑嚇了一跳："是誰？""是我。"聽到是寶玉的聲音，紫鵑又問："寶二爺，你來做什麼？""我有一句心裏話要和你説説，你開了門，我到你屋裏坐坐。"紫鵑掉轉頭去，説："天晚了，明天再説吧。"寶玉一肚子委屈和隱情，一時不知怎麼是好，只好説："我也沒有多餘的話，只問你一句。""既是一句，就請説。"紫鵑這麼一衝，寶玉反而愣得説不出話來了。

紫鵑在屋裏聽聽外面好久沒動靜，從寶玉舔破的窗紙洞裏往外看，只見寶玉傻傻地站在那兒。"有什麼又不説，盡在這裏惱人！"紫鵑也是滿心委屈，"已經惱死了一個，難道還要惱死一個麼？"寶玉長長歎了口氣："紫鵑姐姐，你從來不是這樣鐵石心腸，怎麼近來連一句好好的話都不和我説了？我有什麼不是，只望姐姐説明了，哪怕一輩子不理我，我死了倒做個明白鬼呀！"紫鵑想到黛玉的慘死，心裏怨恨寶玉，冷笑了一聲説："二爺就是這話呀！我們姑娘在世的時候，我也跟着聽厭了。如果我有什麼不好，我是太太派來的，你儘管對太太去説。反正我們這些丫頭更算不得什麼了！"説着説着，傷心起來，聲音也嗚咽了。

寶玉一聽，急得連連跺腳："這是怎麼説！你在這裏幾個月，我的事還有什麼不知道的？就是別人不肯替我告訴你，難道你還不叫我説，讓我憋死了不成？"説着也嗚咽起來，掩着臉，跌跌撞撞走了。

寶玉一走，紫鵑整整哭了一夜，思前想後，心情也平靜了些。她覺得寶玉今天這份柔情，真的叫人難受，只是可憐林姑娘真真是沒有福分去消受。看來，人生緣分，都是注定的。可憐死掉的已經什麼也不知道了，倒是這活着的真真是無休無止地苦惱傷心了。算來算去，人竟不如草木石頭，無知無覺，倒也心中無牽無掛。想到這裏，她一片熱心，頓時冷了下來。

　　再說寶玉這些日子盼望在夢中能見黛玉一面，百思而不得一見。那天晚上又被紫鵑夾頭夾腦搶白了一番，不禁神志恍惚，舊病復發起來。他整天昏昏沉沉的，急得賈府上下亂成一團，又是請醫生，又是抓中藥，忙碌了好一陣子，也不見好轉，竟昏迷過去了。

　　正當寶玉人事不省的時候，忽然有個人來報告說，外面有個和尚手裏高擎着寶玉丟失的那塊玉，大聲叫着：「我是送玉來的！」事到如今，賈政也只好死馬當作活馬醫，請那個和尚進來。

　　那和尚哈哈大笑，手裏拿着玉，在寶玉面前一晃，又在他耳邊叫道：「寶玉，寶玉！你的『寶玉』回來了！」只見寶玉慢慢睜開眼睛，四處察看，吃力地問他：「在哪裏？」那和尚把玉遞到他手裏。寶玉緊緊地攥着那塊玉，然後慢慢縮回手，把玉放在眼前，仔細地端詳着說：「噯呀！久違了！」看到寶玉從昏迷中醒來，大家都輕輕舒了口氣，轉身尋找那和尚，卻早已無蹤無影。

　　誰知寶玉這次大病初癒以後，竟完全換了個人似的。他聽了夢境中和尚告誡的「世上的情緣都是些魔障」那句話，不但仍然厭棄功名利祿，而且把兒女情緣也看淡了許多。

查抄賈府

　　賈政就任江西糧道後，手下官員瞞着他，內外勾結，重徵糧食，鬧得當地百姓沸沸揚揚，他因此被召回京城。接着，又因為遠房親戚在雲南私帶神槍，被人參奏一本，皇上訓斥了他幾句，總算平安無事。家裏準備了酒宴為他接風洗塵。誰知正在大家飲酒敍情的時候，管家的賴大走進榮禧堂報告説，錦衣府堂官趙老爺帶了幾位司官來訪。賈政心裏納悶：自己平時和老趙並沒有什麼交往，怎麼他也來了？

　　正猶豫着，趙堂官已經一步跨進二門。賈政趕緊搶步迎接。趙堂官滿臉笑容，並不説什麼，直朝大廳走來。倒是身後跟着的五六位司官，有認得的也有不認得的，個個一本正經，總是不答話。賈政心裏沒底，只有跟着讓座。赴宴的親友中有認得趙堂官的，看他仰着臉不理人，只拉着賈政説幾句寒暄的話，知道來頭不妙，有的躲進裏屋，有的垂手站立一邊。

　　賈政臉上堆笑，正要找話説，

287

只聽家人慌慌張張前來通報：「西平王爺到了。」賈政慌忙去迎接，王爺倒已經進來了。趙堂官搶上去請了安，隨即下令，讓隨來的司官帶領府役把守前後大門。賈政知道事情不好，連忙下跪。西平王扶起他，笑嘻嘻地說：「沒事不敢造次。今天奉皇上旨意交辦件事，要赦老接旨。府上各位親友，叫人來給我送出去，不必盤查，快快放出去。」來訪的親友恨不得馬上脫身，一聽王爺有令，全都一溜煙飛跑出去了。剩下賈赦、賈政這些人，一個個嚇得面如土色，渾身直顫抖。

　　不多一會兒，差役就進來，分頭把守好各處大門，不許本宅的人亂走一步。趙堂官上來請西平王發佈命令。西平王一字一句，滿臉威嚴地宣布：「小王奉旨，帶領錦衣府趙全查看賈赦的家產。」賈赦他們一聽，魂飛魄散，當場跪倒在地上。停頓了一下，西平王宣讀聖旨：「賈赦勾結外面官員，依勢凌弱，辜負朕恩，有愧祖德，着革去世襲職務。欽此。」趙堂官隨後命令拿下賈赦，看守好其他的人。差役們分頭到各個房間，查抄財物，登記賬冊。那些差役早就按捺不住，要趁機會撈一筆橫財，一聽令下，一個個興奮得摩拳擦掌，就要動手。誰知西平王把手一擺，示意「且慢」，吩咐說：「嚴格遵旨查看賈赦資財，其餘房子先封鎖起來，再等候定奪。」趙堂官連忙站起來回覆說：「回稟王爺：賈赦、賈政並沒有分家。聽說他侄兒賈璉是總管家，不能不全部查抄。」說完，就要動手查抄賈赦、賈政兩家。西平王還是不緊不慢地說：「不要忙。先傳話到後宅，叫女眷回避，再查不遲。」他的話還沒完，趙堂官的那些手下人已經分頭查抄去了。西平王大聲喝令隨從的人，一個不許動，原地等候命令。

這羣差役個個如虎似狼，兇神惡煞，頓時把個好端端的賈府鬧得雞飛狗跳。那些老婆子、小丫頭哪有一個見過這等場面的，還以為來了強盜，大哭小叫，四處抱頭亂竄。

那些差役們翻箱倒柜，把兩家的財物一古腦兒倒出來亂攔。一時間人多手雜，不但把那些珍貴的瓷器打得粉碎，更有混水摸魚的，把金銀財寶偷偷藏進自己腰包。錦衣府差役們進進出出，不斷向趙堂官報告查抄結果。這個說查到民間禁用的皇宮衣裙物品，那個說查到兩箱地契、一箱借票。趙堂官惡狠狠地說："好個重利盤剝！就該全部徹底地抄！"

正說着，皇上又派北靜王前來宣讀聖旨。趙堂官心想，我剛才晦氣，碰到這位酸王爺，如今那位王爺來了，我可以好好地抖抖威風了！一邊想，一邊迎了出來。北靜王站在大廳上宣讀聖旨，原來皇上讓趙堂官只

查抄賈府 戴敦邦 畫

管提審賈赦，其餘的事由西平王遵旨查辦。趙堂官一時覺得沒趣極了，只好押了賈赦打道回府。

西平王領旨鬆了口氣，緩緩地對北靜王說：「我正和老趙生氣，幸虧王爺來降旨，不然，這裏可要吃大虧了。」北靜王也未料到趙堂官這麼混賬，就關切地問起賈政和寶玉的下落。大家趕緊把在下房看守的賈政帶了過來。賈政聽北靜王說明了旨意以後，感激涕零，朝北謝了皇恩。王爺安撫說，剛才查出的禁用物品，都是準備元妃省親用的，也沒什麼大的妨礙；就是借券，要想個辦法才好。王爺想了想，要賈政如實把賈赦的家產呈報上來，萬萬不要隱藏。賈政唯唯諾諾，答應說：「犯官再不敢。」兩位王爺吩咐司員按命令行事，不許胡來。司員領命下去了。

裏屋賈母正帶着女眷佈置家宴，大家高高興興，有說有笑。正說到興頭上，只聽見邢夫人那邊的人連聲高嚷着進來：「老太太、太太！不、不好了！好多穿靴戴帽的強、強盜來了！翻箱倒籠地搶東西呢！」賈母她們聽着發呆，又看見平兒披頭散髮，拉着巧姐，哭哭啼啼地撞進來：「不好了！來旺被人綁着進來說：『請太太們回避，外頭王爺進來抄家了！』大家快快收拾吧！」賈府的女眷享盡人間榮華富貴，哪兒經得起這種風波？邢、王二位夫人都魂飛天外，不知怎麼才好。那鳳姐先還兩眼圓睜睜的，聽着聽着，一仰身就栽倒在地上。賈母沒聽完，早嚇得涕淚交流，連話也說不出來了。

這時，猛聽外頭一聲高喊：「王爺來了，裏頭女眷回避！」頓時，一屋子人拉這個，扯那個，亂作一團。慌亂中，只見賈璉氣喘吁吁地奔進來，連連叫着：「好了，好了！幸虧王爺救我們了！」

大家正要問他詳情，他忽然看見鳳姐昏死在地上，就哭着亂叫鳳姐的名字；再回頭，又看到老太太嚇得回不過氣來，更是急得像熱鍋上的螞蟻似的。虧了平兒把鳳姐叫醒，讓人扶好。接着，老太太也蘇醒了，又哭得氣息短促，神智昏亂，躺在炕上。賈璉定了定神，把兩位王爺的恩典說明，但怕長輩擔憂，就將賈赦被抓一事先瞞了

內眷驚亂　陳安民 畫

下來，只顧去照料自己的房間。一進門，見箱開柜破，東西搶得半空，急得他兩眼發直。外間，賈政正陪司員登記財物。賈璉出來，站在一邊偷聽，沒聽見報他的東西；心裏正疑惑，就聽兩位王爺盤問：「所抄家資，內有借券，實屬盤剝，是誰幹的？」賈政從來不理家務，只好讓他們問賈璉。賈璉、鳳姐夫婦靠放高利貸積聚錢財，現在不敢不承認，只好求王爺開恩。兩位王爺叫人看守好賈璉，然後讓賈政小心候旨，自己回宮覆旨去了。賈政跪在二門外送行，北靜王伸伸手對他說：「請放心。」想想偌大一個榮國府，頃刻間敗落成這個地步，北靜王也有點不忍心了。賈政回到房裏百般安慰好賈母，讓她放心躺下。

邢夫人獨自回到自己那邊，看見門全給上了鎖，丫頭、老婆子都被鎖在裏頭。二門也貼了封條，房門還開着，嗚咽聲不斷地從裏面傳出來。邢夫人進門，就看見鳳姐面如紙灰，兩眼緊閉，躺在牀上，平兒在邊上暗暗流淚。邢夫人以為鳳姐死了，又哭了起來。平兒迎上來勸她：「太太先別哭。奶奶才抬回來，像是死了的，這會兒略略安了安神兒。太太也先定定神吧。」邢夫人也說不出話，又轉身回到賈母這兒。她看到眼前都是賈政家的人，想想自己丈夫被抓，媳婦奄奄一息，女兒嫁出去受苦受難，正是滿心淒涼，禁不住眼淚簌簌地落下來。

出去打聽消息的人接二連三地前來報告。先是說，這次查抄的原因是賈珍引誘世家子弟賭博，強佔良民妻子作妾，逼出人命。後來又說是朝廷御史告地方官員奉承京官，互相勾結，虐害百姓。這京官就是赦老爺。赦老爺還包攬詞訟。賈政聽了心如刀攪，連連跺腳：「完了，完了！都是我們大老爺太糊塗！東府也太不成體統！"

　　正在賈政焦急異常的時候，北靜王府長史來了。他一見賈政就道喜。原來是兩位王爺在皇上面前為賈政説了許多開脱的話，皇上不忍心加罪，仍然讓他在工部員外郎的官位上供職。所查封的家產，只把屬於賈赦家的沒收；借券，除了違反禁令、牟取高利的，其餘的全部發還。賈璉革去職務，免罪釋放。

　　賈璉被釋放，自是大幸，但想到父親賈赦還監禁着，鳳姐又危在旦夕，自己和鳳姐多少年苦心經營積聚下的不止五七萬金的資財，一朝散盡，又是心疼又是悲痛。賈政含着淚進來查問重利盤剝究竟是怎麼回事，賈璉這才把府上這些年入不敷出、一片混亂的窘迫境況説了出來。賈政也不便再去多責備他，就讓他去打探他父親和珍大哥的事。

　　賈璉一打聽，父親和兄長的事大為不妙，又沒有辦法，只好悻悻地回到家中。他見鳳姐奄奄一息，滿肚子的怨言一時間説也沒處説。平兒守在鳳姐身邊，哭着説：

叩謝王爺　黃全昌　畫

"東西去了也不會再來了。可奶奶這樣，總得請個大夫來瞧瞧才好啊！"賈璉啐了一口："呸！我自己的性命還保不了，管她呢！"鳳姐心裏明白，全府上下都在抱怨自己。她平生好強，活到這個份上，巴不得馬上就去死。想到這兒，她眼淚直流。平兒怕她想不開，自尋短見，只好通宵守着，寸步不離。

再說賈政這些日子真是度日如年：一會兒老太太受驚嚇，他要去安慰，一會兒又要擔心家裏的開支。一問賈璉，才知道這些年早就鬧了虧空，親戚家能借的都借了，眼下只能靠典賣房屋田畝艱難度日，還要支撐賈赦、賈珍、賈蓉三人在牢裏的費用，真正到了"寅吃卯糧"的地步。那些狡猾的家奴看到主人家一副敗相，也趁火打劫，私自挪用租稅。如今賈府簡直連空架子都維持不下去了。賈政從不當家理事，現在想想只有遣散閒人、省儉開支一個辦法了。他讓總管賴大拿來賈府的花名冊，點了點，居然還有三十多家，二百十二人，一時也不知從哪裏下手是好。他打定主意，等賈赦案情有了結果再說。

過了些日子，終於由北靜王傳出皇上旨意：賈赦包攬詞訟查無實據；強搶石呆子的古扇一案屬實，但扇子畢竟是玩物，而且石呆子自殺，確實是瘋傻引起的，所以從寬發落，到邊疆台站充軍效力贖罪。賈珍的案子，經過核查，尤二姐和張華是貧困自願退婚，不算強佔民女；尤三姐因為羞忿自殺，並非逼死。但無視法紀，私埋人命，本來要重重治罪，考慮到賈珍是功臣後裔，也從寬處理，革掉官職，派往海疆效力贖罪。賈蓉年幼，和這些事沒有干係，無罪釋放。賈政外任多年，居官勤勉謹慎，免去他治家不正之罪。

賈政叩謝了王爺，急忙趕回來，把事情結果原原本本說了一遍，賈母總算放下心來，但想想革掉兩個世襲的官職，賈赦、賈珍又分別被發配，又不免傷心起來。

太君壽終

賈母這些年因為人老了，很少過問家事，東府查抄以後，她也發現這賈府現在真是今不如昔，入不敷出了。那天，她叫來賈政，問他府上的景況。賈政本來就為難：說吧，怕老太太着急；不說，自己又支撐不下去。既然老太太問了，他就一五一十把查抄後自己知道的拮據景況都說了出來，賈母聽了直淌眼淚。正憂慮的時候，賈赦、賈珍、賈蓉一齊進來給她老人家請安。賈母強忍悲傷，含着淚，勸慰他們一番，然後讓他們回去和自己的媳婦們去說說話兒。

賈母八十多歲的人了，危急時候仍顯出一派大家風范。她叫邢、王二位夫人隨同鴛鴦等幾個丫頭到自己房間裏，開箱倒柜，把自己從做媳婦到現在積攢下來的東西全都拿了出來，然後當場交待：賈赦三千兩，二千兩做盤纏，一千兩留給大太太零用。賈珍三千兩，帶一千兩去，留二千兩給他媳婦收着。大家房子還住一起，飯菜分開，自管自吃。

鳳姐操了一輩子心，如今弄得精光，也給她三千兩，不過要她自己收着，不許賈璉亂花。只是鳳姐還病得神昏氣短，就讓平兒拿去。當年老祖父留下的衣服，還有賈母自己少年時穿戴過的衣服首飾，也讓他們

賈母散財 彭玉林 畫

分了去。另外拿出五百兩銀子，要賈璉明年把林姑娘的棺材送到南方去。還有些金子，讓賈政變賣了去還賬。最後剩下的金銀細軟，大約還值幾千兩銀子，都給寶玉。

　　分派停當，老太太雙手一攤：「我的事情就完了。」年過八旬的老太太這樣明斷，膝下這班沒用的兒孫真正無地自容了。一時間，賈政他們都跪在地上哭着自責不孝，賈母趕緊勸住，讓他們把家人清理一下，各家有人就行了。田畝交給賈璉去處理，該賣的賣，該留的留，再不要擺架子。賈政一一答應。他想，老太太實在真正是理家的人！都是我們這些不長進的把家財敗壞了。

　　見老太太已經勞乏了，賈政求她歇歇，養養神。賈母意猶未盡，關照大家，自己死了以後，還有剩餘就都給身邊服侍的丫頭。

大家聽了，更加傷感，紛紛表示，要託老太太的福，兢兢業業治家，奉養老太太到一百歲。倒是老太太頭腦清醒，說：「你們不要以為我是那種享得富貴受不得貧窮的人哪！不過也就這幾年功夫，看着你們轟轟烈烈，我樂得都不管，說說笑笑，養養身體算了。其實外頭好看，裏頭空虛，我早就知道了。誰知道家運一敗，會敗成這副模樣！現在也正好借此收斂，守住這門頭兒。不然，叫人笑話。」

臨終傳玉　彭玉林 畫

老太太長篇大論，正說到興頭上，有人前來報信，說是鳳姐不好了。賈母一邊嘴裏説"這些冤家竟要磨死我了"，一邊站起身來，要親自去看望，大家勸也勸不住。

看見賈母進來，鳳姐滿心慚愧。她原先以為自己放高利貸，攢私房錢，闖了大禍，賈母一定不疼自己了；不料賈母還親自來看望，不由得眼淚一下子流了出來。她勉強倚着枕頭，拚命責備自己："老太太、太太這樣把我當人，叫我幫着料理家務，結果被我鬧得七顛八倒，我還有什麼臉見老太太、太太呢？如果我的病託老太太的福好了，我情願自己當個幹粗活的丫頭，盡心竭力地服侍老太太、太太。"賈母見她説得傷心，不免掉下淚來，叮囑平兒好生服侍鳳姐，又勸慰了一番，才回自己的屋裏去了。

過了幾天，史湘雲到賈府來。湘雲為人豪爽，最是讓賈母心疼，少不了為她設宴；她也少不了説些有趣的事兒，讓賈母開開心。賈母經過了查抄的風波，擔驚受怕，又為兒孫的將來擔着重重心思，那些日子根本就沒有好好歇過，這兩天宴請湘雲，多吃了一些，就有些不受用；加上湘雲來了，心裏高興，大悲大喜，畢竟八十多歲的人了，經受不起，一下子病倒了。

賈母開始還不讓鴛鴦去告訴賈政，總以為自己這幾天嘴饞，多吃了點，餓一頓也就沒事了。誰知兩天沒有進食，胸口還是脹得發悶，頭暈目眩，沒完沒了地咳嗽。請大夫開了藥方，吃了三天，沒見一點好轉，反倒一天比一天重了。

這天賈母略略吃了點東西，王夫人也稍稍寬心。忽然，迎春身邊的老婆子探頭探腦地來報信，説是迎春昨天痰堵住了，病得厲害。她們在門外説話，偏偏賈母都聽見了。她傷心地對王夫人説，膝下三個孫女，一個享盡清福死了；三丫頭遠嫁他鄉，見不着面；指望迎丫頭熬出來，誰料到年紀輕輕的，倒要死了。自己這麼大年紀還活着，有什麼意思！正說着，迎春的死耗傳了過來。可憐如花似月的一位少女，結婚一年多，就被摧殘致死了。

賈母病中只是惦記着幾個孫女兒，突然想起要見湘雲。沒想到她丈夫得了暴病，過不來。等鴛鴦奉命打探了消息，回到賈母牀前，只看見賈母神色大變。一屋子的人喊喊喳喳："看來是不好了。"賈政悄悄把賈璉叫到身邊，耳語了一番，讓他關照家人料理後事。賈璉立刻召齊家人佈置。賴大問起辦喪事的銀兩，賈璉胸有成竹地告訴他們："老太太自己早留下了。"然後又到自家屋裏，叫起鳳姐，早作準備。

賈母喝了口水，精神又好了一點。她支撐着坐起來，望着滿屋子的人說："我到你們家已經六十多年了，從年輕到老，福也享盡了。從你們老爺起，兒子孫子也都算是好的了。就是寶玉這孩子，我疼了他一場——"說到這裏，賈母用眼睛從人羣中瞅過去，四下尋找。王夫人趕忙把寶玉推到牀前。

賈母從被窩裏伸出手來拉着寶玉說："我的兒，你要爭氣才好！"寶玉嘴裏應着，心裏一酸，那眼淚就要流下來，又不敢哭，只好一動不動地站着。賈母把一塊祖傳的漢玉給了寶玉，隨後一個一個地叫着身邊的幾個晚輩，最後叫到鳳姐。賈母吃力地看了她一眼，關照說："我的兒，你是太聰明了，將來修修福吧！"說完，又想起史湘雲來："最可惡的是史丫頭，沒良心，怎麼總不來瞧我！"她又瞧了一眼寶釵，那目光裏有期望、惋惜、憐愛——什麼都有。她歎了口氣，臉上漾出一片紅光。賈政知道，這是生命終極前的回光返照，連忙端上參湯。賈母已經牙關閉緊，合了一會眼，又睜開，滿屋子瞧了瞧。王夫人、寶釵趕緊走上前去，輕輕扶着，邢夫人和鳳姐替她穿上衣服，就聽見賈母喉嚨裏一陣輕輕的響動，臉上浮出一派安詳的笑容，兩眼一閉，竟去了。享年八十三歲。

立時三刻，榮國府裏裏外外，一齊舉哀。從大門到內宅，扇扇門都打開，糊上一色的淨白紙，大門口搭起了牌樓和孝棚。家人們忙着到各家去報喪。

賈府是名門望族，老太太高齡去世，這喪事辦得體面最是要緊，自然就交給了鳳姐主理。誰能料得到，偌大的一個賈府，這時卻是連這件大喪事也辦不下來了。來了一大羣客人，供了飯沒有菜，上了菜又沒了飯。那些下人，因為發不出錢，沒個人肯賣大力

太君壽終　彭玉林　畫

氣，叫了這個走了那個。鳳姐求爹爹告娘娘，懇求大娘嬸子們可憐可憐自己，大家嘴上勉強答應，事後還是我行我素。這喪事，別說鴛鴦看着不像樣，就連她自個兒心裏也過不去。上上下下都埋怨她，她一肚皮的委屈，又氣又累，再也撑不下去，竟昏厥了過去。等她醒來，只覺得嗓子裏一甜，氣直衝上來，血一口一口地吐個沒完。

　　出殯的前一天，鴛鴦思前想後，思緒萬千。她想想賈母對自己的關愛，想想賈赦一次次地威逼利誘，要佔有自己，真不知道賈母一死，將來怎麼過下去，等着自己的又是什麼。想到這兒，她悲慟萬分，當場哭暈了過去。大家扶住她，在她背上搥了好一陣子，她才蘇醒過來，聲音嘶啞地說了一句："老太太疼了我一場，我要跟了

鴛鴦殉主　戴敦邦　畫

去。"這原是人在悲哭時都會説的話，大家聽了也沒在意。鴛鴦哭哭啼啼地回到屋裏，想想將來自己當丫頭，是留在賈府還是嫁出去配小子都沒個底。與其這樣受折磨，倒真不如死了乾淨。

再説靈堂裏忙了一陣子，邢、王二夫人要兩個丫頭去問鴛鴦，明天怎樣坐車。兩個丫頭在賈母房間裏找了一遍，沒人；她們又找到套間，跨進虛掩着的房門。房裏半明半暗，影影綽綽。一個丫頭差點被一隻矮凳子絆倒，她往上一看，嚇得"哎喲"一聲叫了出來，身子往後一仰，栽在另一個丫頭身上：鴛鴦早已上吊死了。

賈政知道了感歎不已，立即命令賈璉連夜買棺材收斂鴛鴦的屍體，明天跟在老太太的棺材後面一起出殯，成全了她的心志。王夫人命令下人賞了鴛鴦的嫂子一百兩銀子，她嫂子歡喜地接過銀子。旁邊一個老婆子冷冷地説了一句："你把一個活姑娘賣了一百兩銀子就這麼歡喜了，那時候要是給了賈大老爺，你還不知道能得多少銀錢呢！你該更得意了。"説得她嫂子臉上頓時紅一陣白一陣的。

第二天一早，賈政領頭，披麻戴孝，送葬的隊伍伴着靈柩，浩浩蕩蕩地出殯上路了。

妙玉遭劫

　　大觀園內有所櫳翠庵。庵裏香霧繚繞，靜謐素淨，住着一位道姑，名叫妙玉。妙玉長得十分清秀，性情卻有些怪僻。她祖上原來也是讀書仕宦的人家，只因為自幼體弱多病，家裏擔心養不活她，在她很小的時候就把她送進了尼姑庵，帶髮修行。她在庵裏長大，養成了喜歡清靜的習慣，平時很少跟俗人往來，只和幾個道婆相伴，靜心在庵裏修行。

　　賈母在世時，有一天，帶着劉姥姥到櫳翠庵來品茶，寶玉、黛玉和寶釵幾個人也都陪着。他們都久聞在櫳翠庵裏品茶別具風味，所以特意來試試。一進庵裏，就看見周圍花木茂盛，綠樹成蔭。好一個清靜之地，真和俗人的居處大不一樣。妙玉笑着迎出來，賈母說："快把你的好茶拿來我們嘗嘗。"

　　在妙玉這裏喝茶和平常的喝茶可不是一回事：什麼人喝什麼茶，泡什麼水，用什麼樣的蓋碗，她都有講究。等賈母她們坐定後，妙玉親自捧來一個精製的小茶盤。茶盤上用漆畫着幾朵海棠花，當中嵌着四個金字："雲龍獻壽"。小茶盤裏放着一隻五彩小蓋盅，是名貴的明代瓷器。賈母笑着接過茶盅，妙玉告訴賈母這茶叫"老君眉"。賈母問是什麼水，妙玉回答："是陳年的雨水。"賈母揭開蓋子，喝了半盞。其餘的人喝茶，都用一色的白蓋碗。

　　妙玉把寶釵和黛玉領到另外一間屋子裏，寶玉悄悄地跟了她們來。妙玉又另沏了一壺茶。他們在一邊好奇地看着妙玉的一舉一動。妙玉拿出兩隻稀奇古怪的小茶杯來，一看就知道都是珍貴的古董。妙玉把這兩隻茶杯分別給了寶釵和黛玉，又拿出一隻玲瓏剔透的綠玉斗杯子遞給寶玉。斟好茶後，妙玉説："一杯為品味，二杯為解渴，三杯為驢飲。"説得大家都笑了起來。寶玉喝了一口，細細品着，覺得這茶果然不同一般，滿口清香，純淨無比，於是，連聲説好。黛玉

妙玉奉茶　華三川　畫

問："這也是陳年的雨水？"妙玉搖搖頭説："這是五年前我從梅花瓣上收下來的雪，統共才收了一瓮，一直捨不得吃，埋在地底下，今年夏天才拿出來的。你怎麼嘗不出來？陳年的雨水哪有這樣清香甘醇？"寶釵知道她天性怪僻，不好多話，吃過茶就約黛玉走出來。寶玉又和妙玉稍微説了一會兒話，就隨賈母回去。妙玉也不很挽留，送他們出了山門。

一天晚上，妙玉掩了庵門，點上香，在自己的禪牀上凝神屏息地坐定。坐到三更以後，只聽房頂"骨磥磥"一片響聲。她心裏一驚，就下了禪牀，走出前軒。屋外月光如水，雲影橫空。她憑欄站了一會兒，仍回房裏繼續打坐。誰知神不守舍，一時產生幻覺，覺得禪牀晃蕩起來，又仿佛有盜賊要劫她，嚇得哭着大喊救命。等清醒過來，才知道是一時迷幻。可是幻覺中的事卻久久困擾着她。

賈府裏的姑娘們大多覺得妙玉清高、古怪，不容易親近，只有四姑娘惜春和她性情相投，兩人常在一起下棋、説話。這一天，惜春正悶悶的，覺得寂寞，就聽丫頭進來通報："妙師父來了。"説話間，只見妙玉頭戴妙常冠，身上穿一件月白素綢小襖，外罩一件青緞鑲邊長背心，拴着秋香色的絲絛，腰下繫一條淡墨畫的白綾裙，手執念珠，身後跟着一個侍兒，飄飄曳曳地走來。惜春喜出望外，對妙玉説："今兒陪我一宵，咱們下棋説話兒，如何？"妙玉平素最喜歡下棋，就高興地答應了，隨即讓侍兒回櫳翠庵去把衣服、被褥等常用的東西拿來。等妙玉坐定後，惜春讓丫頭彩屏去把家裏存着的陳年雨水拿來，預備最好的茶葉，親自烹煮。兩人言談投機，聊着聊着，不覺半天過去。

夜幕降臨了，惜春擺好棋盤，和妙玉兩人在燈下相對而坐，開始對弈。惜春連輸兩盤，後來妙玉讓了她四個子兒，她才贏了半子。幾個來回下來，已是深夜，窗外漆黑一團，四周靜謐無聲。等四更鼓敲過以後，妙玉站起身說：「我每天五更時就得打坐，你先去歇息吧。」惜春這時棋興正濃，無奈妙玉堅持要打坐養神，就只好由她。她剛要去睡，猛聽得不遠處傳來守夜人的喊聲：「不好了！賊來了！」惜春一聽，頓時嚇得臉色蒼白，一時不知所措。妙玉趕忙起身把房門關上，又把燈光遮得暗一些。

原來賈母去世以後，賈府裏的一些不爭氣的子弟伙同下人，經常和外面一些不三不四的人裏外勾結，到府裏偷東西。加上賈府人手不夠，防范疏漏，時常有強盜和小偷來光顧。

這一天夜晚，一伙賊摸進了惜春的院子。他們隔着窗戶往屋裏一瞧，看見昏暗的燈光底下坐着兩個美人：一個姑娘，一個尼姑。他們看那尼姑秀色可餐，頓時起了淫心，正想踹門闖進去，就聽身後有人大聲叫嚷。原來是賈府裏看門守夜的人拿着棍棒追來了。這伙賊只好戀戀不捨地放棄了眼看就要到手的美色，落荒而

惜妙對弈　韓碩　畫

307

逃。一路上，覺得還不死心，打聽到那尼姑平常住在櫳翠庵，就決定第二天再到櫳翠庵去碰碰運氣。

又是一個月黑風高的夜晚，櫳翠庵四周靜悄悄的。黑暗中，一個賊躡手躡腳地翻過高牆，摸進了庵裏。他把事先準備好麻醉人的悶香拿出來點燃，一股異香立刻彌漫了整個庵堂。妙玉正獨自一人

妙玉打坐　陳安民　畫

伴着一盏孤燈，在蒲團上打坐。也許是上一夜賈府鬧賊受了驚嚇，這會兒她怎麼也靜不下心來，只覺心驚肉跳，那蒲團再也坐不穩。她平時打坐從不需要旁人相伴，可是今兒卻不知怎麼越來越害怕，身上不禁打起顫來。正在這時，就聽窗戶外面有點響動。妙玉剛想叫人，只覺一股異香直透囟門，頓時手腳麻木，不能動彈，心裏着急，嘴裏卻説不出話來。那賊拿着明晃晃的刀闖了進來，妙玉看得清楚，卻喊不出也動不得，只好任憑那賊隨意擺佈。那賊見妙玉被悶香熏得無力反抗，心中暗喜，就把刀插在背後，騰出手來，將妙玉輕輕地抱起，背在身上。他來到園後的高牆邊，順着搭好的軟梯，爬上牆，跳出去了。牆外早有同伙準備好車輛等着接應，那賊將妙玉放到車上，一伙人趕着車，打着官府的燈籠，蒙混出了城門。

　　櫳翠庵裏還有一個跟隨妙玉修道的女尼，就睡在妙玉打坐的靜室後面。晚上朦朧間她似乎聽到前面靜室裏有響動，想起來看看，卻被香熏得身子發軟，話都説不出來，只好瞪着兩眼聽着，直到天亮。清早，她披衣起來，叫道婆為妙玉預備茶水，自己往前面來看妙玉。誰知靜室的門窗大開，卻不見妙玉的蹤影。她心裏覺得很詫異，就到外面去找。走出院門一看，只見一架軟梯靠在高牆邊上，地上還有一把刀鞘。她大吃一驚，嚷道："不好了，昨晚是賊燒了悶香了！"於是，急忙叫庵裏的人起來查看。那些道婆侍女們都被悶香熏得迷迷糊糊地躺在那兒。那個女尼嚷道："你們還做夢呢，師父都不知哪裏去了！"大家一時慌亂起來，滿園子找了個遍，還是沒找到，想想妙玉也許又到四姑娘惜春那兒去了，就去問惜春的丫頭彩屏。

彩屏一聽妙玉不見了，先嚇了一跳，說：「妙師父昨兒一早回去了，再沒來過。」惜春在屋裏聽見了，趕緊跑出來問到底怎麼回事。道婆就將昨晚聽見響聲以及被賊用香熏的事都說了，猜想準是前一天晚上那伙賊把妙玉劫走的。

道婆走後，惜春心裏很難過。她想起姐妹們嫁的嫁，死的死，如今唯一的知己妙玉又被強盜搶了去，今後的日子會更寂寞更苦楚。她一向很羨慕妙玉，覺得姐妹中只有她像閒雲野鶴，無拘無束。她越想越傷心，一狠心，拿出剪刀來，就要把自己的頭髮剪去。彩屏連忙過來勸阻，怎奈那一頭青絲已被剪去了一半。彩屏苦苦相勸，惜春才住了手。她把剩下的那一半青絲重又挽起，但心裏卻暗暗地下定了出家的決心。自妙玉被劫以後，惜春一直在為妙玉的命運擔心。她想：像妙玉那樣素來孤潔的女孩，豈肯讓強盜糟蹋？她一定會寧死不從的。這樣想來，一定是凶多吉少的了。

妙玉遭劫　陳安民　畫

310

鳳姐歸天

第四十五章

　　賈母病重、去世的那陣子，鳳姐自己也已病得不輕，只是老太太的喪事沒人主持，最後還是落到了她的頭上。她裏裏外外獨自支撐，終於因手頭銀兩缺少，沒法把喪事辦得體面風光，落得個裏外不是人。她又累又氣又急，徹底病倒了，血吐個沒完。不久前，管家周瑞、鮑二又伙同外面的盜賊，裏應外合，把賈府稍稍值錢的東西偷了個一乾二淨。鳳姐心裏清楚，榮國府今天這副破敗的景況，有許多是她一手鼓搗出來的。以她這樣出人頭地的精明強幹，怎麼能咽下這口氣？她思前想後，又是焦急又是羞愧，病情竟一天比一天地嚴重了。她一會兒神志恍惚，看見以前被她逼死的尤二姐等人前來索命，一會兒滿嘴胡語，大呼小叫。鳳姐是個極好強要面子的人，心裏害怕，嘴上還不肯説出來。平兒看在眼裏，急在心裏，知道鳳姐這模樣是好不了了。再説賈璉與鳳姐，名為夫妻，其實是相互利用，本來就沒什麼恩愛；如今全府上下的事就他一人打點，對鳳姐的病就更像沒事似的，回來也沒有一句貼心的話。人活到這份上，鳳姐只想着早一天死掉算了。

　　這天她神志迷糊，又做了惡夢，醒來讓平兒給她捶腿。一個小

鳳姐託孤　陳安民　畫

丫頭進來報告，說是劉姥姥來了。平兒心想，鳳姐生病，一定懶得見人，就吩咐小丫頭讓姥姥等着。誰知鳳姐聽見了，就把平兒招到面前，細聲慢氣地關照說：「人家好心來看我們，不要冷淡了人家。你去請劉姥姥進來，我和她說說話兒。」

劉姥姥一進房門就問：「我們姑奶奶在哪裏？」平兒把她帶到牀頭，鳳姐不由得一陣傷心，百感交集地問：「姥姥，你好？怎麼這時候才來？你瞧你外孫女也長得這麼大了！」劉姥姥看着鳳姐形容枯槁，骨瘦如柴，想到當年第一次進大觀園時鳳姐光彩照人的儀態，心裏也悲傷了起來。她神色淒涼，失聲驚叫起來：「我的奶奶！你怎麼就病成這樣了呢？我糊塗得要死，怎麼不早來給你請個安呢！」說着就推着外孫女青兒上來請安。

鳳姐掙扎着把趙姨娘暴死的消息告訴了劉姥姥。姥姥大吃一驚：「阿彌陀佛！好端端一個人，怎麼就死了呢？我記得她還有一個小哥兒吶！」平兒插嘴說：「那怕什麼！還有老爺、太太呢。」劉姥姥不以為然地看了她一眼說：「姑娘，你哪裏知道！隔了肚皮是不中用的！」一句話勾起了鳳姐沒有兒子的隱痛和憂傷，竟嗚嗚咽咽地哭起來了。大家連忙上前解勸。巧姐看見母親哭，拉着母親的手，也慟哭起來。鳳姐一面哭，一面握着巧姐的手說：「你見過姥姥了沒有？你的名字還是她起的呢，就和乾媽一樣。你給老人家請個安！」巧姐一步上來，劉姥姥連忙拉着她說：「阿彌陀佛！不要折殺我了！巧姑娘，我一年多不來，你還認得我麼？」巧姐兒反問姥姥：「怎麼不認得？那年你來，我還向你要過蟈蟈呢！你也沒有給我，一定是忘了。」劉姥姥拍拍雙腿，笑着解釋說：「好姑娘，我是老糊塗了。要說蟈蟈，我們屯裏多着呢，要是你去了，要一車也容易！"鳳姐趁勢就對姥姥說："要不你就帶她去吧！"姥姥笑了笑說："姑娘這樣的金枝玉葉，綾羅綢緞裏大，山珍海味喂大，到了我們那裏，我拿什麼哄她玩，拿什麼給她吃呢？這倒不是坑殺我了麼？"笑了會兒，姥姥突然靈機一動，說是要給巧姐兒做個媒。原來，姥姥鄉下也有一個大戶大家，幾千頃地，幾百頭牲口，雖然不像從前的賈府金玉滿堂，但在莊稼人眼裏，也算得上是天上人家了。鳳姐略略想了想說："你去說說看，我願意就給。"姥姥覺得還是不般配：大官大府的人家，賈府還看不上眼，怎會給莊稼人？況且就是鳳姐肯了，上頭王夫人她們也不會答應的。於是她話鋒一轉："這都是玩話罷了。"巧姐聽母親和姥姥說的是自己的終身大事，雖不太懂，卻臊紅了臉，和青兒躲到一邊說話去了。兩個小姑娘倒很合得來，不一會兒就熟了。

　　這裏平兒恐怕劉姥姥話多攪煩了鳳姐，想拉姥姥去見太太，好讓鳳姐養養神。鳳姐這些日子病在牀上，沒個說新鮮事兒的伴，正憋得慌，就不讓姥姥走，要她說說近來日子是怎麼過的。

　　劉姥姥見鳳姐有興致，就一五一十地說開了：原來這些年，他們挣了好幾畝地，又打了一眼井，種些瓜果菜蔬，一年賣了不少錢，加上鳳姐有時接濟一些，日子也蠻過得去了。前些日子她聽人說賈府遭了強盜搶劫，差點沒嚇死；後來又聽說賈政老爺升了官，想來道喜，正好滿地的莊稼豐收，要收拾，沒來成。前幾天聽說老太太去世了，她正在地裏打豆子，嚇得當時連豆子都沒力氣拿了，在地裏狠狠哭了一場。她對女婿說，不管是真是假，都得進城去看個明白。今兒天沒亮，她就摸黑進城來了。從後門闖進來，一看門神上都糊了守喪的白紙，她知道真是有人死了。本來還想找周瑞家的領進來，誰知周瑞家的已被攆出去了，她等了好半天才有熟人領進來，沒想到鳳姐也病成了這副模樣。說着說着，姥姥眼淚又落了下來。

平兒一見着了急，使勁把劉姥姥往外拖：「您老人家說了半天，口也乾了，咱們喝茶去吧。」姥姥知道平兒的心思，就跟她朝外走，嘴裏還不住地念佛：「阿彌陀佛！倒是奶奶的病怎麼是好呢？」平兒聽她話中有音，又追問了一句：「你瞧妨礙不妨礙？」劉姥姥猶豫了一下：「說出來罪過：我瞧着不好。」

正說着，鳳姐叫平兒，平兒連忙來到鳳姐牀前，鳳姐又不說話了。賈璉把平兒叫到裏間，為錢的事和她爭了幾句。忽然小丫頭衝進來找平兒：「平姐姐快去！奶奶不好呢！」平兒急忙過

鳳姐歸天　陳安民　畫

去，只見鳳姐一雙瘦如枯柴的手在空中亂抓。平兒一把攥住她的手，哭着叫着。賈璉走過來，看着鳳姐這副嚇人的樣子，雙腳一跺：「真是要我的命了！」說着，淚珠掉了下來。一時間，巧姐趕來了，王夫人趕來了，劉姥姥也趕來了。劉姥姥走到鳳姐牀前，嘴裏不斷地念着佛。鳳姐鬧了好一陣子，才慢慢安靜下來，神志也清楚了些。

　　見劉姥姥在身邊，鳳姐把滿屋的人一一支開，對劉姥姥說，自己心神不寧，閉上眼睛就看見滿屋子的鬼影在晃動。說着，她從手腕上退下一隻金鐲子，求姥姥用它去買點香油燈燭，在靈驗的菩薩面前禱告禱告。姥姥見她神色凄然，再三推辭說，鄉下求神許願用不了那麼多錢。鳳姐被姥姥的一片好心感動，想想自己一生造孽，看樣子也活不了多久，頓時淚流滿面。她留下手鐲，哀求姥姥說：「我的命交給你了。我的巧姐兒也是千災百病的，也交給你了！」劉姥姥滿口答應下來。臨走時，她要鳳姐多多保重，自己趁天色還早，趕着出城回鄉下去了。

　　當天晚上，鳳姐還算安寧，但從三更天起到四更時候，她的病情突然惡化，滿嘴的胡話，一直沒有住嘴，誰都聽不懂。她只是哭哭喊喊，終於在病痛的折磨中咽了氣。全家人都趕來，圍在鳳姐的牀邊大哭起來。賈璉想起鳳姐平日的好處，又看見巧姐哭得死去活來，越發傷心地慟哭起來。

　　賈璉本來就是個養尊處優的人，哪裏會料理家事？鳳姐一死，他更加手足無措了。哭到天亮，他只好打發家人去請他的大舅子王仁過來料理喪事。王仁本來以為妹妹這兒家大業大，可以借辦喪事分到一點妹妹留下的財物，等到賈府一看，喪事一切將就，心裏老大地不舒服，指着賈璉就責備説：「我妹妹在你家辛辛苦苦當了好幾年家，你們家應該認真地發送才是，怎麼這時候各種事情還沒齊備？」他見賈璉不理，又去纏住巧姐。巧姐倒是個明白事理的孩子，輕聲辯解説：「我父親也巴不得好看，只是現在不比從前了，手裏沒錢，只有省些。」王仁看巧姐也説不動，就惡狠狠地説她是要留着自己做嫁妝，氣得巧姐捂着臉嗚嗚地哭了起來。王仁賭氣坐着，大聲訓斥：「我並不要什麼，好看些，也是你們的臉面！」巧姐嘴裏不説，心裏在想，媽媽在世時，舅舅不知拿了多少東西，現在倒説得這麼乾淨輕巧！於是就打心裏看輕這位舅舅。誰知王仁卻另有所想：雖説是抄了家，妹妹這些年積攢下的銀子總還剩不少吧！一定是怕自己纏住他們要錢，所以這孩子也相幫一起瞞着自己。從此，王仁心裏也開始嫌棄巧姐兒了。

倒是平兒有義氣，知道賈璉沒錢使，心裏着急，就勸他別太傷了身體；同時將自己平日的積蓄全部拿了出來，交給賈璉去辦喪事。

十多天後，鳳姐出殯，哪有什麼風光體面的排場！誰能想到，當年大權獨攬、機關算盡的鳳姐，最後會是這樣蕭索冷寂的下場！

惜春為尼

一座繁華的大觀園，從檢抄那天起，就盛極而衰，一天天敗落。不幸的事接二連三，尤其是自家三個姐姐的婚姻悲劇，惜春更是一件件一椿椿，看在眼裏，記在心頭。

大姐元春賢孝，有才德，被送進宮中作女史，後來晉封為鳳藻宮尚書，又加封賢德妃。身為貴妃何等榮華富貴，可是她回家省親時卻是無限淒涼、莫名怨苦，面對父母親人，只是嗚咽垂淚，哀歎宮中是不得見人的去處。因為起居勞乏，她終於病倒，不出兩天，就一命歸天，只活了四十三歲。

二姐迎春溫柔沉默，明哲保身，從不招惹是非，卻被父親賈赦許給了在京城世襲指揮職務的孫紹祖。這人年紀不滿三十，長得相貌魁梧，體格健壯，而且弓馬嫻熟，又擅長官場一套應酬。賈赦看他家境富裕，又沒娶妻，而且是世交的後代，算得上門當戶對，就不顧賈政兩次勸阻，選他做了女婿。誰知這孫紹祖小人得志，就猖狂起來，百般虐待、摧殘迎春。迎春只好背地裏一個人偷偷地抹眼淚。那回她回娘家，就哭哭啼啼地向王夫人傾訴心中的委屈。原來孫紹祖好色、嗜賭、酗酒，竟然還姦淫了家裏所有的媳婦、丫頭，完全和禽獸一樣。迎春稍稍勸説他兩次，

惜春削髮　楊德樹 畫

就遭他破口大罵，説是賈赦用了他五千兩銀子，還不出，把迎春折價賣給他的；還揚言要打她一頓，攆到下房裏去睡。迎春在孫家真是度日如年，受盡煎熬。王夫人和各位姐妹聽了，一個個眼淚汪汪。王夫人只能用好話來安慰、勸解她："年輕的夫妻鬥牙鬥齒，也是常事。既然遇到了不明事理的人，還想怎麼樣呢？我的兒啊，這也是你的命。"迎春想想，自己從小沒了娘，幸而跟了嬸娘王夫人，剛過了幾年好日子，偏又嫁了這麼個人，真正命苦！結婚一年多，她備受折磨，挨打挨罵甚至挨餓，連三等丫頭也不如。可憐如花似月的她，終於因生病不得治療，早早離開了人世！

三姐探春才志不凡，精明幹練，被父親賈政作主，遠嫁他鄉。

原來賈政外任江西糧道時，接到鎮海總制周瓊為兒子求婚的書信。他心想，周瓊和自己是同鄉，又素來相好，那孩子他見過，人品也好，論門戶，論人品都和探春般配。他立刻寫好書信一封，讓人快馬送到賈母那裏，徵詢意見。賈母實在有點兒擔心，說：“好是好，可是路實在太遠。將來老爺調任，我們的孩子不是太孤單了嗎？”倒是王夫人通脫，勸老太太說：“孩子們大了，少不得總要給人家的。做官的，誰保得住總在一個地方？只要孩子們有造化就好。迎姑娘倒配得近，偏偏老遭丈夫打，甚至不給飯吃。”賈母聽聽也有道理，答應了這門親事，讓鳳姐去辦理探春的嫁妝。這樣就定了探春的終身。整個大觀園，聽說探春要遠嫁，心裏都很依戀。只有她的親娘趙姨娘一個人暗暗高興，心想，這丫頭在家太瞧不起我，哪裏把我當作娘？真巴望探春將來像迎春一樣受委屈、吃苦頭才稱心。她還幸災樂禍地到探春那兒冷嘲熱諷了一番：“姑娘，你是要高飛的人了。我養了你一場，沒借你的光兒。就是我有七分不好，也有三分的好，也別一去了就把我扔到腦勺子後頭。”探春聽她說得毫無道理，又好笑又生氣又傷心，只管自己低頭做活。沒過幾天，她就登上轎子，離開賈府，一路舟船車馬，來到賈政的任所。賈政選了個吉利的好日子，親自送她到海疆去成婚。雖說她婚後日子過得還算好，可是畢竟天各一方，音訊全無。一個當初治理大觀園的女中丈夫，在自己的婚姻面前竟失去了昔日的精明強幹，而任憑命運擺佈！

　　賈府查抄，賈母壽終，鳳姐去世，大觀園風雲迭起，變故不斷，露出了下世的淒涼光景。放眼望去，花木枯槁，牆瓦殘斷，亭館樓閣中早已沒了當年笙管歌舞的繁華。此情此景，惜春真不堪回

首了。惜春在賈府四個姑娘中，原本是年齡最小的，大家都寵着她。碰到事情，她膽子也最小，什麼主意都沒有。那回檢抄大觀

惜春為尼　戴敦邦　畫

園，鳳姐她們在她的丫頭入畫那兒搜出了一包銀子什麼的，她就嚇得面無人色，只是結結巴巴地把入畫推給她們去處理。經過這些年大大小小的風波，惜春由一個妙齡少女慢慢成熟，也漸漸看透了賈府溫柔背後的殘忍，年紀不大，卻已心灰意冷，常常有一種巨大的悲涼襲上心頭。她時常悶悶不樂地一個人想心事：父母早亡，嫂子又嫌棄自己；老太太從小就疼自己，如今卻已仙逝；姐妹中，迎春嫁了惡人，被活活折磨死了，史姐姐守着病人，三姐姐遠嫁邊疆。這真是死的死，走的走。剩下自己孤苦伶仃，如何結局？還不如妙玉閒雲野鶴，無拘無束。轉而想想自己是世家之女，怎麼才能隨心所欲呢？鳳姐去世後，賈府竟剩下她來支撐殘局，又不斷地出事，還有什麼臉面？看看眼前的一切，再想想將來的事情，真還是凶多吉少，倒不如現在就向太太們表明自己的心跡。想到這兒，她就要鉸頭髮，出家當尼姑。等丫頭彩屏聽見動靜，要來勸阻時，惜春已把自己一半頭髮剪了下來。從此，她抱定了出家的念頭。

那天妙玉遭劫以後，地藏庵的尼姑來訪，閒談中，對惜春講了一番看破紅塵，出家修行，脫離苦海的道理，句句都說在惜春的心上。惜春也顧不得丫頭們在邊上，就把在家裏受的委屈一五一十兜了出來，然後指着自己鉸下的頭髮，斬釘截鐵地告訴那尼姑：“你打量我是什麼沒主意、戀火坑的人麼？我早就有心了，只是想不出個道兒來。"那尼姑看她是真心，就乘機激她一激："姑娘別怪我們說錯了話，太太、奶奶們哪裏就依得姑娘的性子呢？那時鬧出個沒意思來倒不好。我們倒是為姑娘着想。"惜春冷冷一笑："這也瞧着罷。"

彩屏見事情不妙，悄悄地去告訴了賈珍的妻子尤氏。尤氏一直和惜春面和心不和，根本不放在心上，反而瞎猜疑："她哪裏是要出家？她為的是大爺不在家，存心和我過不去。也只好由她罷了。"誰知惜春一天連一天，飯也不想吃，只想鉸頭髮。彩屏開始一直勸解，後來知道勸不住，只好告訴邢、王兩位夫人。兩位夫人也勸了幾次，無奈惜春決心已定，一點都聽不進去。看惜春的樣子，如果不依，她就會自盡的。王夫人只好派人白天黑夜地守着她。但畢竟不能一直這樣下去，王夫人就把這事告訴了賈政。賈政又是歎氣又是跺腳，想來想去，只有讓尤氏去勸。誰知尤氏不勸還好，一勸更是火上加油。惜春把話說得明明白白："做了女孩兒，總不能在家待一輩子的。就譬如我死了，放我出了家，乾乾淨淨地一輩子，就是疼我了。況且我又不出門，就在咱們家的櫳翠庵修行。我有什麼，你們也照應得着。你們依我呢，我就算得了命了；如果不依我呢，我也沒辦法，只有死就完了！我如果遂了自己的心願，我會說明並不是你們逼着我的；如果我死了，家裏人未免會說你們容不得我。"尤氏本來就和惜春合不來，一聽這話似乎也有理，只好去稟告王夫人了。

誰知沒過幾天，惜春和尤氏拌嘴，一氣之下，把滿頭烏黑的長髮都鉸了下來；然後趕到邢、王兩位夫人面前，向她們磕頭，請求讓她去當尼姑，如果不容許，就死在她們眼前。邢、王兩位夫人急

323

得沒了主意，趕緊讓大家去勸，無奈惜春決意出家。尤氏見兩位夫人不肯作主，又怕惜春自殺，只好硬着頭皮做主張："這事索性我擔了，説我做嫂嫂的容不下小姑子，逼得她出了家門，就完了！太太們都在這裏，算我的主意吧。"

兩位夫人聽尤氏這麼一説，知道事已到了這個地步，實在難以挽回，當場就答應把惜春以前住的房子當作她出家的靜室。惜春一聽，擦乾眼淚，拜謝了兩位夫人。

王夫人又問所有服侍探春的丫頭，誰願意跟她修行。房間裏一片寂靜，沒人應答。只有寶玉感歎了一聲："真真難得。"過了一會兒，紫鵑從一羣丫頭中間走出來，跪在王夫人面前説："我服侍林姑娘一場，林姑娘待我太太們也是知道的，實在恩重如山，無以報答。她死了，我恨不得跟了她去。如今四姑娘既要修行，我就求太太們將我派了跟着姑娘去，服侍姑娘一輩子。不知太太們准不准？如果准了，就是我的造化了。"

邢、王兩位夫人還沒來得及答話，寶玉眼淚早落了下來。原來他想到了黛玉，不禁一陣心酸。大家剛要勸他，他又開懷大笑起來，説是王夫人把紫鵑派到了他屋裏，所以他請求兩位夫人成全了紫鵑的好心。王夫人心想，橫豎一個人主意定了，就是扭也扭不過來了，當場准了紫鵑。紫鵑給王夫人磕了頭，又給寶玉、寶釵磕頭。惜春也謝了王夫人。

後來，彩屏也指配了人家，只有紫鵑不改初衷，決意終身服侍惜春。

巧姐避禍

第四十七章

　　鳳姐出殯，賈璉裏外張羅，着實是累。本來他打算這些日子好好休息一下，誰料到他父親那兒來了信，說是老人家感冒導致癆病，病情危急，讓他立刻趕過去，遲了，恐怕父子見不上一面。

　　賈母、鳳姐相繼去世，賈府就由王夫人主持家政。賈璉得信後，就稟告王夫人，自己要去看父親，家裏的事讓賈薔、賈芸兩人代替自己管起來。他想到女兒巧姐沒了母親，自己又出去，她人小生性比鳳姐還要剛硬，不能沒人照管，只好一並拜託王夫人管教。王夫人心想，巧姐有親祖母邢夫人在，自己插手總不妥當，就拒絕了。賈璉知道邢夫人雖然是自己的母親，但鳳姐一直幫着王夫人做事，心裏有氣，巧姐的事從來很少過問。想到這兒，他眼圈一紅，跪了下來，輕輕地央求說：「求太太疼疼侄兒就是了。」

　　這麼一說，王夫人眼圈也紅了，她一把扶起賈璉，說：「只是有一件事，孩子也大了，倘若有個門當戶對的來説親，是等你回來，還是你母親作主？"賈璉態度明朗地回答："自然是太太們作主，不必等我。"

回到家裏，賈璉又叮嚀了平兒、巧姐一番。巧姐見父親想把自己託給王仁照應，死活不願意；又見他把外頭的事託了賈薔、賈芸，心裏不樂意，嘴裏卻説不出來，只有謹慎地跟了平兒過日子。一切安排妥善，賈璉才踏上旅途。

賈璉一走，王仁和賈薔、賈芸就沆瀣一氣，借管事方便的名義，住進了府裏鄰近大門的外書房，賭錢、喝酒；又拉了一幫子家人的兒子侄兒，一起尋歡作樂，把個榮國府鬧得沒上沒下，沒裏沒外。賈環因為賈政不在家，生母趙姨娘已死，王夫人又不大管他，不久也加入了他們一伙。這伙人嫖娼聚賭，越鬧越不像話，後來錢不夠，乾脆把賈府值錢的東西偷出去典當、賣掉。

一天，這幫人找了兩個陪酒的女子，又聚在一起喝酒作樂，幾杯下肚，都有了幾分醉意。王仁趁着酒意，大罵妹妹鳳姐狠毒。賈環、賈芸想到建造大觀園時，鳳姐不許他們撈外快，平時又仗着老太太的權勢管着他們，也鸚鵡學舌地數落鳳姐刻薄，詛咒她是"焦了尾巴梢子"，斷子絕孫，剩下一個巧姐，也要現世報呢！

那兩個陪酒的女子一聽"巧姐"這名字，眼珠子骨碌一轉就問："這位姑娘多大年紀了？長得怎麼樣？"聽賈薔介紹説巧姐模樣好得很，有十三四歲年紀，兩個女子連叫"可惜"。大家連忙追問怎麼回事，兩個女子你一言我一語地説了起來。一個説，如果這女孩生在小戶人家，不但家裏人好沾光發財，還好借機會撈個官做呢！另有一個見他們聽得來勁，也補充説，眼下就有一個外藩王，要選一個妃子。如果中意，父母兄弟都跟了去，可不是好事嗎？這幫人正在興頭上，並沒有怎麼理會，只有王仁心裏一動。

過了幾天，賈芸來找賈環借錢。原來他沒日沒夜地在外頭賭博，輸了許多錢，又拿不出東西來抵押。而賈環早把趙姨娘的那些積蓄揮霍光了，哪有什麼錢借給別人？他猛又想到過去鳳姐對自己刻薄，就想趁賈璉不在，擺佈擺佈巧姐，出了這口惡氣。想到這兒，他故意歎了口氣，假惺惺地埋怨賈芸說："你也是的，放着弄銀錢的事又不敢辦，倒和我沒錢的人商量！"看着賈芸一臉詫異的表情，賈環做出一副關切的樣子，湊過來輕輕地說："前幾天不是有人說一位王爺要買個偏房嗎？你幹嗎不去和王大舅商量，把巧姐說給他呢？"又在賈芸耳邊說了一番甜言蜜語，聽得賈芸連連點頭。正巧王仁走過來，看見他們一副鬼鬼祟祟的樣子，

密謀賣甥　熊藝郎　畫

就好奇地問他們在説些什麼。這事本來就要找王仁，既然王仁湊上來，賈芸就一五一十在王仁耳邊嘀咕了一通。王仁聽完，拍手説："這倒是個好主意，就怕你們不敢。只要你們敢辦，我是親舅舅，做得了主的。"

三個人商議停當。賈芸就去報告邢、王二位夫人。他花言巧語，説得王夫人將信將疑。邢夫人本來是個沒主意的人，聽説對方是個極有體面的王爺，就動了心，催促賈芸他們去説親。

那天，真的來了幾個艷妝麗服的女人，邢夫人和她們聊了幾句。因為事沒定，她也不向巧姐挑明，只説來了親戚，讓巧姐來見見面。平兒不放心，也一起跟了過來。巧姐見這些人上上下下地打量着自己，有點害臊。回到自己房裏，不禁心裏納悶，就問平兒。平兒已猜着八九分，暗暗思忖：看這幾個相親的人，

巧姐避禍　熊藝郎　畫

像是外頭來的路數，先不和姑娘說明，等打聽清楚再說。一打聽，底細都讓平兒弄得一清二楚，頓時嚇得她不知道怎麼是好，只好求李紈、寶釵去告訴王夫人。

　　王夫人知道事情不好，但巧姐是邢夫人的孫女，自己也不好作主，就去和邢夫人商量。邢夫人本來就氣量小，又有王仁一伙說得天花亂墜，反而疑心王夫人不懷好意，插手自己的家事；就口氣生硬地告訴王夫人：璉兒不在家，這事兒自己可以做主。真有什麼不好，也不會去抱怨別人的。

　　王夫人心裏生氣，卻又無可奈何；回來以後，就把邢夫人的話告訴前來打探消息的平兒。平兒呆了半天，跪下來懇求王夫人："巧姐的終身全仗着太太！如果信了人家的話，不但姑娘一輩子受苦，就是二爺回來，又怎麼說呢？"王夫人知道平兒是個明白人，就直話直說："你起來聽我說，巧姐到底是大太太的孫女，她要作主，我能夠攔她麼？"不過王夫人說是這麼說，想着這事心裏也煩，只覺一陣心痛，就極力支撐着回到房間裏躺了下來。平兒也只好回去了。

　　再說賈環看到邢夫人答應了，就一心要讓巧姐遭殃，給母親報仇。他想，家裏一個男人沒有，上邊大太太又依了自己，還怕誰呢！打定主意，又到邢夫人那兒請安，說了好多奉承話。邢夫人本來就對賈璉撇開自己將巧姐的終身託付王夫人不滿，又怕這麼一椿有體面的婚事，賈璉一回來，聽了人家的話，不同意辦。在賈環的糊弄下，邢夫人就讓他們去寫好巧姐的生辰八字，催着送到王爺公館去。

　　消息傳來，巧姐整整哭了一夜。她要去和邢夫人說，一定要等父親回來作主。平兒知道邢夫人、王仁、賈環都是一鼻孔出氣，巧姐一個人說不過他們；自己又是下人，這樣的大事說不上話。她想來想去，萬萬不能冒失，只好一邊安慰哭哭啼啼的巧姐，一邊暗暗地另想辦法。

正在這當口，邢夫人那兒已經來催平兒整理巧姐的衣物了。恰巧王夫人進來，巧姐一把抱住她，哭倒在她懷裏。王夫人知道了，還想把這事先拖一拖。平兒告訴她，賈環說是對方三天當中要來娶人。王夫人一聽是賈環在掇弄這件事，氣得話也說不出來。她讓人到處找他，結果他和賈薔、賈芸、王仁一個都沒在家。大家一時沒了主意，抱頭痛哭，亂成一團。

正鬧着，一個老婆子進來說，鄉下那個劉姥姥又來了。王夫人要讓姥姥回去，平兒想她是巧姐的乾媽，這事也得告訴她，堅持讓她進來了。劉姥姥看見大伙眼圈紅紅的，問明了事由，一時竟嚇得愣住了。等了半天，她忽然笑着對平兒說：“你這樣一個伶俐姑娘，沒聽過鼓兒詞麼？這上頭法兒多着呢！有什麼難的？”“你有什麼辦法？”平兒急着追問。姥姥擺擺手說：“這有什麼難的呢？一個也不叫他們知道，一走完事。就到我屯裏去，我把姑娘藏起來。”平兒想了想，趕緊告訴了王夫人。大家商議停當，生怕夜長夢多，讓人發現，於是說幹就幹。王夫人去找邢夫人說些閒話，纏住她。平兒把巧姐打扮成青兒模樣，悄悄從賈府後門上車。平兒自己裝作送人，趁人不備，也一起混上了車。她們急急匆匆，和劉姥姥到鄉下避禍去了。

那王爺原來打算在京城討個小老婆的，後來一問派去提親的人，才知道是世代功臣的後代，就勃然大怒：“這是違反禁令的，你們差一點誤了大事！"吩咐有人再來說親就轟了出去，嚇得前來送巧姐生辰帖子的賈芸、王仁抱頭鼠竄，拔腿就逃。

賈環在家裏靜候他們的消息，聽他們回來一說，氣得發怔，搥胸頓足地大吼："我早上還在大太太跟前說怎樣怎樣地好，現在怎麼辦？這都是你們幾個坑了我了！"

王夫人滿面怒容，把賈環、賈芸傳喚進來，指着他們厲聲喝問："你們幹的好事！如今逼死了巧姐、平兒，快快給我把屍首找回來！"嚇得他們面面相覷，跪在地上，不敢吱聲。事到如今，邢夫人也一句話都説不出來，只有抹眼淚了。王夫人還不解恨，又大罵賈環："趙姨娘這樣的混賬東西，留的種子也是這樣混賬！"説完讓丫頭扶着，回自己房間去了。

巧姐下鄉　熊藝郎　畫

王夫人一走，賈環、賈芸和邢夫人三個就在那兒互相埋怨。邢夫人又找那些下人來盤問巧姐和平兒的下落，下人們不但一問三不知，還一個勁兒地指責他們幾個爺們賭錢、喝酒、玩女人，扣發了他們的月錢、米錢，説得賈環、賈芸他們啞口無言，只恨沒有地縫可鑽。

　　再説巧姐隨着劉姥姥，帶着平兒出城住到鄉下。姥姥待她真像自己的孩子一樣，一日三餐鄉村風味，住得也樸素乾淨，又有青兒陪着，倒也無憂無慮。鄉裏的富人家知道是賈府的姑娘，三天兩頭來看她，都説她長得天上神仙似的，有送菜果的，也有送野味的，着實熱鬧。

　　後來姥姥到賈府説媒，提議把巧姐許給當地大戶周家的孩子，説是這孩子文雅清秀，十四歲就中了秀才。賈璉稟告賈政，賈政通達地勸他：“不要説鄉下的人不好，只要人家清白，孩子肯念書，能上進。朝廷裏那些官，難道都是城裏的人麼！”一句話打消了賈璉的顧慮，馬上答應了姥姥提的這門親事。

　　這是劉姥姥第三次進大觀園。在賈府家道敗落的危難之際，她不但搭救了巧姐，而且讓巧姐的終身大事有了一個圓滿的着落，也算得上沒有辜負鳳姐臨終前對她的一番囑託和期望了。

寶玉出家

第四十八章

　　和尚還玉以後，寶玉的身體漸漸康復，只是性情和以前大不一樣，真像脫胎換骨，換了個人似的。他不再瘋瘋癲癲，整天躲在書房裏埋頭苦讀，見着人也不很搭理。

　　這一天，寶釵見他捧着一卷書，讀得得意忘言，就走過來看個究竟，發現他細細把玩的卻是《莊子》的《秋水》篇。這《莊子》一書說的全是逍遙自得、鄙薄功名的道理。寶釵看他成天讀的是這個，滿心煩惱：把這些"出世離羣"的話當着一件正經事，終究不妥當；再看他這光景，料想也勸不過來，就一旁坐着，兩眼直瞪瞪地瞅着他。寶玉看她不作聲，大惑不解："你這又是為什麼？"寶釵見他發問，才柔聲細氣地規勸說："我想，你我既然是夫妻，你就是我終身的依靠。說起榮華富貴，本來不過是過眼煙雲；但自古聖哲賢人，都是把人品根柢看得很重的……"寶玉把書擱在旁邊，不以為然地打斷她的話："你可知道，古代聖賢說過'不失赤子之心'？那赤子不過是無知無識，無貪無忌。要講人品根柢，誰又達到過太古時的境界？"寶釵不等他説完，就不緊不慢地解釋起"赤子之心"來了，説是古代聖哲賢人的赤子之心是以忠孝為本，並不是遁世離羣，還援引了古往今來許多例子來説明，最後和言悦色地對寶玉説："咱們家世代錦衣玉食，深受朝廷的恩典；而你一生下來，從去世的老太太到老爺、太太，哪個不把你當作珍寶？你説這番話，自己想想看，到底是對還是不對？"寶玉聽她説得這樣振振有辭，只有仰頭微笑了。

寶釵看他不搭話，繼續苦口婆心地勸他："既然你理屈詞窮，我勸你從此把心收一收，好好地用用功。只要能科場中上一第，就是到此為止了，也不負上天和祖宗的恩德了！"寶玉點點頭，繼而又歎了口氣："中上一第呢，其實也不是什麼難事。倒是你説的'到此為止'，'不負上天和祖宗的恩德'，卻還差不離。"寶釵還沒來得及答話，襲人一步上前説道："剛才二奶奶説的古代聖賢，我們也不懂；只是二奶奶替二爺在老爺、太太跟前盡了多少孝道，就是你不看重夫妻情分，也總不要太辜負了二奶奶的一片心啊！"寶玉聽了這番話，低着頭，一聲不響。

襲人還要説時，只聽外面響起一陣輕輕的腳步聲，有人隔着窗戶在問："二叔在屋裏嗎？"寶玉聽出是李紈的兒子賈蘭的聲音，就站起來，笑着招呼他進來。賈蘭進來，笑容可掬地給寶玉、寶釵請了安，又問了襲人好，隨後把書信遞給寶玉説："爺爺叫我們好好念書呢。叔叔這陣子只怕沒做什麼文章吧？"寶玉笑笑："我也要做幾篇，熟一熟手，好去誆騙這個功名。"賈蘭也附和説："既然這樣，叔叔就擬幾個題目，我跟着叔叔做做，也好進去混混場子。別到那時交了白卷，惹人笑話：不但笑話我，人家連叔叔都要笑話了！""你也不至於如此。"寶玉寬慰了他一句。

寶釵看他們談得投機，就自己進裏屋去了。她心裏暗自高興：

前情難忘　戴敦邦　畫

看寶玉這樣子，或許是醒悟過來了。但細細琢磨，他剛才單單認可"到此為止"，不知是什麼意思，把玩再三，還是吃不太準。只有襲人，一見寶玉和賈蘭大談文章，又準備去考科舉，暗自慶幸："阿彌陀佛！好不容易像講《四書》似的把寶二爺講過來了！"

寶玉、賈蘭叔侄倆聊了一陣，賈蘭把帶來的書信留給寶玉就走了。寶玉看着那封書信，笑嘻嘻地讓丫頭收好；然後又把《莊子》和其他幾部自己向來最得意的佛家、道家典籍，叫丫頭們搬到一邊。寶釵看他這番舉動有點奇怪，笑着試探他："不看它倒是正經，又何必搬開呢？"寶玉好像開了竅，就說："如今才明白過來了。這些書都算不得什麼。我還要一把火燒掉，才乾淨呢！"寶釵聽了，非常欣喜。寶玉又輕輕吟出兩句詩來："內典語中無佛性，金丹法外有仙舟。"那意思是說，那些佛家秘傳的典籍其實並沒有什麼佛性，方士煉丹術之外卻有船隻引渡人到達神仙境界。寶釵一時沒聽清楚，只聽到"無佛性"和"有仙舟"幾個字，心裏又是"格登"一動，就站在一旁看他下面怎麼動作。誰知寶玉並沒有什麼異常舉動，只是讓幾個丫頭收拾一間安靜的小房間，把應考的各種書籍一一找出來整理好，擱在小房間裏，自己一門心思，安安靜靜地用起功來。寶釵這才放下心來。

襲人一直服侍寶玉，可寶玉這幾天的舉止，她真是聞所未聞。她悄悄地笑着對寶釵說："到底奶奶說話透徹，一下就把二爺勸明白過來了。只可惜遲了一點，離考期太近了。"言語中充滿了對寶釵的敬羨和對寶玉的惋惜之情。寶釵不動聲色，只微微點頭一笑："功名自有定數，中與不中，倒也不全在用功的遲早。但願他從此一心走上正路，再不要去沾染從前那些壞毛病就好了！"看看周圍沒人，寶釵又顯出一副擔憂的神色，悄悄對襲人耳語説：「這一番醒悟過來固然很好，怕只怕又犯了以前的舊病，和女孩兒們打起交道來。」襲人想想也是，就給寶釵出主意，派一個穩重的丫頭來服侍寶玉。寶釵讚許地點點頭：「我也考慮這樣。」

眼看考期要到，賈府上下都盼寶玉、賈蘭爺兒倆做了文章，好金榜題名。只有寶釵心裏忐忑不安，看寶玉雖然用功，但有意無意之間另有一種讓人暗暗擔心的冷靜。她知道寶玉就要進考場了，頭一件，擔心叔侄倆初次赴考，到時候人頭擁擠會有什麼閃失；第二件，從和尚送玉來以後，看着寶玉閉門用功，自己心裏喜歡，但改得太快太好，反而有些懷疑，只怕有什麼變故。臨進考場的前一天，她派襲人和丫頭為寶玉他們打點行裝，親自過目，又揀了幾個老成的管事跟隨着一塊兒去。

第二天，寶玉、賈蘭換了半新不舊的衣裳，高高興興地來見王夫人。王夫人千叮嚀萬囑咐：「你們爺兒倆都是初次進考場。你們活了這麼大，從來沒有離開我一天，就是不在我面前，也總有丫

寶玉趕考　戴敦邦　畫

頭、媳婦們圍着，哪裏自己孤身一人在外面睡過一夜？今天各自進去，孤單淒清，舉目無親，一定要自己保重。早點做好文章出來，找着家人，早些回來，也叫你們母親、媳婦們放心。"説着説着，就傷心起來。

　　賈蘭聽一句應一句，連連點頭。寶玉一聲不吭，等王夫人説完，淚流滿面，跪下來磕了三個頭説："母親生我一世，我也沒什麼可以報答，只有進考場用心做文章，好好中個舉人出來。那時讓母親歡喜歡喜，兒子一輩子的事也完了，一輩子的不好，也都遮過去了。"王夫人聽了，更加傷心："你有這個心自然是好的。可惜你老太太不能見你的面了！"一面説，一面哭着去拉寶玉。寶玉只管自己跪着，不肯起來，説："老太太見和不見，總是知道的，喜歡的。既然知道了，喜歡了，就是不見也和見了一樣。"

　　賈蘭的母親李紈見王夫人這樣傷感，又聽寶玉的話説得有點讓人費解，一來怕勾起寶玉舊病復發，二來也覺得不太吉祥，連忙過來勸説王夫人："太太，這是大喜的事，為什麼這樣傷心？況且寶

寶玉出走　顏梅華　畫

兄弟近來又孝順又肯用功，只要他們倆進去，好好做文章，早點回來。等着爺兒兩個都報了喜，就完了。"一面就把寶玉攙了起來。寶玉轉身對寶釵深深作了個揖，說："姐姐！我要走了。你好生跟着太太，聽我的喜訊吧！"寶釵只覺有一種不祥的預兆，又不敢當真，就忍着眼淚催寶玉："是時候了，你不必再說這些嘮叨話了。"寶玉回了她一句："你倒催得我緊呢，我自己也知道該走了！"大家也怕寶玉再出點什麼事來，也一個勁地催他上路。寶玉仰面大笑："走了，走了！不用胡鬧了！完了事了！"說得又像有理又像瘋話，大家也跟着大笑起來。只有王夫人和寶釵像生離死別一般，眼淚奪眶而出，差點兒失聲痛哭。寶玉嘻天哈地，瘋瘋傻傻地出門去了。

　　眼看到了出考場的日子，王夫人、李紈、寶釵三人聚在一起，等寶玉、賈蘭回來。直等到傍晚，才看見賈蘭一個人回來，大家圍上去問他："寶玉呢？"賈蘭來不及請安就哭着扔下一句話："二叔丟了。"王夫人聽了，當場直挺挺地倒在牀上，寶釵兩眼翻白，襲人她們哭得淚人似的，拚命責罵賈蘭。賈蘭有口難辯，只說寶玉交上卷子就出了考場，等自己出來，已不見他的人影，到處找，也沒個着落。聽他這麼一說，寶釵已明白了八九分。惜春心裏清楚，不便直說，就問寶釵："二哥哥帶了玉去了沒有？"寶釵反問："這是隨身的東西，怎麼不帶？"屋裏頓時一片沉默，大家想到了和尚送玉那天的情景和寶玉這些日子的反常舉止，都嗚嗚咽咽地哭個不停。一連好幾天，大家四處尋找，還是不見寶玉的蹤影。

　　沒過幾天發榜了，寶玉居然中了第七名舉人，賈蘭也中了一百三十名。僕人們亂嚷着說："一舉成名天下聞。寶玉如今是走到哪裏，哪裏就知道，丟不了的。"倒是探春深明事理，把話説得明明白白："這樣大的人了，哪有走失的？只怕他看破人世，入了空門，這就難找着他了。"寶釵一旁聽了不言不語，心裏想念寶玉，只好獨自流淚，自歎命苦。

再説賈政扶賈母的靈柩到故鄉落葬後，就趕回京城。那一天，行船來到毗陵驛，天寒下雪，賈政就把船停泊在一個清靜的地方。他猛一抬頭，看見船頭雪影裏隱隱有一個人，光着頭，赤着腳，身上披着一件大紅猩猩氈的斗篷。那人對着賈政就是四拜，然後站起身來合掌作揖問安。賈政一看，那人正是失蹤的寶玉，連忙問："可是寶玉麽？"那人似喜似悲，只是不言不語。賈政正要問他為什麼這樣打扮，又為什麼到這裏來時，他來不及回答，就被一個僧人和一個道士挾持着走了。三人飄然登岸，轉過一個小山坡，突然間就不見了。大地白茫茫的，一片空曠，不見一個人影，只有紛紛揚揚的大雪，寂然無聲地在廣袤的天地間飛舞，飄灑⋯⋯

■ 編 寫：

毛時安　任一鳴

繪 畫：（按姓氏筆畫排列）

王宏喜　　王慶明　　池沙鴻　　何小明　　吳　聲　　吳大成
吳山明　　呂清華　　李儒光　　杜覺民　　孟慶江　　郎承文
唐本佳　　徐君陶　　袁　輝　　馬小娟　　張青渠　　張培成
陳安民　　傅伯星　　彭本人　　彭玉林　　程多多　　程寶泓
華三川　　黃全昌　　楊宏富　　楊沛璋　　楊德樹　　葉　雄
熊藝郎　　趙志田　　劉旦宅　　潘裕鈺　　潘寶子　　戴敦邦
謝倫和　　韓　伍　　韓　碩　　顏梅華